U0152536

不埋没一本好书，不错过一个爱书人

七楼书店

名家伴读

奥威尔读书随笔

Essays
of
George
Orwell

［英］
乔治·奥威尔
—
著

李江艳
—
译

华中科技大学出版社
http://press.hust.edu.cn
中国·武汉

图书在版编目（CIP）数据

奥威尔读书随笔/（英）乔治·奥威尔著；李江艳译. —武汉：华中科技大学出版社，2023.7

（名家伴读）

ISBN 978-7-5680-9488-7

Ⅰ.①奥…　Ⅱ.①乔…　②李…　Ⅲ.①随笔－作品集－英国－现代　Ⅳ.①I561.65

中国国家版本馆CIP数据核字（2023）第083140号

奥威尔读书随笔　　　　　　　　　　　　　　［英］乔治·奥威尔 著　李江艳 译
Aoweier Dushu Suibi

策划编辑：陈心玉

责任编辑：康　艳

封面设计：尚燕平

责任校对：刘　竣

责任监印：朱　玢

出版发行：华中科技大学出版社（中国·武汉）　　电话：（027）81321913
　　　　　武汉市东湖新技术开发区华工科技园　　邮编：430223

印　　刷：北京文昌阁彩色印刷有限责任公司

开　　本：640mm×960mm　1/16

印　　张：15.5

字　　数：174千字

版　　次：2023年7月第1版第1次印刷

定　　价：68.00元

本书若有印装质量问题，请向出版社营销中心调换

全国免费服务热线：400-6679-118　竭诚为您服务

Contents 目录

为小说辩护 [①]

　　小说的声誉现在已经低到尘埃是不言而喻的事情，低到人们说出"我从来不读小说"这句话时总是带着一种发自内心的骄傲，而十多年前人们说这句话时还通常带有一点歉意。诚然，在知识界看来，少数当代或勉强算是当代的小说家的作品仍是值得一读的，但关键是普通的、不好不坏的小说总是被习惯性忽视，而同时普通的、不好不坏的诗歌和文学评论作品却仍然受到重视。这意味着如果你写的是小说，那么你的受众自然就是不那么聪明的人群，至少其理解力比其他文学形式的受众要差。为什么现在不可能出现好的小说呢？这个问题有两个十分明显的原因。首先，现在的小说显然越来越糟糕，而且如果大多数小说家知道都是谁在读他们的书，那么小说的质量还会下降得更快。甚至有人认为，小说就是一种可鄙的艺术形式，它的命运并不重要。当然，辩驳这种观点也很容易（可以参看贝洛克那篇充满恶意的古怪文章）。我不确定这个观点是否值得一辩。无论如何，我都认为将小说从

[①] 首次发表于《新英语周报》（伦敦，1936 年 11 月 12 日与 19 日）。——编者注

沉沦中拯救出来是理所当然的事情，为了拯救它，你必须说服那些聪明人认真对待它。因此，我们有必要对导致小说声誉下滑的其中一个原因——在我看来是主要原因——进行分析。

这个原因就是小说正在被大肆吹捧。如果问任何一个有思想的人，他为什么"从来不读小说"，你往往会发现，归根结底，这是因为那些大肆吹捧的书评家们写下的令人反感的废话。没必要举太多例子，上个星期的《星期日泰晤士报》刊登的一篇书评就是典型："如果你读了这本书没有高兴得尖叫起来，那你的灵魂已死。"现在出版的每一部小说都有类似的吹捧，你去看看图书评语就知道了。对于任何一个看重《星期日泰晤士报》的人来说，人生必定是一场奋力追赶的漫长苦旅。各种小说以每天十五本的速度扑面而来，每一本都是令人难忘的杰作，错过任何一本你的灵魂都会陷入危险。这肯定会导致你在图书馆选书时感到非常困难，而且当你没有高兴得尖叫起来时一定会感到深深的愧疚。然而实际上任何一个重要人物都不会被这种事情欺骗，而且对小说评论的鄙视延伸到了小说本身。当所有小说都被当成天才作品强加给你时，你自然会认为这完全是胡扯。在文学知识分子的圈子里，人们理所当然地认为"小说是胡扯"。这年头如果你承认自己喜欢小说，就相当于承认自己喜欢吃椰子馅，或者更喜欢鲁珀特·布鲁克而不是杰勒德·曼利·霍普金斯。[①]

这一切都是明摆着的事情。我认为不那么明显的是目前这种局面是如何出现的。从表面上看，这种图书欺诈是一种非常简单

[①] 鲁珀特·布鲁克（Rupert Brooke，1887—1915），英国空想主义诗派诗人，他在一战期间创作了大量优秀的诗歌。杰勒德·曼利·霍普金斯（Gerard Manley Hopkins，1844—1889），英国诗人，他在写作技巧上的变革影响了20世纪的许多诗人。——译者注（除特别表明外，本书注释均为译者注）

的见利忘义的骗局。Z 写了一本书，由 Y 出版，然后 X 在某某周刊上发表书评。如果书评很差，Y 就会撤下广告，所以 X 必须拿出诸如"令人难忘的杰作"这种书评，否则就会被解雇。从本质上来看，这是由环境决定的，小说评论之所以会堕落到如今这种地步，很大程度上是因为每个书评人背后都有一些出版商的代理人在指手画脚。不过这件事也没有看起来那么不堪。参与欺诈的各方并不是有意识地在共同行动，他们受制于现在的环境，这么做在一定程度上也是违背自己意愿的。

大家总是臆想小说家喜欢收到这种评论，甚至认为小说家应该在某种程度上对自己收到的评论负责（读者可以参看《每日邮报》专栏作者比奇科默的文章，这种例子随处可见），我们首先要抛开这种想法。没有人会喜欢别人说他写了一部扣人心弦的激情之作，说这部作品将与英语本身一起永垂不朽；当然，得不到这种吹捧肯定也会让人很失望，因为所有小说家都会获得同样的吹捧，谁要是得不到恐怕就意味着书卖不出去。职业写手的评论实际上是一种商业需要，就像书外封上的图书简介，或者说是简介的延伸。但就算是令人讨厌的职业书评人也不应该因自己的一派胡言而受到指责。处在特殊的环境下，他写不出任何别的东西。因为，即使不存在直接或间接的金钱收买，只要假定每一部小说都值得评论，那么就不可能有什么好的小说评论。

一家期刊每星期都会收到一大堆书，然后给一个职业写手寄去十几本供他写书评，他有妻儿老小要养活，必须挣到这一基尼①的报酬，更不要说他写的书评打包出售每卷可以卖到半个克

---

① 英国金币名。初铸于 1663 年，因所用黄金来自非洲西部的截尼（即几内亚），故名。1 基尼等于 21 先令。

朗①了。有两个原因可以说明他为什么完全不可能就自己拿到的书实话实说。首先，在他拿到的十二本书中，很可能有十一本根本无法引起他的兴趣。也不是说这些书比一般水平糟糕多少，只是谈不上好坏，毫无生气又空洞乏味。要不是有人付钱，他绝不会看一个字，而且就几乎每一本书而言，他唯一能写出的真实评论就是："这本书对我没有任何启发。"但是会有人付钱让你写这种东西吗？显然不会。因此，从一开始他就站在一个错误的立场，不得不为一本对他来说毫无意义的书撰写一则简短的书评，比方说三百字。通常他会给出一个简短的情节摘要（这会在不经意间向作者泄露他根本没读过这本书的事实），然后送上几句恭维的话，这些恭维都是虚伪的谄媚，其效用和妓女的微笑差不多。

然而还有比这更糟糕的事。这个职业写手不仅被要求写出一本书的内容梗概，还要就这本书的好坏给出自己的看法。既然他是一个以笔为生的人，那他应该不会是个傻瓜，至少不会蠢到把《永恒的仙女》②想象成有史以来最了不起的悲剧作品。倘若他真喜欢小说，那他自己最喜欢的小说家很可能是司汤达、狄更斯、简·奥斯汀、D. H. 劳伦斯或者陀思妥耶夫斯基——至少是一个比当代普通小说家强得多的人。因此，他必须首先大幅度降低自己的标准。正如我在别的文章中指出的一样，如果用一个像样的标准来衡量普通小说，那就相当于在用给大象称重的弹簧秤来称跳蚤。跳蚤显然不可能让这个弹簧秤有所反应；你必须首先找到另一个合适的秤，然后它才会揭示出跳蚤也有大有小这一事实。这大概就是职业写手所起的作用吧。一味地对着一本又一本书单调

① 英文 Crown（皇冠）的英译，英国银币，价值 5 先令。
②《永恒的仙女》是英国女作家玛格丽特·肯尼迪创作的一本畅销书。

地说"这本书废话连篇"其实毫无用处，因为不会有人为他写的这种东西付钱。他必须时常找到一些不无聊的东西，否则就会被解雇。这意味着他的标准要降低到一定程度才行，例如，将埃塞尔·M.戴尔的《鹰之路》[①]视为一本相当不错的书。但是，从这种将《鹰之路》当成好书的价值尺度来看，《永恒的仙女》就是一本极好的书，那么《有产者》[②]这本书又当如何呢？《有产者》只能被视为一部振奋人心的激情之作，一部极好的、动人心魄的杰作，一部将与英语本身一起永垂不朽的、令人难忘的史诗般的著作，等等。（因为任何一本真正的好书都会超出这种价值尺度的上限。）由于从一开始就假定所有的小说都很好，这一假定驱使着书评家用一大堆形容词将吹捧越堆越高。所以古尔德[③]这样的书评家才会流芳百世。你可以看到一个又一个评论者走上同样的路。在最初的两年，至少他的意图还算真实，但现在他却疯狂地尖叫着，宣称芭芭拉·贝德沃西小姐的《猩红之夜》是世界上最好、最犀利、最令人难忘的杰作，是有史以来最伟大的作品，等等。一旦你把一本坏书当成好书，你将永远无法摆脱这种罪行。但如果你以评论小说为生，你就不可能不犯这种罪。与此同时，每一位聪慧的读者都会感到厌恶，然后转身离开，这样一来鄙视小说就变成了一种趋炎附势的职责。因此出现了这样一个奇怪的事实，一部真正有价值的小说很可能不会被人注意到，只是因为它被那些千篇一律的废话吹捧过。

---

① 埃塞尔·M.戴尔（Ethel M. Dell, 1881—1939），英国女作家，代表作有《巴黎玫瑰》《鹰之路》。
②《有产者》是英国现实主义作家约翰·高尔斯华绥（John Galsworthy, 1867—1933）的代表作"福尔赛世家"三部曲（《有产者》《骑虎》《出租》）的第一部。
③ 杰拉尔德·古尔德（Gerald Gould）是当时《观察家报》的一位很有影响力的小说评论家。

许多人认为，要是完全没有小说评论，那就再好不过了。即使真是这样，这个建议还是毫无用处，因为这种情况根本不会发生。没有哪家依赖出版商广告的报纸承受得起放弃书评的后果，尽管有些更聪明的出版商或许已经意识到就算那些吹捧的评论被废除，他们的处境也不会变得更糟，但还是废除不了，就像各国做不到裁军一样——因为没有人愿意当第一个吃螃蟹的人。吹捧的评论还会继续存在很长时间，而且会愈演愈烈；唯一的补救办法是设法让人们不去理睬它，但这只有在人们能看到像样的小说评论作为比较标准的情况下才有可能发生。也就是说，只要有一家期刊（一开始的时候有一家就足够了）拿出专业标准将小说评论做成特色，拒绝任何废话书评，挑选纯粹的书评家，而不是被出版商操纵的、为每一本书拍手叫好的提线木偶，这样就有希望。

有人可能会说现在已经有这样的期刊了。例如，不少格调高雅的杂志刊登的小说评论是很有见地的，并没有被收买、被操纵。这是事实，但问题是这种期刊不会专门去做小说评论，自然也不会有紧跟最新出版的小说的想法。它们属于知识分子的世界，在这个世界里，小说本身就被认为是可鄙的。但小说是一种通俗的艺术形式，用《标准》杂志的审查规范来看待小说毫无意义，这种规范认为文学就是知识分子中的小派系之间用来互开方便之门的一种游戏（至于是给予好评还是严厉抨击则视情况而定）。小说家本来是讲故事的人，而且应该是非常好的讲故事的人（例如特罗洛普、查尔斯·里德、萨默塞特·毛姆先生），而不是狭义上的"知识分子"。每年出版的小说有五千本，拉尔夫·施特劳斯 [1] 恳请你

---

[1] 拉尔夫·施特劳斯从 1928 年起直到去世一直都是《星期日泰晤士报》的首席小说评论家。——作者注

把它们全部读完，可是他自己会把这些小说全部读一遍再写书评吗？《标准》杂志可能会屈尊关注其中的十几部作品。但是在那五千本小说中，除了这十几本，可能还有一百本、二百本，甚至五百本在不同层次上都具有真正的价值，关心小说的评论家有责任把注意力集中到这些作品上。

但首先要找到某种评定等级的方法。大量的小说其实根本不应该被提及（试想一下，如果《佩格报》上刊登的每一个系列的作品都必须被郑重其事地评论，将对文学评论产生多么可怕的影响！），即使那些值得提及的小说也属于完全不同的级别。《莱佛士》是一本好书，《莫罗博士的岛》也是一本好书，《帕尔马修道院》是一本好书，《麦克白》也是一本好书[1]；但它们"好"的程度迥然不同。同样，《如果冬天来了》《意中人》《一个脱离社会的社会主义者》和《兰斯洛特·格里夫斯爵士》[2]都是坏书，只是"坏"的程度不一样。这是事实，而职业评论家已经将模糊这一事实作为自己的特殊职责了。我们应该设计一个或许相当严格的体系，将小说分为 A、B、C 等不同等级，这样的话无论书评家对一本书是赞扬还是唾弃，你至少能知道他的严肃程度。至于书评家，他们必须是真正关心小说艺术的人（这意味着他们既不能是品位

---

①《莱佛士》指"夜贼莱佛士"系列推理小说，是英国小说家 E. W. 赫尔南受福尔摩斯小说启发而创作的。《莫罗博士的岛》是英国小说家赫伯特·乔治·威尔斯 1896 年创作的科幻小说，威尔斯也被称为"科幻小说之父"，是现代科幻文学的鼻祖和典范。《帕尔马修道院》是法国作家司汤达 1839 年的长篇小说。《麦克白》为莎士比亚知名剧作。

②《如果冬天来了》为英国小说家 A. S. M. 哈钦森出版于 1921 年的小说，1923 年被拍成同名电影，书名来源于雪莱的《西风颂》。《意中人》为英国小说家、诗人托马斯·哈代的小说。《一个脱离社会的社会主义者》为萧伯纳写于 1883 年的小说。《兰斯洛特·格里夫斯爵士》是苏格兰诗人、作家托拜厄斯·斯莫利特于 1762 年出版的小说，小说最早连载于《不列颠杂志》；托拜厄斯·斯莫利特的小说影响了后世小说家，如查尔斯·狄更斯，乔治·奥威尔曾誉其为"苏格兰最优秀的小说家"。

高雅的人也不能是平凡中庸的人或浅薄粗俗的人，而应该是灵活变通的人），对技巧感兴趣的人，对探索一本书的内容更感兴趣的人。这样的人其实很多；有一些最糟糕的职业评论家，尽管现在已经无可救药，但一开始的时候就是这样的人，你看看他们早期的评论就知道了。顺便说一句，如果更多的小说评论是由业余书评人所写，那将是一件大好事。如果一个人不是富有经验的作家，但刚读了一本给他留下深刻印象的书，那么相比一个有写作能力但很无聊的专业人士，他更有可能告诉你这本书到底是怎么回事。这就是为什么美国的书评尽管愚蠢，却比英国的要好；因为它们更外行，也就是说，更认真。

我相信小说的声誉正如所指出的一样，在某种程度上是可以恢复的。最根本的是需要一份与现在的小说保持同步，但又不降低评论标准的报纸。然而，这样的报纸注定默默无闻，一方面，因为出版商不会在上面登广告；另一方面，一旦出版商发现哪家报纸刊登的赞扬书评是真正的赞扬，那他们马上就会准备在自己的吹捧宣传中引用它。但就算这份报纸鲜为人知，也有可能促使小说评论的总体水平提升，因为《星期日泰晤士报》上的废话只有在没有什么可以与之对比的情况下才能一直持续。即使那些职业书评写手一如既往地编造废话，但只要有像样的评论存在，就没太大影响，因为像样的评论可以提醒少数人，严肃认真的人仍然可以阅读小说。就像上帝答应只要索多玛城里有十个义人就不毁灭那城一样①，只要人们都知道仍然有少数思维清晰的小说评论家，小说就不会被彻底鄙视。

①《圣经·创世纪》中的故事，亚伯拉罕为索多玛祈求，神答应他只要那城有十个义人，就不毁灭那城。

就目前而言，如果你关心小说，或者更进一步，想要写小说，那你的前景将会暗淡得不能再暗淡。"小说"这个词让人联想到的是"吹捧""天才"和"拉尔夫·施特劳斯"，就像"鸡肉"这个词让人自然而然地想到"面包酱汁"一样。聪明人不看小说几乎成了一种本能，结果就是成名的小说家完全崩溃，而那些"有表达需求"的初出茅庐者都更愿意选择其他的文学形式。随之而来的必然是小说的衰退，这是显而易见的事情。比如，在任何一个卖便宜货的文具店的柜台上，你都能看到一大堆四便士一本的中篇小说。这些中篇小说都是小说堕落后的产物，它们与《曼侬·莱斯戈》①《大卫·科波菲尔》的关系就像哈巴狗与狼的关系一样。很可能要不了多久，所有小说都将与这种四便士一本的中篇小说没什么区别，不过毫无疑问的是，这些小说仍然会以六便士、七便士的封面装帧出售，并继续成为出版商大肆吹捧的对象。许多人预言小说在不久的将来注定要彻底消失。但我不相信小说会消失，原因其实很明显，但可能需要很长时间来——说明。如果最优秀的文学头脑不能被吸引，回到小说领域，那么小说更有可能以某种敷衍了事、备受鄙视而且无可救药的堕落形式继续存在下去，就像现在的墓碑或庞奇与朱迪的木偶戏一样。

---

① 《曼农·莱斯戈》是法国作家普莱沃的代表作，是法国古典文学名著之一。

新词 ①

目前新词的形成是一个缓慢的过程（我在哪里读到过，英语每年增加 6 个新单词，减少 4 个旧单词），除了为实物命名之外，不会出现有意创造的新词。人们从来不会创造抽象词，不过出于科学目的，有时会赋予某些旧词（例如 condition、reflex 等）以新的含义。在此，我想说的是，创造词语完全可行，或许可以创造几千个新词，这些词可以处理我们现在几乎无法用语言表达的部分经验。对于这个想法，有一些反对意见，我将一一予以回应。第一步是指明需要使用新词的原因。

每个会思考的人都已经注意到，我们的语言在描述大脑内部活动时几乎毫无用处。这一点是公认的，拥有高超技巧的作家（例如特罗洛普和马克·吐温）会在自传的开头就说，他们不打算描述自己的内心生活，因为它的本质无法用语言表达。只要处理任何不具体或不可见的事物（这个范围实际上非常广——看看描述一个人的外貌有多难吧），我们就会发现，词语与现实的差别就像

---

① 首次发表于 1940 年。——编者注

国际象棋棋子与活物的差别。举一个很明显而且不会引起附带问题的例子——做梦。你如何描述一个梦？毫无疑问，你从来没有真正描述过，因为我们的语言中没有词语可以表达梦境的氛围。当然，你可以粗略地说出梦里的一些真实情况。你可以说，"我梦见我走在摄政街，身边有一只戴着圆顶硬礼帽的豪猪"，等等，但这并不是对这个梦的真实描述。即使心理学家从"象征"这方面来解释你的梦，他在很大程度上还是靠猜测，因为这个梦的真正特质，赋予豪猪唯一含义的特质，超出了词语的范畴。事实上，描述一个梦就像把一首诗翻译成另一种不能准确表达原意的语言一样；除非知道原文，否则就是一种晦涩难懂的改写。

我选择梦作为例子不会有什么争议，但如果无法用语言表达的只有梦，那这个问题也就不值得烦恼了。然而，清醒时的头脑与梦中的头脑并没有我们自以为的那么不同，我们只是喜欢想当然地认为二者很不一样罢了，这一点已经被一再指出。的确，我们清醒时的大多数想法都是"合理的"——也就是说，我们的头脑中存在着一种棋盘，思维像走棋一样在这个棋盘上以合乎逻辑、可用语言表达的方式活动；我们用大脑的这一部分来解决任何简单的智力问题，并养成了一种习惯，认为这（即思维在棋盘上活动的时刻）就是我们全部的大脑活动。但这显然不是全部。梦中那种混乱无序、无法用语言表达的世界从未完全离开过我们的头脑，如果可以计算的话，我敢说我们清醒时的思维中肯定有一半都是这种状况。当然，甚至在我们试图以可用语言表达的方式思考时，梦中思维也起了作用，它们影响了言语思维，而且在很大程度上，正是它们使我们的内心世界弥足珍贵。你可以在闲暇时随时审视你的思维，你会发现它的主要活动是一连串不可名状的东西——它们如此难以形容，以至于我们都几乎不知道应该将它们称为想法、印象还是感觉。你起初看到的东西和听到的声音本身是可以用语言描述的，然而一旦它们进入你的头脑，就变得大不一样了，而且完全不能用语言来描述[①]。除此之外，你的心灵还不断为它自己造梦——虽然其中大部分都很琐碎，很快就会被忘记，但它包含着一些美丽、有趣的东西，这些东西是任何文字都无法表达的。从某种程度上来说，你头脑中这个不可用语言表达的部分甚至是最重要的部分，因为它几乎是你所有动机的源头。所有的好恶，所有的美感，所有的是非观念（美学和道德方面的考虑因素在任何情况下都是分不开的），都来自于情感，而人们普遍认为情感比语言更微妙。当被问到"你为什么要做？"或者"你为什么不做？"这种问题的时候，你总会觉得没办法用语言阐述真正的原因，哪怕你并不想隐瞒，因此，如果你为自己的行为辩解，那你多少有点不诚实。事实上，有些人似乎没有意识到自己一直受到内心世界的影响，甚至没有意识到内心世界的存在，我不知道是否每个人都会承认这一点。我注意到许多人在独处时从来不笑，我想如果一个人在独处时从来不笑，那他的内心世界一定相对贫乏。尽管如此，每个人到底还是拥有各自的内心，也都知道理解他人或者被他人理解实际上是不可能的——总之，人们如星星一般生活在孤独之中。几乎所有的文学作品在试图逃离这种孤独时都采取了迂回的方式——直接的方式几乎都是徒劳。

---

① 对宇宙万物，海洋般的心灵，
即刻能映现出它的同类对应，
但心灵还能超越物质现实，
创造出另外的海洋和陆地……
　　　　　　　　——作者注
（编者：这是英国玄学派诗人安德鲁·马维尔的《花园》中的诗句。）

"富于想象力的"写作就像是从前线对坚不可摧的阵地进行迂回攻击。当作家试图用词语的原意来表达任何非纯粹的"知识"时，几乎都会感到无能为力。即便能达成目的，那他也是通过迂回而巧妙地使用词语，依赖词语的韵律等来实现的，就像他在讲话时依赖语气和手势一样。就诗歌而言，这一点众所周知，不值得讨论。例如：

> 人间之月安然度过月食之灾，
> 曾预言不祥的人沦为笑柄。[①]

这两句诗，即使是对诗歌知之甚少的人也不会认为这些词语的真正意义就是词典上的"意义"。（据说这两句诗是暗指伊丽莎白女王已经安全度过了她的重大转折点。）词典意义几乎总是与真正的意义有关，但不会比一幅画作背后的"趣闻逸事"与这幅画本身的设计之间的关系更密切。散文总的来说也是一样。小说，哪怕是一部表面看来与内心生活毫无关系的小说，也就是所谓的"平铺直叙的故事"也是如此。比如《曼侬·莱斯戈》，为什么作者要虚构这样一个关于一个不忠的女孩与一位出走的神父之间的冗长故事呢？那是因为他有一种东西要表达，是感觉也好，想象也好，随便你怎么称呼，而且他本来就知道，或者体验以后才知道，试图通过描述来表达这种想象是在做无用功，好比在一本动物学的书中用文字描述龙虾一样。但是不用描述，而是通过虚构某种别的东西（在这个例子中是传奇式流浪冒险小说，而在别的

[①] 引自莎士比亚的十四行诗第 107 首。

时代，作者可能会选择某种别的形式），他就能表达，或者能部分表达。事实上，写作艺术在很大程度上就是对词语的曲解，而且我甚至要说，这种曲解越不明显，曲解得就越彻底。因为当看到一个作家似乎在曲解词语的意思时（例如杰勒德·曼利·霍普金斯），如果你仔细琢磨，就会发现他实际上是在竭力尝试直接使用这些词语。相反那些看起来没有任何技巧的作家，例如老民谣作家，却在进行一种特别难以察觉的侧面进攻，尽管这种情况对民谣作家来说无疑是无意识的行为。当然，人们经常听到一些言不由衷的言论，大意是所有好的艺术都是"客观的"，真正的艺术家都会把他的内心世界留给自己。但说这话的人并不是这个意思，真正的意思其实是他们希望通过一种特别迂回的方式来表达内心世界，例如民谣或者"平铺直叙的故事"。

除了有难度以外，这种迂回方法的缺点还在于它通常会失败。对于那些不是优秀艺术家的人来说（可能优秀艺术家也一样），文字的拙劣自然会导致表达不断被歪曲。谁曾写过一封所言皆所想的情书呢？作家在歪曲自己的本意时，有意和无意的情况都有。有意的情况是因为词语的偶然性总是引诱和吓唬他偏离自己的本意。他有了一个想法，开始试图表达它，然后通常会冒出大量的词语，在这些词语中，一种模式开始形成，而这种形成或多或少带有偶然性。这绝不是他想要的模式，但不管怎么说也不算庸俗或者讨人厌，这是"好艺术"。他接受了，因为"好艺术"多少算是来自上天的神秘礼物，当它出现的时候，弃之不用好像又很可惜。任何一个诚实的人（哪怕诚实程度不一）都会整天在谈话和写作中有意识地说谎，仅仅因为谎言会以艺术的形式呈现出来而真理却不会。但如果词语所代表的意义就像底乘高代表一个平行四边形的面积那样充分和准确的话，那么至少说谎的必要性就不复存在了。在读者／听者的头脑中，还会出现进一步的歪曲，因为词语与思想不是直接对应的，读者／听者总是会看到并不存在的意义。我们所谓的对外国诗歌的欣赏就是一个很好的例子。从外国评论家对"华生医生的爱情生活"的荒谬评论，我们就知道真正理解外国文学几乎是不可能的；然而一些相当无知的人声称，他们确实从用外语甚至不再使用的语言撰写的诗歌中获得了巨大的乐趣。很明显，他们获得的乐趣应该源自作者从未想过的东西，甚至是某种会令作者在坟墓里都感到不安的东西。我会一遍又一遍地吟诵贺拉斯的一句诗，吟诵五分钟，只为欣赏其中一个拉丁词语的优美。然而，考虑到时代和文化的鸿沟、我对拉丁语的无知，以及甚至没有人知道拉丁语发音这一事实，我听到的效果会是贺拉斯想要达到的效果吗？这就像我为某一幅画作的美感到欣喜若狂，然而这一切只不过是因为在画作完成两百年之后，几滴颜料又不小心溅到了这张画布上。请注意，我并不是说如果词语能更可靠地表达意思，艺术就必然会得到提高。据我所知，艺术正是因为语言的粗糙和模糊才得以蓬勃发展的。我只是在批判那些被认为是思想载体的词语。在我看来，从准确性和可表达性的角度来说，我们的语言还停留在石器时代。

至于解决办法，我的建议是有意识地发明新词语，就像我们为汽车发动机发明新零件一样。假定存在一种词语，它可以准确地表达思想活动，或者大部分思想活动；假定我们不必因无法表达生活而感到烦闷，不必用艺术技巧来耍花招；假定表达一个人的意思只是简单地使用正确的词语并将它们放在适当的位置，就像代数中的解方程。我想这么做的好处应该很明显，但静下心来通过常识性程序有意创造新词的好处更加显而易见。在说明如何创造出令人满意的词语之前，我最好先处理一下必然会出现的反对意见。

如果你对任何一个有思想的人说，"我们一起成立一个组织来创造新的、更精细的词语吧"，他首先会反对，认为这是一个古怪的人的想法，然后可能会说，我们现在使用的词语如果处理得当，可以应付任何难题。（当然，后面这一个反对意见只是理论性的。实际上，每个人都认识到了语言的不足——比如会有这样的表达："不知道说什么好"，"问题不在于他说什么，而在于他说话的方式"，等等。）但最后他会给你这样的回答："不能用那种迂腐的方式做事。语言只能像花朵一样慢慢生长；你不能像修补机器一样修补它们。任何凭空捏造出来的词语肯定都是毫无特色、毫无生气的，比如世界语（Esperanto）。一个词的全部意义就在于它慢慢形成的联想中。"

首先，这种论点就像有人建议改变任何事物时会引发的大多数论点一样，是一种争论什么才是应然的长篇大论。迄今为止，我们从来没有让自己去有意识地创造词语，所有现存的语言都是缓慢而随意地发展起来的，因此语言没有别的发展之道。现在，当我们想表达任何超出几何定义层面的东西时，我们就必须用声音、联想等元素来变戏法，因此这种必要性是词语固有的本质。这种推论的不合理显而易见。而且请注意，当我建议使用抽象词语时，我只是在建议将我们目前的做法加以延伸。因为我们现在确实在创造具体的词。飞机和自行车被发明了，我们也发明了它们的名称，这是很自然的事情。这离为存在于头脑中但现在还未被命名的事物命名只有一步之遥。如果你问我："你为什么不喜欢史密斯先生？"我会回答说："因为他是个骗子、懦夫等等。"我给出的理由多半是错误的。我心里给出的答案其实是"因为他是那种人"，我理解"那种"所代表的意思，如果我能和你说明白，你也会理解。那为什么不给"那种"找一个名称呢？唯一的困难就是如何在我们要命名的对象上达成一致。但早在这一难题出现之前，爱阅读、爱思考的人面对诸如发明词语这种想法时就会望而却步。他会提出我之前提到的那些论点，或者其他多少带有嘲讽意味、诉诸问题的论点。事实上，所有这些论点都是谎话。这种反对源于一种深层次的非理性本能，源于迷信。这是一种感觉，感觉用任何直接理性的方法去解决一个人的困难、以解方程式的方法去解决生活中的问题都不会有任何结果，并且绝对是不安全的。这种思想常见于迂回的方式中。所有关于我们民族的天才怎么"得过且过"的废话，所有软弱的、无神论的、极力否定智力的强大和健全的神秘主义，本质上都是在说，不去思考更安全。我确信，这种感觉源于孩提时代的普遍信仰，孩子们相信空中到处都是复仇的魔鬼，等待着对自以为是的人施加惩罚。①在成年人中，这种信仰留存下来，成为一种对过于理性的思考的恐惧。我，耶和华，你的上帝，是忌邪的上帝，骄兵必败，等等——最危险的骄傲就是智者的妄自尊大。大卫遭到上帝惩罚是因为他数点百姓人数，也就是说因为他科学地运用了他的智力。因此，像体外人工培育这种想法，除了对种族健康、家庭生活等可能产生的影

---

① 这个想法就是魔鬼会因为你过于自信而降临在你身上，所以孩子们相信，当你钓到一条鱼，如果你在把鱼抓上岸之前就说"抓住它了"，那它就会逃脱；当你参加板球比赛，如果你在轮到你击球之前就穿上防护垫，那你就会第一个出局，诸此种种。这种信念也经常存在于成年人身上。成年人只是比孩子迷信的程度低一些而已，因为他们对所处的环境拥有更大的影响力。在每个人都无能为力的困境中，例如战争和赌博中，人人都是迷信的。——作者注

响外，其本身就被认为是对神的一种亵渎。同样，任何对语言这种基本事物的攻击，对我们自己思想结构的攻击，都是亵渎，所以也是危险的。改革语言实际上是插手上帝的工作——不过我不认为会有人用完全一样的说法来表达这一点。这个反对意见很重要，因为它甚至会阻止大多数人考虑语言改革这样的想法。而且除非大批人接受这个想法，否则它肯定是没有用的。对于某个人或者某个小圈子来说，尝试补充一种语言，正如詹姆斯·乔伊斯正在做的那样，就像一个人试图独自踢足球一样荒谬。我们需要的是成千上万个有些天赋的普通人，能像现在研究莎士比亚的人们一样投入到创造词语这件事情中。有了这些，我相信我们可以创造语言的奇迹。

现在我们来看看方法的问题。我们可以看到一些大家族的成员成功发明词语的例子，尽管这些词语显得很粗略，使用规模也不大。所有大家族都有两三个自己特有的词语——这些词是他们自己创造出来的，表达的是微妙的、非词典定义的含义。当他们想说"史密斯先生是那种人"的时候，他们会用一些自己创造的词来表达"那种"所代表的意思，而身边的人完全能理解；等于在这个家族内部存在一个形容词，填补了词典的诸多空白之一。这个家族之所以能够发明这些词，是因为他们有共同的经验。毫无疑问，没有共同的经验，任何一个词语都不可能有意义。如果你问我："佛手柑闻起来像什么？"我会回答说："闻起来像马鞭草。"那么只要知道马鞭草的味道，你就差不多能理解我的意思了。因此，造词的方法是以明确常识为基础的类比法，必须有可供参考而且不会导致任何误解的标准，正如人们可用以指代一种实物，例如马鞭草的味道。归根结底，这实际是赋予词语一个实体的（可能是有形的）存在。然而仅仅谈论定义是徒劳的，每当你试图定义文学评论家们使用的某个词时（例如"伤感的"[①]"庸俗的""病态的"等），你就会明白这一点。所有这些词都毫无意义——或者更确切地说，这些词对每个使用它们的人来说都有不同的意义。我们需要的是以某种明确无误的形式表达出某种意义，然后，当不同人的头脑中对它已经产生认同，并且认识到值得为其命名的时候，就给它起个名字。这个问题很简单，就是找到一种方法，让人们能够赋予思想一个客观的存在。

我们脑海中立刻就会联想到拍电影。每个人肯定都注意到了电影潜在的非凡力量——失真的力量、幻想的力量，一般来说就是逃离现实世界限制的力量。电影一直以来主要被用来模仿舞台剧，它没有关注舞台之外的事物，我认为这只是出于商业需要。如果使用得当，电影很可能是表达心理过程的一种合适的媒介。举个例子，就像前文中所说的，一个梦是完全无法用语言来描述的，但它可以很好地在屏幕上表现出来。几年前，我看了一部道格拉斯·费尔班克斯的电影，其中有一段表现的就是梦境。当然，这段电影的大部分内容都是在拿在公共场合赤身裸体的梦开无聊的玩笑，但有那么几分钟，它呈现的还真像一场梦境，这是一种特别的方式，无法用文字来形容，也无法用画面来形容，我想就是用音乐也无法形容。我在其他电影中也看到过类似的场景，例如《卡里加里博士》（*Dr. Caligari*）[②]——然而这部电影的大部分内容都很荒唐，异想天开的元素只是为了吸引眼球，并没有传达任

---

① 我曾试图列出一个被评论家称为"伤感的"作家的名单。最后这个名单几乎囊括了所有英国作家。这个词实际上是一个毫无意义的憎恶象征，就像荷马史诗中赠给宾客的象征友谊的青铜鼎一样。——作者注
② 1920 年在德国上映的一部惊悚电影。

何明确的含义。仔细想想，一个人脑海中的东西几乎都可以用电影奇特的失真力量来表达。一个拥有私人电影摄影机、所有必要道具和一群聪明演员的百万富翁，只要愿意，几乎就可以把他的整个内心世界公之于众。他可以解释其行为的真正原因，而不是说一些合理的谎话，他可以指明对他来说美妙的、可怜的、有趣的东西等等，这些都是普通人碍于没有可表达的语言而不得不封存在内心的东西。总而言之，他可以让别人理解他。当然，任何一个不是天才的人都不希望展示自己的内心世界。我们需要的是发现人们共同拥有的但难以名状的感觉。所有那些无法用言语表达的强大动机，以及那些经常导致谎言和误解的原因，都可以被找到，都可以被赋予可见的形式，都可以被认同，并获得命名。我相信合适的研究者可以利用电影这种拥有几乎无限表现力的形式来达成这一目标，尽管为想法塑形，使其可见并不总是那么容易——事实上，这件事最开始的时候可能与其他任何一种艺术一样有难度。

我们还要注意新词应该采取的实际形式。假设几千个拥有必要的时间、才能和金钱的人来从事补充语言这项工作，假设他们设法就一些必要的新词达成了一致，他们仍然要提防单纯的沃拉普克语①的产生，因为这种语言刚被发明出来就会遭到淘汰。在我看来，一个词，甚至一个还不存在的词，很可能都有它的自然形式——或者更确切地说，它在各种语言中都存在不同的自然形式。如果语言真的具有准确、完全的表达能力，那就没必要像我们现在这样玩弄词语的发音了，但我认为词语的发音和它的意义

---

① 第一个较为成功的人造语言，是世界语的先驱。

之间一定存在某种联系。关于语言的起源，（我认为）有一个公认的、貌似合理的理论。原始人在还没有学会说话之前，会很自然地依靠手势交流，而且会像其他任何动物一样，在做手势的时候也会大叫，以引起对方的注意。现在，一个人会本能地做出适合自己意思的手势，身体的各个部分包括舌头也会跟着活动。因此，特定的舌头动作——也就是特定的发音——会与特定的含义联系在一起。在诗歌中，一个人可以指定一些词，除了其直接含义之外，它们还会有规律地通过发音来表达某种思想。因此才有了："深不可测的海心（Deeper than did ever plummet sound）①"（我认为plummet 这个词在莎翁笔下出现过不止一次），"昔日坠入深海（Past the plunge of plummet）②"（A. E. 豪斯曼），"深不可测的咸咸大海阻人于千里之外（the unplumbed, salt, estranging sea）③"（马修·阿诺德）等表达。很显然，除了直接的含义之外，"plum-"或 "plun-"的发音肯定与深不见底的海洋有关。因此，在构建新词时，既要注意发音的适当性，又要注意词义的正确性。像目前这样把旧词裁剪成一个真正革新性的新词是行不通的，但只是用任意的字母组合也同样无济于事。我们必须确定这个词的自然形式，和就这些词的实际含义达成一致一样，这也需要很多人的合作。

这些都是我在匆忙中写就的，当我通读此文时，发现我的论点中存在一些不足之处，而且其中很多都是老生常谈。在任何情况下，对大多数人来说，改革语言的整个想法要么显得业余，要

---

① 出自莎士比亚的戏剧《暴风雨》第五幕第一场。
② 出自 A. E. 豪斯曼的诗《有粗心之人经过》（*There Pass the Careless People*）。
③ 出自马修·阿诺德的诗《致玛格丽特（续）》（*To Marguerite: Continued*）。

么古怪。但是，鉴于人与人之间存在着如此彻底的不可理解之处——至少在那些不够亲密的人之间，这个问题仍然值得考虑。眼下，正如塞缪尔·巴特勒[①]所说的那样，最好的艺术（也就是最完美的思想传递）必须由一个人传到另一个人才得以"留存"。倘若我们的语言更如人意的话，就不必如此了。在我们的知识、我们生活的复杂性、我们思想的复杂程度（我认为随着生活复杂性的增加，思想的复杂程度必然随之加深）发展得如此之快时，作为主要交流手段的语言却几乎没什么动静，这太奇怪了。基于这个原因，我认为有意识地发明一些词语这个想法至少值得我们三思。

[①] 塞缪尔·巴特勒（Samuel Butler, 1835—1902），英国维多利亚时代的作家，著有半自传体小说《众生之路》及讽刺小说《埃瑞璜》。

裹身鲸腹 [①]

一

亨利·米勒的小说《北回归线》于 1935 年问世时，受到了相当谨慎的赞扬，在某些情况下，这显然是因为评论者害怕被视为喜欢色情文学。赞扬这部作品的包括 T. S. 艾略特、赫伯特·里德 [②]、奥尔德斯·赫胥黎、约翰·多斯·帕索斯 [③]、埃兹拉·庞德等人——总的来说，都不是现在流行的作家。事实上，这本书的主题，以及从某种程度上讲它的精神氛围，都属于 20 世纪 20 年代，而不是 20 世纪 30 年代。

《北回归线》是一部第一人称小说，也可以说是一部以小说形式写就的自传，取决于你怎么看。米勒本人坚称这是一部纯粹的自传，但他讲故事的节奏和方式却和小说一样。这是一个关于在巴黎

---

① 发表于《散文和诗歌的新方向》(1940)。——编者注
② 赫伯特·里德 (Herbert Read, 1893—1968)，英国诗人、艺术批评家和美学家，赫伯特·里德一生著作颇丰，著有《什么是诗》《现代诗歌的形式》《艺术的真谛》等。
③ 约翰·多斯·帕索斯 (John Dos Passos, 1896—1970)，美国小说家，代表作是《美国》三部曲，包括《北纬四十二度》(1930)、《一九一九年》(1932) 和《赚大钱》(1936) 等。

的美国人的故事，但作者并没有按照惯常的路线展开，因为这里的美国人碰巧是没钱的人。在繁荣时期，美元充裕，而法郎的兑换价值很低，一大群艺术家、作家、学生、业余艺术爱好者、观光者、浪荡子和游手好闲者蜂拥到巴黎，这种景象前所未有。在城里的某些地方，所谓的艺术家的人数肯定超过了工人——事实上在20世纪20年代后期，巴黎的画家多达三万名，其中大多数都是滥竽充数的。民众对艺术家的态度已经变得麻木，穿着灯芯绒裤子、声音粗哑的女同性恋和身着古希腊或中世纪服饰的年轻人走在街头都不会有人注意，在塞纳河沿岸、巴黎圣母院周围，到处都是写生的画家，他们的凳子一个挨一个，几乎找不到穿行的路。那是一个黑马和遗珠的时代，挂在每个人嘴边的都是"我何时一鸣惊人"这类话。事实证明，没有谁"一鸣惊人"，大萧条的降临使人们感到自己走进了另一个冰河时代，四海为家的艺术家们消失了，塞纳河岸边蒙帕纳斯区的那些咖啡馆现在已经变成了漆黑的陵墓，里面连个鬼影子都看不到，然而十年前所有咖啡馆都是人满为患的，每天聚集着一群装模作样的人，扯着嗓子高谈阔论直到深夜。这就是米勒笔下的世界，其他小说也描述过，例如温德姆·刘易斯的《塔尔》，但米勒描写的只是这个世界的底层，也就是流氓无产者，这个边缘群体之所以能在大萧条中生存，是因为他们当中一部分人是真正的艺术家，一部分人是实打实的流氓。那些被忽视的天才，那些总是"打算"写一部能使普鲁斯特自叹不如的小说的偏执狂，就属于这个群体，但他们大多数时候都在为下一顿饭发愁，只有极少数在吃饱喝足的情况下才算是天才。《北回归线》的大部分内容都是围绕打工人旅馆内爬满虫子的房间，围绕打架、酗酒、廉价妓院、俄国难民、乞讨、诈骗和兼职零工展开的。它还描绘了一个外国人眼中的巴黎贫穷角落的整体氛围——鹅卵石小路、散发着酸腐味的垃圾、小酒馆油腻的锌板柜台和破旧的砖头地板、塞纳河的绿色河水、共和国卫队的蓝色斗篷、破烂不堪的铁质小便池、地铁站奇特的有点甜的气味、燃成灰烬的香烟、卢森堡公园里的鸽子——或者至少让人感觉到了这个氛围。

从表面上看，再没有比这些更没前景的素材了。当《北回归线》出版时，意大利人正在向阿比西尼亚①进军，希特勒的集中营里已经人满为患。全世界知识分子的焦点是罗马、莫斯科和柏林。在这样一个时刻，一个讲述身无分文的美国流浪汉在巴黎拉丁区乞讨酒食的故事似乎不可能成为一部具有杰出价值的小说。当然，小说家没有义务直接描写当代历史，但如果一个小说家对当下重大的公共事件完全视而不见，那通常来说他要么是在犯傻，要么就是个十足的白痴。如果仅仅从《北回归线》的主题来看，大多数人可能会认为它不过是20世纪20年代遗留下来的带些淫秽色彩的作品。但事实绝非如此，几乎每一个读过这本书的人都会立刻看出，这本书根本不是什么淫猥之作，而是一部非常了不起的作品。这本书如何了不起？或者说为什么了不起？这样的问题从来都不容易回答。我想最好从《北回归线》给我留下的印象开始说起。

第一次翻开《北回归线》的时候，我发现里面充满了不宜刊印的文字，我的第一反应就是拒绝留下印象。我相信大多数人的想法都是一样的。然而过了一段时间，这本书的氛围以及无数细节似乎以一种特殊的方式留在了我的记忆中。一年后，米勒的第二本书《黑色的春天》出版了。到了这个时候，《北回归线》在我脑

---

① 埃塞俄比亚旧称。

海里留下的印象比我第一次读它时要清晰得多。我对《黑色的春天》的第一感觉是它呈现出一种下降趋势，而且事实上它与《北回归线》没有相同的统一性。然而又过了一年之后，《黑色的春天》中的许多段落也深深扎根在了我的记忆中。显然，这些书是那种能够留下味道的书——正如人们常说的，它们是"创造了一个属于自己的世界"的书。能做到这一点的书不一定就是好书，它们可能是像《莱佛士》或者《夏洛克·福尔摩斯》这种好的坏书，也可能是像《呼啸山庄》或者《带绿色百叶窗的房子》①这种乖戾和病态的书。但我们时不时就会看到这样的小说，它不是通过揭示陌生的东西，而是通过揭示熟悉的东西来打开一个全新的世界。例如，《尤利西斯》真正引人注目的地方在于其素材都是司空见惯的东西。当然，《尤利西斯》这部作品远不止这些，因为詹姆斯·乔伊斯既是一个诗人，也是一个笨拙的学究，但他真正的成就是把人们熟悉的东西写在纸上。他敢于揭露内心的愚钝——这么做需要的勇气与技巧同样多，正是在这个过程中，他发现了一个新大陆，它就在所有人的眼皮底下，人们却视而不见。这个世界里都是你原以为本质上只可意会不可言传的东西，有人却成功地把它们表达了出来。其效果是打破了人类生活的孤寂，至少在短期内如此。当你读到《尤利西斯》中的某些段落时，你会觉得乔伊斯的思想和你的思想是一体的，虽然他从未听说过你的名字，但他知道你的一切，在时空之外的某个世界里，你和他密不可分。尽管米勒在其他方面不像乔伊斯，但他身上也有点这种特质。并不是说他的文字都有这种特质，因为他

---

① 苏格兰作家乔治·道格拉斯·布朗于 1901 年首次出版的小说。故事发生于艾尔郡一个虚构的名为巴比的镇子，小说描述了骄傲而沉默的搬运工约翰·古尔利如何对抗巴比镇那些善妒又懒惰的村民对他的恶意中伤和小诡计。

的作品非常参差不齐，他有时会废话连篇，有时会陷入超现实主义者柔软脆弱的世界，尤其是在《黑色的春天》这部作品中。但是当你读他的书读上五页到十页时，就会感到一种奇特的宽慰感，这种感觉与其说来自理解，不如说是来自被理解。你觉得"他知道我的一切，他这是专门为我写的"。就好像你能听到一个声音在跟你说话，一个友善的美国人的声音，里面没有谎言，没有道德目的，只有一个隐含的假设——我们都是一样的。此时此刻，你已经摆脱了普通小说甚至相当好的小说中的谎言和简化手法，摆脱了其程式化的、提线木偶般的特质，你面对的是可被认知的人类经验。

　　但这是什么样的经验呢？又是哪一类人的经验呢？米勒写的是流落街头的人，但可惜的是这街头是烟花柳巷。这是对背井离乡的惩罚，意味着把你的根移植到较为浅薄的土壤里去。流落他乡对小说家的伤害可能比对画家和诗人更大，因为这会导致他脱离职业生活，将他的活动范围缩小到街头、咖啡馆、教堂、妓院和工作室。总的来说，在米勒的书中，你读到的是旅居国外的生活，读到的人类活动是喝酒、聊天、冥想、通奸，而不是工作、结婚、抚养孩子；很遗憾，因为如果要他描述后一类活动，他一样可以描述得很好。在《黑色的春天》中，有一段关于纽约的精彩倒叙，描绘的是欧·亨利时期充斥着大批爱尔兰人的纽约城；但《北回归线》中描写巴黎的场景是最好的，作者在塑造咖啡馆里的醉鬼和一文不名的流浪汉时流露出了对角色的感情和高超的技巧，而这是所有近来的小说作品都无法媲美的，尽管这些人物确实无法作为社会典型。所有这些人和事不仅可信，而且是人们再熟悉不过的，你觉得他们的遭遇都在你身上发生过，这些遭遇也没那么曲折离奇。米勒在一个忧郁的印度学生那里找到了一份工作，又在一所糟糕透顶的法国学校里找到了另一份工作，当时一场寒潮降临，厕所都结冰了；他在勒阿弗尔和朋友科林斯船长纵情喝酒；去那些有漂亮黑人妓女的妓院；和小说家朋友范·诺登聊天，这位小说家已经在脑海里构思了一部世界上最伟大的小说，却始终无法让自己拿起笔来开始写。他的朋友卡尔在快没饭吃的时候被一位希望嫁给他的有钱寡妇收留了。卡尔像哈姆雷特那样进行了无数次自我对话，试图两害相权取其轻，看是选择挨饿还是甘为一个老寡妇的枕边人。卡尔非常详细地描述了他与寡妇见面的细节，他如何穿着最好的衣服前往酒店，如何在进去之前忘了撒尿，因此整个晚上都忍受着漫长的折磨，等等。然而这一切都不是真的，这个寡妇压根就不存在——卡尔只是为了让自己显得重要而虚构了这个人物。整本书或多或少都是这种风格。为什么这些怪异的琐事如此引人入胜呢？只是因为整个氛围你非常熟悉，因为你始终感觉这些事情正发生在你身上。而你之所以会有这种感觉，是因为有人选择放弃普通小说中的那种日内瓦语言①，将内心世界的"现实政治"公之于众。对米勒而言，这本书的议题与其说是探索思维机制，不如说是坦然面对日常事实和日常情绪。因为事实上许多普通人，或者说大多数人的说话方式与行为方式和书中所记录的一样。《北回归线》中人物言谈的冷漠和粗鄙在小说中非常少见，但在现实生活中却极为常见；我曾一次又一次地听到人们这样谈话，而他们甚至没有意识到自己在说粗话。值得注意的是，《北回归线》并不是一本年轻人写的书。这本书出版的时候米勒已经年过四旬，尽管在那以后他又出版了三四本书，但很明显《北

---

① 两次世界大战期间，日内瓦是国际联盟总部的所在地，也是一系列国际公约的签署地，属于瑞士的法语区。这里奥威尔大概是指政治性的国际官方语言。

回归线》这部处女作才是他经久不衰的作品。有些书是在贫困潦倒和默默无闻中慢慢成形的，作者都是那种知道自己必须做什么所以等得起的人，《北回归线》就是其中之一。那种散文文风令人惊叹，《黑色的春天》的部分内容甚至更好。不幸的是我不能引用，因为不宜刊印的文字几乎无处不在。但只要你领会了《北回归线》，领会了《黑色的春天》，尤其是前一百页的内容，你就会知道，即使是在今时今日，英文散文还有一些效果是可以达到的。在这些文字中，英语被当作一种口语，作者在使用时毫无顾忌，也就是说他在使用修辞的、罕见的或诗意的词语时毫无顾忌。形容词在被放逐十年之后又回来了。这是一种流畅的、饱满的散文，一种有韵律的散文，与现在流行的平淡谨慎的陈述和快餐厅里的土话截然不同。

像《北回归线》这样的书问世时，人们首先注意到的是它的淫秽，这是很自然的事情。考虑到我们目前对文学得体性的看法，要客观看待一本不宜刊印的书绝非易事。人们要么是震惊和厌恶，要么是病态的兴奋，要么是决定无论如何都不为所动。最后一种可能是最常见的反应，其结果是不宜刊印的书往往得不到应有的关注。现在有一种说法相当流行，那就是没什么比写一本淫秽的书更容易的了，写这种书的人只是为了让自己成为热门话题、为了赚钱等等。事实当然并非如此，因为从治安法庭的判断标准来看，淫秽图书明显是不常见的。如果污言秽语能轻松赚钱，肯定会有更多的人靠这个赚钱。但由于"淫秽"图书并不经常出现，所以人们往往会不加分辨地将它和污言秽语混为一谈。有人曾粗略地将《北回归线》与《尤利西斯》和《茫茫黑夜漫游》联系在一起，但实际上前者与后两本书都没有多少相似之处。亨利·米勒和詹姆斯·乔伊斯的共同之处在于他们都愿意提及日常生活中空虚、肮脏的事实，抛开技巧上的差异不谈，如果把《尤利西斯》中的葬礼场景放到《北回归线》中就很合适，整个章节都是一种忏悔，一种对人类内心可怕的麻木不仁的揭露。但相似之处也就仅此而已。作为一部小说，《北回归线》远不如《尤利西斯》。乔伊斯是一位艺术家，但从某种意义上来说，米勒不是，可能他也不希望成为艺术家，而且无论如何，他在进行更多的尝试。他在探索不同的意识状态，梦境、幻想、醉酒，等等，并将它们整合成一个庞大而复杂的模式，与维多利亚时代的"情节构思"近似。米勒只是一个谈论人生的人，一个不动感情的普通美国商人，拥有思想上的勇气和语言上的天赋。或许很重要的一点是他看起来确实就像人们脑海中的美国商人形象。至于把《北回归线》与《茫茫黑夜漫游》作比较，那更是风马牛不相及。这两本书的文字都不宜刊印，都是某种意义上的自传作品，但除此之外再无相似之处。《茫茫黑夜漫游》是一本有目的的书，其目的是反抗现代生活的恐怖和无意义——事实上，是反抗生活本身。这是一种因为不可忍受的憎恶而发出的尖叫，一种来自粪坑的声音。《北回归线》几乎恰好相反，书中的情节走向如此特别，以至于看起来几乎不合常理，但它是一本快乐之人的书。《黑色的春天》也是如此，不过稍逊一筹，因为有些地方带有怀旧的色彩。米勒经历了多年流氓无产者的生活——饥饿、流浪、肮脏、失败、露宿街头、与移民官员斗争，总是为一点点钱拼尽全力，然后他发现他很享受自己的生活。正是生活中让塞利纳[①]感到恐惧的那些方面吸引了米

---

① 即路易－费迪南·塞利纳（Louis-Ferdinand Céline，1894—1961），法国作家，《茫茫黑夜漫游》的作者，被认为是20世纪最有影响力的作家之一，同时，他因反犹言论而成为一位有争议的人物。"塞利纳"这个笔名来自他祖母和母亲的名字。

勒，他非但没有反抗，反而接受了。"接受"这个词让我想起了他真正的知己，另一位美国人——沃尔特·惠特曼。

在20世纪30年代，做一个与惠特曼相似的人有些奇怪。如果惠特曼现在还健在，恐怕未必能写出可与《草叶集》媲美的作品。毕竟他说的是"我接受"，然而接受现在和接受当时有天壤之别。惠特曼是一个生活在空前繁荣时期的作家，更重要的是，当时这个国家的自由不是口头说说而已。他所谈论的民主、平等和同志情谊并不是遥远的理想，而是存在于他眼前的东西。在19世纪中叶的美国，人们觉得自己是自由、平等的，而且事实也是如此。那里有贫穷，甚至也有阶级划分，但除了黑人之外，并没有永远被淹没在底层的阶级。每个人内心都有一个核心信念，那就是知道自己可以过上体面的生活，而且不用阿谀奉承就能做到。当你读到马克·吐温笔下密西西比河上的撑筏手和领航员，或者布雷特·哈特① 笔下的西部淘金者时，似乎觉得他们比石器时代的食人族更遥远。原因很简单，他们是自由的人。而且即使是宁静祥和、习惯于家庭生活的美国东部各州，或者《小妇人》《海伦的孩子》等作品中展现的美国也都是一样的。读到这些文字的时候，你能感到生活有一种愉快、自信、无忧无虑的感觉，犹如你心里实实在在感受到的触动。惠特曼歌颂的正是这一点，然而实际上他做得很糟糕，因为他是那种告诉你应该感受到什么的作家，而不是通过语言表达让你直接感受到。幸而他离世较早，没有目睹大规模工业的兴起和对廉价移民劳动力的剥削，没有看到美国人每况愈下的生活，因而他的信仰也没有受到挑战。

---

① 布雷特·哈特（Bret Harte，1836—1902），美国西部文学代表作家，其短篇小说以描写加利福尼亚淘金热时期的矿工、赌徒等浪漫化形象著称，作品有《咆哮营的幸运儿》等。

米勒的观点与惠特曼极为相似，几乎所有读过他作品的人都会这么说。《北回归线》以一段典型的惠特曼式的段落作结尾，在一系列纵欲、欺诈、打斗、酗酒和愚蠢行为之后，他只是坐下来，看着塞纳河水流过，不可思议地接受了这一切。只是，他接受了什么？首先，他接受的不是美国，而是古老欧洲的废墟，在那里，每一粒土都掩埋过无数人的身体。其次，他接受的不是一个扩张和自由的时代，而是一个恐惧、暴政和管制的时代。在我们这个时代，如果你说"我接受"，就等于说你接受集中营、橡皮警棍、希特勒、炸弹、飞机、罐头食品、机关枪、暴动、清洗、口号、防毒面具、潜艇、间谍、煽动者、新闻审查、秘密监狱、阿司匹林、好莱坞电影和政治谋杀。当然，不仅是这些东西，还有其他东西。总的来说，这就是米勒的态度。不过他没有始终如此，因为有时他的作品也表现出一种相当普通的文学怀旧的迹象。《黑色的春天》的前半部分中有一大段赞美中世纪的文字，作为散文，这必定是近年来最杰出的作品之一，但其中表现出的态度与切斯特顿的态度并无太大不同。在《马克思与白细胞》中，米勒如常从一个憎恨工业主义的文学知识分子的角度出发，对现代美国文明（早餐麦片、玻璃纸等）发起了攻击。但他的态度总的来说还是"接受这一切"，因此他看起来满脑子都是低俗、都是生活肮脏的一面。这只是表面现象，因为事实上平凡的日常生活中所包含的恐怖远比小说家通常愿意承认的要多得多。惠特曼自己"接受"了许多同时代人认为难以提及的东西，因为他不止描写北美大草原，他也在城市里漫游，记录自杀者破碎的头颅、"手淫者灰色病态的脸"等等。但毫无疑问，我们自己的时代，至少在西欧，比惠特曼写作时的时代更不健康，更看不到希望。与惠特曼不同，我们生活在一个不断收缩的世界里。惠特曼笔下的民主憧憬已经被带刺的铁丝网终结。人们能感知到的创造和增长越来越少，越来越不关注不停摇摆的摇篮，越来越关注反复在焖煮的茶壶。接受文明，实际上就是接受衰败。顽强的态度已经看不到了，变成了消极的态度——如果"颓废"这个词有什么意义的话，甚至可以用"颓废"来形容这种态度。

但从某种意义上来说，正因为米勒是被动地体验，所以他比那些目的性更强的作家更能贴近普通人，因为普通人也是被动的。普通人在一个狭窄的圈子里（家庭生活，或许还包括工会、地方政治团体等）会觉得自己能主宰自己的命运，但面对重大事件，就像面对大自然一样无能为力。他非但没有去努力影响将来，反而躺平，听天由命。在过去的十年里，文学越来越深地卷入到政治之中，其结果是目前的文学留给普通人的空间比过去两个世纪中的任何时候都要小。我们通过比较关于西班牙内战和关于第一次世界大战的书籍就能看出当时流行的文学态度的变化。关于西班牙内战的书籍最突出的特点是它们枯燥、糟糕得惊人，至少那些用英语写的书就是如此。但更重要的是几乎所有这些书，无论是代表右翼的还是代表左翼的，都是由盲目自信的党人所写的，他们会从一个政治角度来告诉你要思考什么；而关于第一次世界大战的书是由普通士兵或下级军官写的，他们不明白整个事件到底是怎么回事，甚至懒得做样子。像《西线无战事》《火线》《永别了，武器》《英雄之死》《告别一切》《一名步兵军官的回忆录》和《索姆河上的中尉》这样的书，不是宣传者写的，而是受害者写的。他们实际上是在说："这一切到底是怎么回事？天晓得是怎么回事，我们能做的只有忍耐。"虽然他们不是在描写战争，总的来说也不是在描写不幸，但比起现在流行的无所不知的态度来说，他们更接近米勒的态度。米勒曾在《推进者》这个短暂存在的期刊担任过兼职编辑，这个期刊一直在它的广告里这样描述自己"非政治性、非教育性、非进步性、非合作性、非道德性、非文学性、非一贯性、非当代性"，而米勒自己的作品也可以用几乎相同的词语来描述。他书中的声音来自凡夫俗子，来自仆从，来自三等车厢的人，来自那些普通的、非政治性的、非道德性的、被动的人。

　　我一直在相当宽泛的层面使用"普通人"这个词，并认为"普通人"的存在是理所当然的事情，然而现在有些人却否认这一点。我的意思并不是米勒笔下的人物占大多数，更不是说他写的是无产阶级。但是到目前为止，还没有英国或美国的小说家认真地尝试过描写普通人。再次强调，《北回归线》中的人物从某种程度上来说还不够普通，他们游手好闲，声名狼藉，另外或多或少还有点"艺术天赋"。就像我之前说过的一样，这是一个遗憾，但却是背井离乡的必然结果。米勒笔下的"普通人"既不是体力劳动者，也不是郊区的房主，而是那些无家可归的人，失去原有社会地位的人，冒险者，没有立足之地、没有钱的美国知识分子。然而，即使是这类人群的经历，与那些更为普通的人之间也存在着相当大的重叠。米勒最大限度地利用了他相当有限的素材，之所以能做到这一点是因为他有勇气认同它。普通人，"耽于肉欲的凡夫俗子"被赋予了说话的能力，就像巴兰的驴子一样[①]。

　　可以看到，这些都是过时的东西，或者至少不再流行了。"耽于肉欲的凡夫俗子"已经不合时宜了。专注于性和内心生活的真

[①] 出自《旧约·民数记》第22章，形容平常沉默驯服，突然开口抗议的人。

实性不流行了。美国人在巴黎的故事不流行了。像《北回归线》这样的书在这样的时期出版，要么冗长乏味、矫揉造作，要么非同寻常，我想大多数读过这本书的人都会认同它不是第一种。我们有必要试着去发现这种逃离当前文学风气的现象到底意味着什么。但要做到这一点，我们必须结合背景来看，也就是说，结合自一战以来二十年内英国文学的总体发展来看。

二

当人们说一个作家很流行时，实际上是在说这个作家受到三十岁以下人群的青睐。在我所说的这段时期的初期，也就是战争期间和战争结束后的那几年，几乎可以肯定，对年轻人的思想把握最深刻的作家是豪斯曼。对于那些自1910年至1925年尚在青春期的人来说，豪斯曼的影响是巨大的，而这种影响在今天很难被人理解。1920年，我十七岁的时候，可能已经把《什罗普郡的少年》全部熟记于心了。如今，我不知道《什罗普郡的少年》会给一个与我当时的思想差不多的十七岁男孩留下怎样的印象。毫无疑问，他听说过这本诗集，甚至还瞥过一眼；这本书打动他的可能是简单的诙谐——或许这就是全部。然而我和我同时代的人过去常常以一种狂喜的心情，一遍又一遍地背诵这些诗，就像前几代人背诵梅瑞狄斯①的《山谷之爱》、史文朋②的《冥后花园》

---

① 梅瑞狄斯（George Meredith，1928—1909），英国维多利亚时期的著名小说家、诗人。其诗歌和散文的风格以复杂的句法著称，奥斯卡·王尔德将其比作"被智慧的耀眼闪电所照亮的混乱"。他最成功的作品有《十字路口的戴安娜》《利己主义者》，曾多次获诺贝尔文学奖提名。
② 阿尔杰农·查尔斯·史文朋（Algernon Charles Swinburne，1837—1909），英国维多利亚时代最后一位重要的诗人，他在诗歌艺术上的成就对20世纪以来的外国诗人产生了深远影响。

等诗歌一样。

> 我心中充满忧怨，
> 为我曾经的珍贵挚友，
> 为许多唇如玫瑰的红颜，
> 为许多脚步轻盈的少年。

> 在难以越过的宽宽溪边，
> 安卧着脚步轻盈的少年；
> 唇如玫瑰的红颜已入梦乡，
> 就在那玫瑰凋零的田间。

　　这样的诗句听起来朗朗上口，但在1920年似乎就没有这种感觉了。为什么有些作品总是昙花一现呢？要回答这个问题，我们必须考虑使某些作家在某个时期受到欢迎的外部条件。豪斯曼的诗刚发表时并没有引起多少人的注意。这些诗里到底有什么东西如此深深地吸引着特定的一代人，也就是1900年前后出生的那一代人呢？

　　首先，豪斯曼是一位"乡村"诗人。他的诗充满了已被埋葬的村庄的魅力，充满了对地名的怀旧，例如克伦顿和克伦伯里、奈顿、勒德洛、"温洛岭"、"布莱顿的夏天"、茅草屋顶和铁匠铺的叮当声、牧场里的野水仙、"记忆中蓝色的山丘"。除了战争诗歌之外，1910年至1925年间的英语诗歌大多数都是描写"乡村"的。其中的原因无疑是以土地收租为生的阶层彻底失去了与土地的任何真正的关系。但不管怎么说，当时那种心属乡村而蔑视城镇的势利主义远比现在要盛行得多。那时英国的农业化程度与现在差不多，但在轻工业开始蓬勃发展以前，人们更容易把英国看作是一个农业国家。大多数中产阶级的男孩都是在农场附近长大的，农场生活中生动的一面也自然而然地吸引着他们，例如犁地、收割、打垛等等。一个男孩是不大可能注意到在凌晨四点给奶头皲裂的奶牛挤奶、挖萝卜这些苦差事的，除非他不得不亲自动手。战争之前和之后几年，甚至是战争期间，都是"自然诗人"的伟大时代，是理查德·杰弗里斯和 W. H. 哈德森的鼎盛时期。鲁珀特·布鲁克在 1913 年发表的诗歌《格兰彻斯特》是其中的代表作之一，但事实上它只不过是一种"乡村"情感的巨大迸发，是一种因为胃里塞满了过多地名而呕吐出来的东西。《格兰彻斯特》被看作是一首毫无价值的诗，但作为当时中产阶级年轻人思想的例证，它也算是一份有价值的记录。

然而，豪斯曼并没有像布鲁克和其他人那样本着周末精神对攀缘的蔷薇钟爱有加。"乡村"这个主题一直存在，但主要是作为背景。豪斯曼大多数诗歌的主题都是拟人化的，是一种理想化的乡村风格，事实上是对乡愁和田园牧歌的革新。这本身就有很强的吸引力。经验表明，过度文明的人群喜欢读关于乡野村夫的书（关键词是"贴近土地"），因为在他们的想象中乡下人比自己更原始，也更有激情。因此，我们会看到诸如希拉·凯耶-史密斯[1]的小说——"黑色的泥土"（dark earth）之类的作品。那个时候，一个中产阶级的男孩会因为他的"乡村"偏见认同一个农业工人，

---

[1] 希拉·凯耶-史密斯（Sheila Kaye-Smith, 1887—1956），英国小说家，因撰写了背景为苏塞克斯和肯特的边界的许多小说而闻名，她的《阿拉德之家的结局》在 1923 年出版后成为畅销书。

而不会认同一个城镇工人。大多数男孩的脑海里都有一个幻想，一个理想化的农夫、吉卜赛人、偷猎者或者猎场看守，他总是被描绘成一个野性的、自由的、漂泊不定的人，他的生活就是捕兔、斗鸡、骑马、喝啤酒、玩女人。梅斯菲尔德[①]的《永恒的宽恕》是另一个很有价值的时代缩影，在战争年代深受男孩们的喜爱，这首长篇叙事诗以一种非常天然的形式展现了男孩们的幻想。但豪斯曼笔下的莫里斯和特伦斯可以被严肃地看待，而梅斯菲尔德笔下的索尔·凯恩则不能；在这方面，豪斯曼像是带点田园诗歌鼻祖忒俄克里托斯味道的梅斯菲尔德。此外，豪斯曼所有的主题都与青少年有关——谋杀、自杀、不幸的爱情、英年早逝。这些主题都是通过简单的、容易理解的不幸事件来处理的，让你有一种在面对生活的"基本事实"的感觉：

> 灼热的太阳照在半秃的山坡上，
> 血已经干了；
> 莫里斯躺在干草堆里一动不动，
> 我的刀就在他身边。

又例如：

> 他们现在把我们送进了什鲁斯伯里监狱，
> 绝望的哨声响起，
> 火车整夜在铁轨上哀鸣，

---

① 约翰·梅斯菲尔德（John Masefield, 1878—1967），英国诗人、剧作家，1930 年荣获英国第 22 届"桂冠诗人"。

是为了天亮就要死去的人悲戚。

这些诗差不多都是同一个调子，所有事情都是一塌糊涂的。"迪克长眠于教堂墓地，而内德死在了监狱里"。同时我们还要注意到那种细腻的自怨自艾——那种"无人爱我"的感觉：

> 钻石般的露滴，
> 点缀着你草地上的低丘，
> 这是清晨的泪水，
> 它哭泣，但不是为你。

这家伙真是不幸啊！这样的诗歌可能是专门为青少年写的。关于性的一成不变的悲观情绪（一般女孩要么死了，要么嫁给了别人），对于那些被集中在公立学校里的男孩们来说似乎是一种智慧，他们之中有一半人倾向于认为女人是高不可攀的。我怀疑对于女孩们来说，豪斯曼没有同样的吸引力。他的诗中没有女性的视角，里面的女性人物只有林中仙女、性感女妖，奸诈的、带你走过一小段旅程然后偷偷溜走的半人半兽。

豪斯曼身上还有另一面，那就是他亵渎神明、反律法主义、"玩世不恭"的一面，如果不是因为这些，他不会对生活在1920年的年轻人产生如此大的吸引力。一代人与另一代人之间总是会争斗，这种争斗在第一次世界大战结束时尤为痛苦。这一方面是战争的原因，另一方面是俄国革命的间接结果，但无论如何，当时一场思想斗争已经如期而至。也许是由于英国的生活轻松而安全，即使战争也几乎没有扰乱这种生活，因此许多思想形成于19世纪

80 年代或更早的人将他们的思想毫无改变地带到了 20 世纪 20 年代。与此同时，对于更年轻的一代人来说，官方的信仰就像沙堡一样化为一片散沙，例如，宗教信仰的衰退就非常惊人。在好几年的时间里，老少之间的对立呈现出了真正的仇恨性质。战争一代的幸存者从大屠杀中死里逃生，却发现他们的长辈们还在高喊 1914 年的口号，而稍微年轻一代的男孩们则在满脑子淫邪念头的禁欲主义校长的手下苦苦挣扎。豪斯曼笔下暗含的性反抗以及他个人对上帝的不满所吸引的对象正是这些男孩。豪斯曼爱国，这一点千真万确，但他是用一种有益无害的老派方式来表达爱国主义，他支持英国步兵的红色外套和"天佑女王"的曲调，而不是钢盔和"绞死皇帝"。豪斯曼符合反基督教者的标准——他代表一种痛苦的、反叛的异教信仰，坚信人生苦短，坚信众神总是与你为敌，而这正好符合当时年轻人的普遍情绪。他那些迷人而细腻的诗句几乎全部由简单明了的语句组成。

可以看出，我在讨论豪斯曼的时候，好像仅仅把他当成一个宣传者、一个会说出箴言和值得引用"只言片语"的人，但显然他不止于此。我们现在也没必要因为几年前他曾被高估过而降低对他的评价。尽管现在这么说可能会惹来麻烦，但是豪斯曼还是有大量诗歌（例如《一股肃杀之气刺入我的心窝》和《我的马儿们在耕犁吗》）不太可能长期处于过时的境地。不过说到底，决定一个作家受人喜欢还是不受人喜欢的始终是他的倾向，他的"目的"，他的"主旨"。这一点是可以证明的，例如，你极难在一本严重违背你内心最深处信仰的书中看到任何文学价值，而且没有哪一本书是真正中立的。无论是诗歌还是散文，都会带有这样或那样的倾向，即使这些倾向仅仅体现在意象的选择或者作品形式的确定上，你也总是能察觉到。但那些广受欢迎的诗人，例如豪斯曼，往往一定是鞭辟入里的作家。

战争结束了，继豪斯曼和自然诗人之后又涌现出了一批倾向完全不同的作家——乔伊斯、T. S. 艾略特、庞德、劳伦斯、温德姆·刘易斯、奥尔德斯·赫胥黎、利顿·斯特雷奇^① 等。一方面，在（20世纪）20年代的中期和晚期，这些人代表的是一种"运动"，正如以奥登^② 和斯彭德^③ 为代表的作家群体在过去几年一直被视为"运动"的代表一样。当然，那个时期所有有天赋的作家并不是都可以归入同一类。例如 E. M. 福斯特^④，虽然他最好的作品问世于 1923 年左右，但他基本上属于战前作家，而叶芝不管在哪个阶段似乎都不可以被划归为（20世纪）20年代。其他一些当时还在世的作家，例如摩尔、康拉德、班尼特、威尔斯、诺曼·道格拉斯^⑤ 等人，在战争爆发前就已经过了巅峰期。另一方面，尽管从狭义的文学意义上来说，萨默塞特·毛姆几乎不属于这一群体，但他也应该被纳入其中。当然，这些作家所处的年代并不完全吻合，而且其中大多数人在战前就已经出版了自己的作品，但他们可以被归为战后作家，就像现在从事写作的年轻人可以被视为大萧条后的作家群体一样。《伦敦水星》（*London Mercury*）这样

---

① 利顿·斯特雷奇（Lytton Strachey, 1881—1932），英国著名传记作家，20 世纪传记文学的代表人物，作品《维多利亚》成就最高、影响最大。

② 威斯坦·休·奥登（Wystan Hugh Auden, 1907—1973），英裔美国诗人，是继 T. S. 艾略特之后最重要的英语诗人。1939 年移居美国，后入美国国籍并皈依基督教。前期创作多涉及社会和政治题材，后期转向宗教。

③ 斯蒂芬·斯彭德爵士（Sir Stephen Spender, 1909—1995），英国诗人、小说家、批评家，作品多关注社会正义的缺失和阶级斗争。

④ E. M. 福斯特（Edward Morgan Forster, 1879—1970），英国作家，代表作有《看得见风景的房间》《霍华德庄园》。

⑤ 诺曼·道格拉斯（Norman Douglas, 1868—1952），英国作家，代表作有《塞壬之乡》《沙漠喷泉》。

的杂志被乡绅把持，吉布斯和沃波尔在租书图书馆被视为神一样的存在，当时流行一种崇尚快乐和男子气概的风气，热衷追求啤酒、板球、石楠烟斗和一夫一妻制，而且只要你写一篇谴责"高雅"的文章，随时就有可能挣到几个基尼。但尽管如此，在年轻人中得到欢迎的还是那些受到鄙视的高雅人士。风从欧洲大陆吹来，早在1930年以前就将这种追捧啤酒和板球的风气一扫而空，那些追捧啤酒和板球的人犹如被扒光了衣服一样，身上只剩下爵士封号。

但是关于我刚才提到的这一批作家，人们首先注意到的是他们看起来并不像是一个群体。此外，他们之中还有些人会强烈反对将自己与其他几个人相提并论。劳伦斯和艾略特实际上相互反感，赫胥黎崇拜劳伦斯，但他却被乔伊斯排斥，其余的人大都瞧不起赫胥黎、斯特雷奇和毛姆，而刘易斯则将每个人都抨击了个遍，事实上他作为一名作家的声望很大程度上都是建立在这些抨击上的。然而，他们的某些气质存在相似之处，这一点现在看来已经足够明显了，不过十几年前的人们并不这么看。这实际上是因为当时人们对前景持悲观态度。我们有必要先弄清楚这种悲观情绪是什么。

如果说乔治时代诗人的主旨是"自然之美"，那么战后作家的主旨则是"生命的悲剧感"。例如，豪斯曼诗歌背后的精神并不是悲剧感，只是抱怨而已；这种抱怨是对享乐主义的失望。哈代也是如此，不过他的作品——《统治者》（*The Dynasts*）应该是个例外。但后来以乔伊斯和艾略特为代表的作家群体适时地登场了，清教主义并不是他们的主要对手，他们从一开始就能"看穿"前辈们曾为之斗争的大部分事情。这个群体的性情决定了他们对

"进步"的概念怀有敌意；他们觉得进步不仅没有发生，而且就不应该发生。我提到的这些作家具有这种总体上的相似性，不过他们的写作手法以及所拥有的才华肯定会存在差异。艾略特的悲观主义在一定程度上是基督教的悲观主义，暗含着对人类苦难的某种漠视，在某种程度上也是对西方文明衰落的哀叹（"我们是空心人，我们是填充着稻草的人"，等等），这是一种诸神的黄昏的感觉，正是这种感觉最终引领他完成了将现代生活描绘得比事实更糟糕这一艰难壮举，他写的《力士斯威尼》就是一个例子。对斯特雷奇来说，悲观主义只是对18世纪的一种礼貌的怀疑，同时与揭穿真相的兴趣交织在一起。在毛姆看来，悲观主义是一种斯多葛式的隐退，如苏伊士以东某个地方的上流绅士隐忍地继续着连自己都不再相信的事业，就像安东尼王朝的皇帝一样。乍看之下，劳伦斯似乎并不是一个悲观的作家，因为他和狄更斯一样，是那种可以"改变主意"的人，并且始终坚持认为，只要你稍稍改变一下看待此时此地生活的角度，一切就都没问题了。但他所追求的是一场远离机械文明的运动，而这是不可能发生的事情。因此，劳伦斯对当下的愤怒再次变成了对过去的理想化，这一次他的理想是那个安稳的、神话中的往昔——青铜时代。当看到劳伦斯更喜欢伊特鲁里亚人（确切地说是他心目中的伊特鲁里亚人）的文明而不是我们自己的文明时，我们很难不同意他的观点，然而这终究是一种失败主义，因为这不是世界前进的方向。他一直指向的那种生活，那种以简单的奥秘——性、土、火、水、血——为中心的生活，只不过是一场已经注定的失败。因此，他所能呈现的只有愿景——希望事情会以一种显然不可能发生的方式发生。他这样说："要么是慷慨的浪潮，要么是死亡的浪潮。"但很明显，地平线的这一边没有什么慷慨的浪潮。于是他逃到了墨西哥，然后在 45 岁时离世，在这之前的几年，死亡的浪潮开始了。你应该又一次注意到，当我谈到这些人的时候，仿佛没把他们当作艺术家，仿佛只是把他们当成将"信息"解释清楚的宣传者。那我再一次说明，他们每一个人显然都不止于此。比方说，如果将《尤利西斯》仅仅看作是对现代生活的恐怖的揭露，即对庞德口中"肮脏的每日邮报的时代"的揭露，那就太荒谬了。事实上，与大多数作家相比，乔伊斯更像是一个"纯粹的艺术家"。但《尤利西斯》不可能出自一个只会玩弄文字的人之手，这部著作是一种特殊生活视角的产物，这种视角来自一个已经失去信仰的天主教徒。乔伊斯所表达的意思是："看看吧！这就是没有上帝的生活。"他在技巧上的创新虽然也很重要，但主要是为了这个目的服务。

但有一点值得注意，那就是很难说清楚这些作家所怀的"目的"到底是什么。他们没有关注眼前紧迫的问题，最重要的是没有关注更狭义层面上的政治。我们的目光被引向罗马、拜占庭、蒙帕纳斯、墨西哥、伊特鲁里亚人、潜意识、太阳神经丛①——引向事件实际发生地以外的任何地方。当我们回顾 20 世纪 20 年代时，会发现欧洲发生的每一个重大事件都没有引起英国知识分子的注意，再没有比这更奇怪的事情了。例如，从列宁去世到乌克兰饥荒这段时期，在大约十年的时间里，俄国革命几乎从英国人的意识中消失了。在这段时期，人们提起俄国想到的是托尔斯泰、陀思妥耶夫斯基和开出租车的流亡伯爵；提起意大利想到的

---

① 太阳神经丛是人体腹部以肚脐为中心向四周展开的神经丛，因为样子像太阳散发光线而得名。

是画廊、遗迹、教堂和博物馆——而不是黑衫军；提起德国想到的是电影、裸体主义和精神分析——而不是希特勒，1931年以前几乎没有英国人听说过这个人。在那些所谓"高雅"的圈子里，为艺术而艺术实际上延伸成了一种对无意义的崇拜。文学仅仅被认为是对文字的操纵。根据主题来评判一本书是一种不可原谅的罪过，甚至连注意到书中的主题也会被视为品位有问题。好像是在1928年，讽刺漫画杂志《笨拙》[①]刊登了一组漫画，这是该杂志自一战以来仅有的三个真正有趣的幽默作品之一。画中一个令人无法忍受的年轻人正跟他的姨妈说他打算"写作"。姨妈问道："亲爱的，那你打算写些什么内容呢？"年轻人斩钉截铁地回答道："我亲爱的姨妈，可以不用写任何内容，只要写就行了。"20世纪20年代最优秀的作家都不会认同这种歪理邪说，他们的"目的"在大多数情况下是相当明显的，但通常是沿着道德—宗教—文化这些路线达到的。此外，如果把他们的"目的"翻译成政治术语，绝对不会代表"左派"。无论如何，这个作家群体的所有成员都有保守倾向。例如刘易斯，他花了好几年时间狂热地搜寻"布尔什维克主义"里蛊惑人心的意味，他可以在出人意料的地方找到这些。刘易斯的一些观点最近有所改变，或许是希特勒对待艺术家的方式影响了他，但可以肯定的是，他不会左倾得太厉害。庞德似乎明确地选择了法西斯主义，至少他支持意大利那种法西斯主义。艾略特一直保持冷漠，但如果有人用枪指着他，强迫他在法西斯主义和某种形式更民主的社会主义之间做出选择的话，他很可能会选择法西斯主义。赫胥黎最开始的时候怀有那种常见的对

---

① 《笨拙》（Punch）杂志是英国老牌幽默杂志，讽刺时事的风格颇受欢迎。

生活的绝望，然后在劳伦斯"黑暗的腹部"①的影响下，尝试了所谓的生命崇拜，最终达到了和平主义——这是一种站得住脚的立场，而且在当下是一种值得尊敬的立场，但从长远来看，这可能涉及对社会主义的拒斥。同样值得注意的是，这个作家群体中的大多数人都对天主教会怀有某种温情，但这种情感通常不会被正统的天主教徒接受。

悲观主义和某种保守主义观点之间的精神联系显而易见，这一点毫无疑问。不那么明显的或许是为什么20世纪20年代的主流作家大多是悲观主义者。颓废的感觉，骷髅头和仙人掌，对已经失去的信仰的渴望，对不可能实现的文明的向往，为什么总是这些？归根结底难道不是因为这些人是在一个格外舒适的时代写作吗？正是在这样的时代，所谓"宇宙的绝望"才会泛滥一时。饿着肚子的人绝不会对宇宙感到绝望，甚至想都不会去想宇宙这回事。从1910年至1930年整个时期都是繁荣时期，如果一个人恰巧是同盟国的非战斗人员，那对他来说，哪怕是战争年代都是可以忍受的。至于20世纪20年代，则是一个属于食利阶层知识分子的黄金时代，一个前所未有的毫无责任感的时代。战争结束了，新的极权主义国家还没有出现，各种道德禁忌和宗教戒律都消失得无影无踪，金钱滚滚而来。"幻灭"风行一时。每年有500英镑稳妥收入的人个个都摇身一变，自诩为高雅的知识分子，并开始培养自己的厌世观。那是一个属于老鹰和小圆烤饼的时代，一个轻言绝望的时代，一个在后院上演莎翁戏剧的时代和一个可

---

① D. H. 劳伦斯曾写过："我们断言，在所有哺乳动物当中，原始的、结构性的意识与活动的中心位于腹部前中部、肚脐下方，也就是被称为太阳神经丛的大神经中枢处。我们怎么知道的呢？我们能感受它，如同我们感受饥饿、爱与恨。"

以拿着廉价回程票去往黑夜尽头的时代。那个时代有少量典型的小说，例如《白痴呓语》①，其中对生活的绝望如同土耳其浴室里的自哀气氛一般浓厚。即使是当时最优秀的作家，也会因为姿态太像奥林匹斯山的众神而备受诟病，他们对迫在眉睫的实际问题完全袖手旁观，这可以说是一种犯罪。他们对生活的观察非常全面，比上一代和下一代都要全面得多，但他们是反拿着望远镜去观察生活的。这并不是说他们所写的书没有价值。任何艺术作品的首要考验就是能否存续，而事实上大量创作于 1910 年至 1930 年间的著作都留存下来了，并且似乎还会继续存续下去。人们只要想到《尤利西斯》《人性的枷锁》，想到劳伦斯的大部分早期作品（尤其是他的短篇小说），以及艾略特 1930 年前写的所有诗歌，就会疑惑现在的人该写什么才能如此经久不衰。

但就在 1930 年至 1935 年间，发生了一件很突然的事情，文学气候发生了变化。以奥登和斯彭德为代表的一个新的作家群体出现在人们眼前，尽管从技巧上来讲，这些作家多少对前辈有所借鉴，但他们的"偏好"完全不同。突然之间，我们就从诸神的黄昏的阴影中逃了出来，加入了穿着露膝短裤在社区献唱的童子军队伍。典型的文学家不再是那些倾向于教会的有文化的侨民，而是变成了热切的、倾向于共产主义的小男生。如果说 20 世纪 20 年代作家的基调是"生命的悲剧感"，那么新生代作家的基调则是"严肃的目的性"。

路易斯·麦克尼斯先生②在他的著作《现代诗歌》中相当详

---

① 《白痴呓语》是罗斯·麦考利夫人（Dame Rose Macaullay, 1881—1958）在 1923 年发表的社会讽刺小说。
② 路易斯·麦克尼斯（Louis MacNeice, 1907—1963），爱尔兰抒情诗人，年轻时就与奥登齐名，并被公认为奥登之后最重要的英国诗人。

细地讨论了这两个流派之间的差异。当然，作为新生代的成员，他完全是从新生代的角度来写这本书的，并且理所当然地认为他们的标准具有优越性。麦克尼斯先生这样写道：

> 与叶芝和艾略特不同，《新签名》[①]里面的诗人在情感上坚定不移。一方面，叶芝建议将欲望和仇恨抛在一边；艾略特则是袖手旁观，冷眼看着其他人的情感，这些情感包括厌倦、无聊、说反话一样的自哀等等。另一方面，奥登、斯彭德和戴·刘易斯的所有诗歌都在暗示他们有着自己的渴望和憎恨，而且更进一步来说，他们认为有些东西就该被渴望，有些东西则就该被憎恨。

他还这样写道：

> 《新签名》里面的诗人已经回归希腊人对信息和声明的那种偏爱。那么第一个必要条件就是你有话要说，然后你必须尽你所能把你要说的话讲好。

换句话说，"目的"又回来了，年轻的作家们"涉入了政治"。正如我已经指出的一样，艾略特和叶芝也并不是麦克尼斯先生所暗示的那种真正的无党派人士。但如果说20世纪20年代的文学与现在相比更强调技巧而不是主题，那基本上是对的。

新生代作家群体的主要人物有奥登、斯彭德、戴·刘易斯、

---

① 1932 年出版的诗歌杂志。——作者注

麦克尼斯，还有一长串有相同倾向的作家，例如伊舍伍德、约翰·莱曼、阿瑟·考尔德－马歇尔、爱德华·厄普沃德①、阿里·布朗、菲利普·亨德森②，以及其他许多人。和之前一样，我只是根据倾向将这些人归在一起。很明显，他们每个人的天赋很不一样。但当人们将这些作家与乔伊斯－艾略特那一代人进行比较时，马上就会吃惊地发现将他们归入一个群体太容易了。从技巧上来看，他们更接近，从政治上来看，他们几乎无法区分，而且他们对彼此作品的评论（评论是婉转一点的说法）一向都很厚道。20世纪20年代的杰出作家出身各不相同，一方面，其中很少有人接受过普通的英国教育（顺便说一句，除了劳伦斯，这些人中最优秀的都不是英国人），而且大多数人都曾有过一段时间在贫困、不被重视、甚至彻头彻尾的迫害中挣扎。另一方面，几乎所有年轻一代的作家都很容易落入公立学校—公立大学—布鲁姆斯伯里文化圈③这个模式中。其中少数无产阶级出身的人年轻时社会地位低下，他们先是通过奖学金，然后通过伦敦"文化"的大染缸改变了自己的地位。值得注意的是，这个群体中的几位作家不仅曾是公立学校的学生，后来还是公立学校的教师。几年前，我曾把奥登形容为"有点怯懦的吉卜林"。作为评论，这完全不相称，其实它只是一个恶意的评论，而事实上奥登的作品，尤其是他的早期作品中，一种振奋人心的气氛——有点像吉卜林的《如果》或者纽伯特的"加油，加油，打好比赛！"——似乎从未远离。举个

---

① 爱德华·厄普沃德（Edward Upward, 1903—2009），英国小说家，"奥登一代"成员，20世纪30年代加入英国共产党，之后作品风格转向马克思现实主义。
② 菲利普·亨德森（Philip Henderson, 1906—1977），英国小说家、文学评论家。
③ 布鲁姆斯伯里文化圈是英国20世纪初一个号称有"无限灵感，无限激情，无限才华"的知识分子团体。

例子，就拿"你们现在就要离开，而这取决于你们，男孩们"①这样的诗歌来说，这纯粹是一个童子军领队所说的话，是关于手淫危害的十分钟坦率谈话的准确记录。毫无疑问，这里面有作者有意戏仿的元素，但还有他无心插柳造成的更深层次的相似之处。这些作家中的大多数人都带有一种相当自命清高的语调，这当然是一种释放的症状。通过抛弃"纯粹的艺术"，他们将自己从被嘲笑的恐惧中释放出来，并极大地拓宽了视野。例如，马克思主义中有预见性的一面是为诗歌提供了新的素材，而且发挥起来具有很大的可能性：

> 我们什么都不是，
> 我们已经坠入黑暗，
> 并将被毁灭。
> 但想想吧，
> 就在这样的黑暗之中，
> 我们紧握着一个理念的秘密核心，
> 在未来的岁月里，
> 这理念的车轮在阳光下滚滚前进。

> （斯彭德，《法官的审判》）

但与此同时，变得马克思主义化的文学却丝毫没有更接近大众。即使考虑到时间上的间隔，与乔伊斯和艾略特相比，奥登和斯彭德也不可能成为流行作家，更不用说与劳伦斯相比了。和以

---

① 这实际上是塞西尔·戴－刘易斯早期诗集《磁山》中的第十首诗的第一行。——编者注

前一样，许多现代作家也置身于当下之外，但他们对于当下到底是什么状况，不会有太多疑问。在 20 世纪 30 年代中后期，以奥登和斯彭德为代表的群体被视为一种"运动"，正如乔伊斯和艾略特那群人被视为 20 世纪 20 年代的"运动"一样。早在 1934 或 1935 年的文学界，谁要是不多少带点"左"，就会被视为古怪；又过了一两年，左翼正统的观念就形成了，这使得某种特定观点在某些问题上变成了一种绝对的约定俗成的惯例。一个作家要么积极地"左"，否则就会被视为作品写得很糟糕的人，这种想法开始变得普遍（参看爱德华·厄普沃德和其他一些人）。在 1935 年至 1939 年间，共产党对任何四十岁以下的作家都有一种不可抗拒的魅力。听到某某人"入党"成了家常便饭，就像几年前罗马天主教还很流行的时候听到某某人"被吸纳"一样。事实上，在大约三年的时间里，英国文学的主流或多或少直接处于共产主义者的控制之下。怎么可能发生这样的事情呢？同时还有一个问题，"共产主义"到底是什么意思？我们最好先回答第二个问题。

　　西欧的共产主义运动最初是一场暴力推翻资本主义的运动，并在几年内成为苏联外交政策之一。当紧随第一次世界大战之后的革命运动偃旗息鼓的时候，这种状况很可能是无法避免的。据我所知，讲述共产主义运动这个主题的全面历史的唯一一部英文著作是弗兰茨·博克瑙①的《共产国际史》。如果工业国家曾经存在任何革命情绪，那么共产主义就不可能按照现在的路线发展，博克瑙提到的事实比他的推论更清楚地表明了这一点。例如在英国，过去好几年里都不存在这种情绪，这是显而易见的。所有极

---

① 弗兰茨·博克瑙（Franz Borkenau, 1900—1957），奥地利作家，著作有《西班牙战场：内战见闻实录》《奥地利及之后》《共产国际史》等。

端主义政党的党员人数都少得可怜，这就是很清晰的证据。因此，英国的共产主义运动会由那些在精神上屈从于苏联的人来控制就是自然而然的事情了，除了为苏联的利益影响英国的外交政策之外，他们没有任何真正的目的。当然，这样的目的是不能公开承认的，也正是这一事实导致共产党具有一种非常独特的性质。还有不少更直言不讳的共产主义者，但他们实际上是伪装成了国际社会主义者的苏联宣传员。这种伪装在正常情况下很容易保持，但在危急时刻就变得困难了，因为事实上苏联的外交政策并不比其他大国更谨慎。联盟、战线的变化只有作为强权政治游戏的一部分才讲得通，必须从国际社会主义的角度来解释和证明。每当斯大林替换同伴时，"马克思主义"就必须被塑造成新的形状。这势必导致"路线"遭到突然而猛烈的改变，以及清洗、公开谴责、系统地破坏党的文献等等。事实上，每一个共产主义者在任何时候都有可能不得不改变自己最基本的信念，或者退党。星期一毫无疑问的教条到了星期二可能就会变成该死的异端邪说了，诸此种种。这种情况在过去的十年里至少发生过三次。由此可见，在任何一个西方国家，共产党总是不稳定的，而且规模通常都非常小。其长期成员实际上主要由一个等同于苏联官僚机构的知识分子内部圈子组成，还包括一个规模稍大的工人阶级群体，这个群体对苏联胸怀忠诚，却不一定了解其政策。除此之外，该团体只有一些不断流动的成员，随着每一次"路线"的变化，一些人加入了，另一些则离开了。

在1930年，英国共产党还是一个很小的、几乎不合法的组织，其主要活动是攻击工党。但到了1935年，欧洲的面貌发生了变化，左翼政治也随之改变。希特勒上台掌权并开始重新武装，苏联的五年计划成功了，苏联重新成为一个军事大国。由于希特勒的三个攻击目标显然是英国、法国和苏联，因此这三个国家被迫达成了一种令人不安的和解。这意味着英国和法国的共产党人必须捍卫他们过去十五年来一直在攻击的东西。"世界革命"和"社会法西斯主义"让位于"捍卫民主"和"阻止希特勒"。1935年至1939年是反法西斯主义和人民阵线的时期，是左翼图书俱乐部的鼎盛时期，身着红衣的公爵夫人和"心胸开阔"的学院院长们巡视了西班牙内战的战场，温斯顿·丘吉尔成为《工人日报》的红人。当然，在那之后，"路线"又发生了一次变化。但从本文论述的目的来说，重要的是在"反法西斯"这一阶段，年轻的英国作家被共产主义所吸引。

毫无疑问，法西斯主义与民主主义的混战本身就很有吸引力，不过这些年轻作家们在那个特定的时期转变信仰也是符合预期的。很明显，自由放任的资本主义已经结束，必须进行某种形式的重建；在1935年的世界里，要保持政治上的冷漠几乎是不可能的。但为什么这些年轻人会转向苏联的共产主义这种如此陌生的外来事物呢？为什么作家们会被一种社会主义形式所吸引呢？真正的原因在于中产阶级的失业问题，在大萧条和希特勒之前，这个问题就已经显现出来了。

失业不仅仅是没有工作的问题。即使是在最糟糕的时期，大多数人也都能找到各种各样的工作。问题是到1930年左右，或许除了科学研究、艺术和左翼政治之外，一个有思想的人已经没有什么打心眼里认同的事情可做了。对西方文明的揭露达到了高潮，"幻灭感"极为普遍。无论是军人、牧师、股票经纪人、印度公务员，还是其他诸如此类身份的人，谁还能够理所当然地按照普通中产阶级的方式来生活呢？又有多少我们祖辈恪守的价值观没有得到认真的对待呢？爱国主义、宗教、帝国、家庭、神圣的婚姻、校友间的互助之情、出身、教养、荣誉、纪律——任何一个受过普通教育的人都能在三分钟之内把这些东西全部翻个底朝天。但是，你通过摒弃爱国主义和宗教这种最根本的东西到底又能达到什么目的呢？你不一定能摆脱对信仰的需要。就在几年前，人们曾见过一种虚假的曙光，当时许多年轻的知识分子，包括几个相当有才华的作家（伊夫林·沃[①]、克里斯托弗·霍利斯[②]等人），逃入了罗马天主教会。值得注意的是，这些人都选择了罗马天主教会而不是别的派别，例如英国国教、东正教或者新教教派。也就是说，他们的定位是一个世界范围的教会组织，一个有着严格纪律的组织，一个背后是权力和威望的组织。或许同样值得注意的是艾略特，作为唯一一位真正拥有一流天赋的当代的信仰转变者，他接受的不是罗马天主教教义，而是盎格鲁天主教教义，相当于教会中的托洛茨基主义。我认为，关于20世纪30年代的年轻作家们为什么会纷纷加入或者倾向于共产党这个问题，宗教因素是人们最需要深入了解的原因。他们无非是需要某种可以信仰的东西，要有一个教会、一支军队、一种正统观念、一种纪律，要有一个祖国——至少从1935年左右开始——要有一个元首。理智似乎已经被清除，所有的忠诚和迷信都可以在最潦草的伪装下卷土重来。

但还有一个情况在这些年里无疑助长了英国知识分子对苏联的崇拜，那就是英国生活本身的安全和柔和。尽管存在种种不公，

---

① 伊夫林·沃（Evelyn Waugh，1903—1966），英国作家，被誉为"英语文学史上最具摧毁力和最有成果的讽刺小说家之一"，代表作有《旧地重游》《荣誉之剑》。
② 克里斯托弗·霍利斯（Christopher Hollis，1902—1977），英国作家，乔治·奥威尔在伊顿公学的同届同学，1956年发表了《乔治·奥威尔研究：其人其作》。

但英国仍然是施行人身保护令的地方，绝大多数英国人都没有经历过暴力或非法行为。如果你是在这种氛围中长大的，就很难想象一个专制的政府是什么样子。几乎所有 20 世纪 30 年代的主流作家都处于半成熟状态，是不受束缚的中产阶级，他们太年轻了，对第一次世界大战没有深刻的记忆。对这类人来说，诸如清洗、秘密警察、即刻处决、未经审判的监禁这些事情都太遥远了，所以并不可怕。他们可以忍受极权主义，因为除了自由主义，他们没有过任何别的体验。举个例子，我们来看看奥登先生的长诗《西班牙》（顺便说一句，这首诗是关于西班牙内战的为数不多的像样的作品之一）中的一段：

> 明天对于年轻人来说，是诗人们像炸弹一样爆发，
> 是湖畔的散步，是周复一周的完美交流；
> 明天是自行车比赛，
> 穿过夏日黄昏的郊外。但今天是斗争。

> 今天是蓄意增加死亡的可能，
> 是在一场必要的谋杀中自觉承担罪行；
> 今天是在乏味而短命的宣传册和无聊会议中的大国扩张。

　　节选部分的第二节是一个"优秀党人"一天生活的缩略图。早上是几起政治谋杀，十分钟的间歇时间用来压抑"中产阶级"的懊悔，然后是匆忙的午餐，接着是忙碌的下午和晚上，忙着用粉笔在墙上写字，忙着散发传单，这些都很有启发性。但是请注意"必要的谋杀"这个短语。若不是一个人仅将谋杀视为一个词，

是写不出这个短语的。就我个人而言，我肯定不会如此轻率地谈论谋杀。碰巧的是我见过许多被谋杀的人的尸体——我不是说在战场上阵亡的人，我说的就是被谋杀的人。正因为如此，我对谋杀的含义有了一些概念——恐怖、仇恨、哭号的亲属、验尸、鲜血和气味。对我来说，谋杀是应该避免的事情，对任何一个普通人来说都是如此。然而希特勒以及他的党人却认为谋杀是必要的，但他们不会宣扬自己的冷酷无情，也不会将其称之为谋杀；他们会用"清算""铲除"，或者别的更温和的说法。只有对那种扳机扣响时总是身在别处的人而言，奥登的非道德主义才可能成立。如此多的左翼思想都是玩火行为，而玩火的人甚至连火很烫都不知道。在1935年至1939年间，英国知识分子放弃了自己的主战思想，这在很大程度上是基于一种个人豁免的感觉。法国的态度则大不相同，在这个国家，服兵役是很难逃避的，而且就连文人也知道士兵背包的重量。

在西里尔·康诺利先生[1]最近的一部著作——《承诺的敌人》的结尾，出现了一段有趣又发人深省的文字。这本书的第一部分差不多是对现代文学的评价。康诺利先生完全属于"运动"的那一代作家，那个群体的价值观就是他的价值观，这一点基本没有疑问。有趣的是在散文作家中，他主要欣赏的是那些专注于暴力的作家——那些后来变得强硬的美国派，例如海明威。这本书的后半部分是自传体的，作者优美而准确地讲述了他从1910年至1920年在预备学校和伊顿公学的生活。康诺利先生在结尾处这样评论道：

---

[1] 西里尔·康诺利（Cyril Connolly，1903—1974），英国作家、文学批评家，以评论犀利著称。

如果要我从自己离开伊顿公学时的感受中得出什么推断的话，那应该就是所谓的永久青春期理论。这种理论认为，在优秀的公立学校里，男孩子们所经历的体验如此强烈，以至于这些体验主宰了他们的人生，并阻碍了他们的发展。

当你读到其中第二句话时，你的本能是去寻找印刷错误，你觉得大概是漏印了一个"不是"之类的词。但没有，根本没有！那就是他的意思！而且更重要的是，他就是在实话实说，只是用了一种倒置的方式而已。"有教养"的中产阶级的生活已经柔和到了一种很深的程度，而公立学校的教育——在虚荣势利的冷淡中浸淫五年——事实上可以作为一个充满重大变化的时期来回顾。对于几乎所有在20世纪30年代具有影响力的作家来说，还有什么事情是康诺利在《承诺的敌人》中没有记录过的呢？他们的模式一直都是相同的：公立学校、大学、几次国外之旅，然后是伦敦。饥饿、困苦、孤独、流放、战争、监狱、迫害、体力劳动——甚至几乎没被书写过。难怪被称为"右派转左派"的庞大人群会这么容易地容忍极权政府清洗和陷害的一面。那是因为他们根本无法理解这一切意味着什么。

到了1937年，整个知识分子阶层在精神上都处于战争状态。左翼思想已经缩小到了"反法西斯主义"，也就是说，变成了消极的、一股针对德国的仇恨文学狂潮，那些据说对德国友好的政治家从新闻界猛扑而来。对我来说，西班牙的战争中真正令人恐惧的并不是我目睹的暴力，甚至也不是后方的党派争斗，而是左翼圈子中立刻重现了第一次世界大战时的精神氛围。那些二十年来一直暗自窃喜自己优于战争狂的人，正是现在直接跑回1915年的精神贫民窟的人。所有熟悉的战时愚蠢行为，间谍的搜捕、正统派的嗅探（嗅一嗅、探一探你是否是一个优秀的反法西斯主义者）、暴行故事的传播，又都重新流行起来，好像中间间隔的岁月根本就不存在。在西班牙内战结束之前，甚至在慕尼黑阴谋之前，一些更优秀的左翼作家就开始感到坐立不安了。总的来说，奥登和斯彭德描写的西班牙内战没有完全达到人们的期望。从那时起，人们的感觉发生了变化，许多人感到很沮丧、感到困惑，因为世事的发展进程使过去几年所谓的左翼正统观念变得毫无意义。但毕竟左翼正统观念在很大程度上从一开始就毫无意义，这一点不需要非常敏锐的眼光就能看出来。由此可见，新出现的正统观念不见得比之前的更好。

总的来说，20世纪30年代的文学史似乎证明了作家最好远离政治这一观点。因为任何一个作家只要接受或部分接受了一个政党的纪律，迟早会面对一个二选一的抉择：要么遵守纪律，要么闭嘴。当然，遵守纪律的同时继续写作也不是不可能——尽管很勉强。每个马克思主义者都能不费吹灰之力地证明"资产阶级"的思想自由是一种幻觉。但是，当他完成他的论证之后，这样一个心理事实仍然会存在——没有这种"资产阶级"的自由，创造力就会枯竭。未来应该会出现一种极权主义文学，它与我们现在所能想象的任何东西都大不相同。众所周知，文学是一种个人的东西，它要求精神上的诚实和最低限度的审查。这一点在散文中比在诗歌中更为明显。20世纪30年代最优秀的作家都是诗人，这可能并不是巧合。正统观念的氛围对散文总是有害的，而最重要的是，它对小说——所有文学形式中最无政府主义的一种——完全是毁灭性的。罗马天主教徒中出过多少优秀的小说家？就算有几个叫得上名字的小说家，他们通常也不是很好的天主教徒。小说实际上是一种新教形式的艺术；它是自由思想的产物，是自主个体的产物。在过去的一百五十年中，20 世纪 30 年代是富有想象力的散文最匮乏的十年，有好的诗歌、好的社会学著作，还有非常高明的宣传册，但几乎没有任何有价值的小说。从 1933 年开始的思想倾向对小说的反对越来越强烈。任何人只要足够敏感，以至于被时代思潮触动，就将被卷入政治。当然，这并不是说每个人都一定参与了政治活动，但几乎每个人都处于政治活动的边缘，或多或少地卷入了各种宣传斗争和乱糟糟的论战中。要想在这样的环境里写出优秀的小说几乎是不可想象的。好的小说不会出自正统派的嗅探之手，也不会出自那些因为自己的非正统观念而感到良心不安的人之手。好的小说是那些无所畏惧的人写的。这让我再次想起了亨利·米勒。

三

如果这是一个有可能建立文学"流派"的时刻，那么亨利·米勒或许就是一个新的"流派"的起点。至少他标明了一种出乎意料的钟摆效应。在他的书中，一个人会立刻摆脱"政治动物"的身份，回到一种个人主义的、完全被动的视角——认为世界进程不受自己的控制，而且在任何情况下几乎都不会想去控制世界进程。

我第一次见到米勒是在 1936 年年底，当时我正要前往西班牙，在途中路过巴黎。米勒最令我感到好奇的一点是他对西班牙内战丝毫不感兴趣。他只是用强有力的说辞告诉我，在那个时候去西班牙是白痴的行为。他可以理解那些纯粹出于私心而前往西班牙的人，例如出于好奇心，但要是有人出于责任感把自己搅和到这种事情里，那就是十足的愚蠢。不管怎么说，我的想法——关于反对法西斯主义、捍卫民主等等——在他看来就是胡说八道。他是这样说的，我们的文明注定要被某种东西扫清并取而代之，而这种东西如此不同，以至于我们几乎都不该将其视为人类的产物——这样一个展望并不会使他感到困扰。纵观米勒的作品，它们自始至终都隐含着一些这样的展望。浩劫即将到来的感觉随处可见，而且几乎每一处都隐含着"这都无所谓"的信念。据我所知，他发表过的唯一一份政治宣言完全是消极的。大约在一年前，一家美国杂志《马克思主义者季刊》(*The Marxist Quarterly*)向众多美国作家发出了一份调查问卷，询问他们对战争这个话题的态度。米勒以极端和平主义的措辞做出了回答，他从个人角度拒绝战斗，也没有明显想要说服别人同意他观点的意思——事实上，这就是一份不负责任的宣言。

然而，不负责任的方式不止一种。通常来说，那些不愿意认同当下历史进程的作家，要么选择视而不见，要么就会斗争。如果他们真能忽视历史进程，那很可能是在犯傻。如果他们对历史进程的理解之深足以使他们想要与之斗争，那他们所具备的远见也应该足以使他们意识到自己无法获胜。举个例子，我们来看看像《吉卜赛学者》①这样的诗，看看它对"现代生活的怪病"的痛斥，以及最后一节诗中令人印象深刻的失败主义的明喻。它表达了一种正常的文学态度，一方面，这或许实际上就是过去一百年

———————
① 《吉卜赛学者》是马修·阿诺德的浪漫主义诗歌代表作，诗中倾注了他对青春岁月的怀念和对维多利亚时代社会的批判。

来盛行的文学态度。另一方面，也有"进步派"、唯唯诺诺者和肖 –
威尔斯之类的人，这些人总是跳上前去拥抱被他们误以为是未来
的自我投射。总的来说，20 世纪 20 年代的作家走的是第一条路线，
20 世纪 30 年代的作家走的是第二条。当然，在任何一个特定的
时候，都有一大批像巴里^①、迪平和戴尔这样的人，他们根本没有
注意到当时正在发生的事情。米勒的作品之所以重要在于他对所
有这些态度都采取了回避。他既没有去推动世界进程的前进，也
没有试图往回拽，但与此同时，他绝不是视而不见。我应该这么
说，米勒坚信西方文明即将毁灭，他的这种信念比大多数"革命"
作家还要坚定得多，只是他压根没觉得有必要为此做些什么。当
罗马城陷入一片火海时，他在高处拉琴，但是与绝大多数这么做
的人不一样，他拉琴的时候是面朝着火海的。

在米勒的另一部作品《马克思与白细胞》中，有这样一句吐
露实情的话：一个作家在谈论别人的时候也会告诉你许多关于他
自己的事情。这本书中还有女作家阿娜伊斯·宁^②的日记里的一
篇长文，我没有读过，只看过一些片段，而且我相信这些片段还
没有出版过。米勒声称，阿娜伊斯·宁的文字是有史以来唯一真
正女性化的作品，不知道这意味着什么。他写过一篇有趣的文章，
并在文中把阿娜伊斯·宁——这个显然非常主观和内向的作家——
比作被吞入鲸腹的约拿。他还顺便提到了奥尔德斯·赫胥黎几年
前写的一篇关于埃尔·格列柯^③的画作《菲利普二世之梦》的文

---

① 巴里·佩因（Barry Pain, 1864—1928），英国记者、诗人、作家，以撰写讽喻和幽默故事著称。
② 阿娜伊斯·宁（Anaïs Nin, 1903—1977），西班牙舞蹈家，著名日记体作家、编剧、演员、
亨利·米勒的情人，作品有《亨利与琼》《阿娜伊斯·宁日记》等。
③ 埃尔·格列柯（El Greco, 1541—1614），出生于希腊，西班牙文艺复兴时期著名的幻想风
格主义画家。

章。赫胥黎评论道，埃尔·格列柯画里的人物都好像在鲸腹中一样，他还声称，一想到自己置身于这样的"内脏监狱"之中，就觉得特别可怕。米勒反驳说，恰恰相反，世界上还有许多比裹身鲸腹更糟糕的事情，他所写的文章清楚地表明了他自己觉得裹身鲸腹是一件相当有吸引力的事情。米勒在这里所触及的可能是一个非常普遍的幻想。每一个人，至少每一个讲英语的人，总是会谈论约拿和鲸鱼，这一点或许值得注意。当然，吞掉约拿的是一条鱼而不是鲸鱼，《圣经》（《约拿书》第一章第十七节）中也是这么描述的，但孩子们会把鱼和鲸鱼弄混淆也是很自然的事情，而这个片段会被习惯性地带到后来的生活中——这是约拿神话对我们的想象产生影响的一个标志。因为事实上，裹身鲸腹是一种非常温暖、像在家里一样舒适的想象。历史上的约拿，如果历史上确有其人的话，很高兴能从鲸腹中逃脱，但是无数人在自己的想象和白日梦中，却对他裹身鲸腹感到非常羡慕。原因当然很明显。鲸鱼的肚子就像是足以容纳一个成年人的巨大子宫。这个刚好可以容纳你的、温暖柔软的黑暗空间让你和现实之间隔着几米厚的脂肪，无论发生什么事情，你都可以保持一种最彻底的漠不关心的态度。就算发生一场足以摧毁世界上所有战舰的风暴，你也很难听到它的回音。甚至这头鲸鱼的动作，你很可能也察觉不到。它可能在海面上的波涛中翻滚，也可能沉入漆黑的大海深处（据赫尔曼·麦尔维尔说深达一英里），但你永远不会注意到有什么不一样。除了死亡之外，这就是终极的、不可超越的不负责任。不管阿娜伊斯·宁是什么情况，米勒本人毫无疑问就在鲸腹之中。米勒作品中所有最好、最具特色的部分都是从约拿的角度写的，一个心甘情愿被吞入鲸腹的约拿。这并不是说他特别内向——事实恰恰相反。对他来说，这头鲸鱼恰好是透明的，只是他没有任何想去改变或控制他正在经历的过程的冲动。他已经践行了约拿的基本行为，让自己被吞入鲸腹，保持被动，保持接受。

我们将看到这意味着什么。这是一种寂静主义，其中暗含着要么完全无信仰，要么认为信仰在某种程度上就相当于神秘主义。所持的态度是"我不在乎"或者"虽然他杀我，但我仍要信赖他"，你怎么看都行，因为这两种说法的真实意图其实都一样，寓意都是"作壁上观"。但是，在我们这样的时代，这样的态度站得住脚吗？请注意，想忍住不去问这个问题几乎是不可能的。就在我写这些文字的时候，我们仍处于这样一个时代——人们理所当然地认为书就应该永远具有积极性、严肃性和"建设性"。如果是在十几年前，这个想法肯定会引来一片嗤笑。（"我亲爱的姨妈，可以不用写任何内容，只要写就行了。"）然后人们的观念像钟摆一样，摆离了艺术仅仅是技巧这种轻浮的概念，但这次摆动的距离非常长，到达了这样一个点——断言一本书只有建立在对生活的"真实"看法上才算"好"书。相信这一论断的人自然也相信自己拥有真理。例如，天主教评论家倾向于宣称只有具有天主教倾向的书才是"好"书。马克思主义评论家则更大胆地提出了同样的主张。例如，爱德华·厄普沃德先生在《文学的马克思主义解读》（摘自《心灵的枷锁》）中曾说：

> 以马克思主义为目标的文学评论必须……宣称，目前写的书，如果不是站在马克思主义或接近马克思主义的观点来写的，就不可能是"好"书。

其他许多作家也有过同样或类似的陈述。厄普沃德先生特别强调了"目前",因为他意识到必须加以限定。举例来说,你不能因为莎士比亚不是马克思主义者就否定《哈姆雷特》。不过他这篇有趣的文章对这个难题只是浅尝辄止而已。许多从过去流传至今的文学作品中都充斥着一些信仰,事实上其中不少作品都是以这些信仰为基础的(例如灵魂不朽的信仰),但这些信仰在我们今天看来都是错的,有些甚至是可鄙的、愚蠢的。但判断是不是"好"的文学作品,能否存续不就是最好的检验吗?厄普沃德先生无疑会回答说,几个世纪前合适的信仰在今天可能就不合适了,因此显得愚蠢也不足为奇。但这个回答也无法帮我们做出进一步的推断,因为它假设在任何时代都存在一种信仰体系,它在当时接近真理,而且当时最优秀的文学作品或多或少都会与之协调、一致。然而事实上从来就不存在这种一致性。例如,在 17 世纪的英国,当时出现了宗教和政治上的分裂,这明显与今天的左右敌对非常相似。回顾过去,大多数现代人都会觉得资产阶级 - 清教主义的观点比天主教 - 封建主义的观点更接近真理。但这当然不意味着那个时代所有的或者说大部分优秀作家都是清教徒。不仅如此,还有这样一些作家,他们的世界观在任何时代都会被认为是错误和愚蠢的,但他们是"好"作家。埃德加·爱伦·坡就是一个例子。他的世界观往好了说是一种狂野的浪漫主义,往坏了说就和真正临床意义上的精神失常差不多。也就是说,像《黑猫》《泄密的心》《厄舍府的倒塌》这些小说的作者几乎就是一个精神病患者,但为什么我们看不出不真实的感觉呢?因为它们在一定的框架内就是真实的,它们遵守着自己那个独特世界的规则,就像一幅日本浮世绘。但要想成功地描写这样一个世界,你必须先相信它。如果把埃德加·爱伦·坡的《怪异故事集》和朱利安·格林[1]的《午夜》（*Minuit*）进行比较，你就会立刻看出区别。在我看来，朱利安·格林为了营造某种类似气氛的尝试没有诚意。关于《午夜》，人们首先感到印象深刻的是这个故事中的任何事情都没有理由会发生。一切都是任意发生的，没有任何情感次序。但这正是人们在埃德加·爱伦·坡的小说中不会获得的感受。埃德加·爱伦·坡小说中的疯狂的逻辑在其自身的背景设定下还是相当令人信服的。例如，当醉汉抓住黑猫，用小刀把它的眼睛挖出来时，人们完全知道他为什么要这么做，甚至觉得自己也会这么做。因此，对于一个有创造力的作家来说，"真相"似乎没有情感的真诚重要。就算是厄普沃德先生也不会宣称，一个作家只要受过马克思主义训练就什么都不需要了，他还需要天赋，但天赋显然是一种在意自己信仰并真正坚信自己信仰的能力，不管这些信仰是对是错。例如，塞利纳和伊夫林·沃之间的区别就在于情感强度的不同，那是真正的绝望和至少一部分是假装的绝望之间的区别。与此同时，还有另一个或许不那么明显的考虑：在某些情况下，相比"真实"的信仰，人们更有可能真诚地持有一个"不真实"的信仰。

如果你看看那些关于 1914 年至 1918 年战争的个人回忆录，你就会注意到，几乎所有在一段时间之后仍然可读的书都是从被动的、消极的角度来写的。它们记录的是一些完全没有意义的事情，是一场发生在虚空中的噩梦。这些其实和战争的真相无关，但却和个人反映的真相有关。一名士兵冲入猛烈的机枪火力网，或者站在水深齐腰的战壕里，他只知道这是一次恐怖的经历，内

---

[1] 朱利安·格林（Julien Green, 1900—1998），著名小说家、评论家，出生在法国，父母是美国人，长期徘徊于两个国家之间，代表作有《黑暗旅程》等。格林大部分时候使用法语进行创作。

心只感到无助。他更有可能做到的是根据自己的无助和无知写出一本好书，而不是假装自己有能力正确地看待整个事件。至于那些在战争期间写的书，其中最好的作品几乎都出自作壁上观者之手，他们只是转过身去，尽量不去关注正在发生的战争。E. M. 福斯特先生曾描述过他在 1917 年阅读的《普鲁弗洛克的情歌》和艾略特的其他一些早期诗歌以及一些"无关公德心"的诗歌如何在那样一个时期鼓舞了他的心灵：

> 这些诗歌歌颂个人的反感和不自信，歌颂因为软弱或者没有吸引力而显得真诚的人……这是一种抗议，一种声音微弱的抗议，但正是这种微弱的声音才更合情理……那个能够转过身去抱怨女士们和客厅的人，正是他保留了我们的一点点自尊，正是他继承了人类的遗产。

说得太好了。我之前提到过的麦克尼斯先生的著作《现代诗歌》就引用了这段话，麦克尼斯先生还有些自鸣得意地补充道：

> 十年之后，诗人们的抗议不会再如此微弱，而人类的遗产也会以相当不同的方式传承下去……对一个支离破碎的世界的沉思会变得无聊，艾略特的后继者更感兴趣的是将其重新整理。

类似的言论在麦克尼斯的书中随处可见。他是想让我们相信，当同盟国军队进攻兴登堡防线的时候，艾略特的"后继者"（也就是麦克尼斯先生和他的朋友们）以某种方式进行了比艾略特出版

《普鲁弗洛克的情歌》更有效的"抗议"。我不知道这些"抗议"到底在哪里。但是，对比福斯特先生的评论与麦克尼斯先生的评论，我们可以看到一个了解1914年至1918年战争的人和一个几乎不记得战争的人之间的区别。事实是，在1917年，一个有思想而且敏感的人除了尽可能地保持人性之外，什么都做不了。而一个无助的姿态，甚至是轻浮的姿态，可能就是尽可能保持人性的最好方式。如果我是一名参加第一次世界大战的士兵，我宁愿拿着《普鲁弗洛克的情歌》，也不愿拿着《第一个十万》①或者霍雷肖·博顿利②的《写给战壕里男孩们的信》。我应该像福斯特先生一样，认为艾略特只是冷漠地站在一旁，保持着战前的情感，而这就是在延续人类的传统。在这种时候，读到一个长着秃斑的中年知识分子的踌躇为难，该是多么令人宽慰的事情啊！这和拼刺刀太不一样了！在炸弹、领取食物的长队和征兵海报之后，人类的声音出现了！这是一种怎样的宽慰啊！

但归根结底，1914年至1918年的战争只是一场几乎持续不断的危机中的一个突出时刻。时至今日，几乎不需要战争就能让我们认识到社会的分崩离析和所有正直人士日益增长的无助感。正是出于这个原因，我认为亨利·米勒的作品中隐含着消极、不合作的态度是有道理的。且不说这种态度是不是人们应有感受的一种表达，它在某种程度上很可能是近似于他们真实感受的一种表达。我想再次强调，这就是炸弹爆炸声中的人类的声音，一个友善的美国人的声音，一种"无关公德心"的声音。没有说教，

① 英国小说家、散文家伊恩·海（Ian Hay，1876—1952）出版于1915年的幽默小说，取材于作者一战时期的军旅生活，该书一出版就成为畅销书。伊恩·海是约翰·海·比见少将的笔名。
② 霍雷肖·博顿利（Horatio Bottomley，1860—1933），英国报业大亨、金融家，担任过国会议员，经常发表激进言论。

只有主观真理。很明显，沿着这样的路线，还是有可能写出一部好小说的。它不一定是一部具有教育意义的小说，但一定是一部值得一读并且读后有可能被记住的小说。

就在我写这篇文章的时候，另一场欧洲战争爆发了。这场战争要么会持续数年，把西方文明撕成碎片，要么会毫无结果地结束，为下一场战争铺平道路，而下一场战争将一劳永逸地毁灭西方文明。但战争只是"得到加强的和平"。不管有没有战争，放任的资本主义和自由主义的基督教文化都正在走向瓦解，这是十分明显的事情。直到最近，人们都没有预见这种瓦解可能带来的全部后果，因为人们普遍认为社会主义能够保持甚至扩大自由主义的气氛。现在人们开始认识到这种想法是多么错误。几乎可以肯定，我们正在进入一个极权独裁的时代——在这个时代，思想自由一开始会被视为一种死罪，后来会变成一种毫无意义的抽象概念。自主的个体将不复存在。这意味着我们所了解的文学形式也必须经历至少是暂时性的死亡。自由主义文学正在走向尽头，极权主义文学还没有出现，而我们几乎无法想象它是什么样子。至于作家，他犹如坐在一座正在融化的冰山上，他只不过是一个时代错误，一片资产阶级时代的残余，就像河马一样注定要灭绝。在我看来，米勒是一个与众不同的人，因为他比同时代的大多数人早很长一段时间就看到并宣布了文学和作家在劫难逃的事实——而当时有许多人居然还在煞有介事地谈论文学复兴。温德姆·刘易斯在几年前就说过，英语的主要历史已经结束了，不过他这么说是基于不同的、非常琐碎的原因。但从现在开始，对于那些有创造力的作家来说最重要的事实就是——这不是一个作家的世界。这并不是说作家不能帮助新社会的形成，而是说他不能以作家的身份参与这个过程。因为作为一个作家，他是一个自由主义者，而现在正在发生的恰恰是自由主义的毁灭。因此，在言论自由的剩余岁月里，任何一部值得一读的小说或多或少都会遵循米勒所遵循的路线——我指的不是米勒的技巧或主题，而是他隐含的观点。消极的态度会回归，而且这种消极会是有意识的，比以前更甚。进步和抗拒被证明都是骗局。似乎什么都没有留下，除了寂静主义——通过屈服于现实来去除现实的恐怖感。裹身鲸腹——或者更确切地说，承认自己身在鲸腹（因为事实就是如此），向世界进程投降，停止反抗，不要再假装你在控制它，接受它、忍受它、记录它。这似乎就是任何一个敏感的小说家目前可能会采取的方式。更积极、更具"建设性"的小说，而且在情感上没有虚假的小说，现在已经很难想象了。

但我这么说，意味着我认为米勒是一位"伟大的作家"，是英语散文的新希望吗？完全不是这么回事。米勒本人是最不可能这样自我标榜的，他根本不想要这种评价。毫无疑问，他会继续写作——任何人一旦开始写作就会写下去，与他联系在一起的还有许多有相同倾向的作家，例如劳伦斯·德雷尔[①]、迈克尔·弗伦克尔[②]等，他们几乎相当于一个"流派"。但在我看来，米勒本质上是那种只有一部作品的人。我料想他迟早会陷入晦涩难懂的泥沼，或者沦为江湖骗子——这两种情况在他后期的作品中都可见端倪。他最近一部作品是《南回归线》，我甚至都没读过。这倒不是因为

① 劳伦斯·德雷尔（Lawrence Durrell, 1912—1990），英国小说家、诗人，曾与亨利·米勒一起编辑杂志，著有《亚历山大四部曲》。
② 迈克尔·弗伦克尔（Michael Fraenkel, 1896—1957），出生于立陶宛，1903年随家人移民至美国，1926年搬去巴黎创作，在那里认识了亨利·米勒，并与沃温费尔·洛温费尔斯共同创办了一家出版公司。

我不想读，而是因为警察和海关的阻止，我到目前为止都没拿到这本书。但如果这本书能达到接近《北回归线》或《黑色的春天》开篇章节的水平，我肯定也会喜出望外。就像其他一些自传体小说家一样，米勒具有把一件事情做得完美无缺的能力，而且他做到了。考虑到 20 世纪 30 年代的小说的样子，这已经很好了。

米勒的书由巴黎方尖碑出版社出版。现在战争已经爆发，方尖碑出版社的创始人杰克·卡安已经离世，我不知道这家出版社将会怎样，但无论如何，这些书应该还是可以买到的。我诚恳地建议还没有读过《北回归线》的人至少把这本书读一遍。只要稍微花点心思，或者多花点钱，你肯定可以得到这本书，即使书中的某些部分会让你觉得反感，但它一定会给你留下深刻的印象。《北回归线》也是一本"重要"的书，只是这里"重要"的意义与往常不同。通常来说，一部小说被称为"重要"，是因为它要么对某些事情进行了"可怕的控诉"，要么引入了一些技巧上的创新。但这些都不适用于《北回归线》这本书。《北回归线》的重要性只是一种表征。在我看来，过去几年，在说英语的民族中，米勒是唯一一位稍具价值的、富有想象力的散文作家。就算有人反对，说我这是在夸大其词，但他很可能也会承认米勒是一个与众不同的作家，一个值得不止一瞥的作家；毕竟他确实是一个完全消极的、毫无建设性的、非道德的作家，一个裹身鲸腹的约拿，一个邪恶的被动接受者，一个在尸体中漫游和记录的惠特曼。从表征上看，这比"英国每年出版五千本小说，而其中四千九百本都是胡扯"这一事实更有意义。因为这可以证实一件事，那就是在这个世界被改造成新的面貌之前，任何文学大作都不可能出现。

艺术与宣传的边界 [①]

　　我现在谈论的是文学评论，而在我们实际生活的世界里，这几乎和谈论和平一样前途渺茫。这不是一个和平的时代，也不是一个评论的时代。在过去十年的欧洲，旧式的文学评论——真正明智、严谨、公正的评论，把艺术作品本身视为有价值的东西的评论——几乎是不存在的。

　　当我们回顾过去十年的英国文学，如果更关注当时流行的文学态度而不是文学本身，那么给我们留下深刻印象的就是这种文学几乎已经不再具有美感。文学已经被宣传拽入泥潭。我并不是说这个时期写的所有书都不好。但这个时期的典型作家，例如奥登、斯彭德和麦克尼斯，都是说教型的政治作家，当然，他们也有审美意识，但他们对题材的兴趣超过了技巧。最活跃的文学评论几乎都是围绕马克思主义作家的作品，例如克里斯托弗·考德威尔 [②]、菲利普·亨德森和爱德华·厄普沃德，他们几乎把每一本

---

① 英国广播公司海外广播 1941 年 4 月 30 日的播音节目，刊印于《听众》（1941 年 5 月 29 日）。——编者注

② 克里斯托弗·考德威尔（Christopher Caudwell，1907—1937），英国马克思主义文学评论家，著有《幻象与现实》《传奇与现实主义》等。

书都看作是政治宣传册，更感兴趣的是挖掘其政治和社会含义，而不是严格意义上的文学品质。

这种情况和与之紧邻的时期形成了非常鲜明和突然的反差，因此格外引人瞩目。20世纪20年代的典型作家——例如T. S. 艾略特、埃兹拉·庞德、弗吉尼亚·伍尔夫——都是把重点放在技巧上的作家。当然，他们也有自己的信仰和偏见，但他们对技巧创新的兴趣远远超过了对作品中可能包含的道德含义、价值或者政治含义的兴趣。在这些作家中，詹姆斯·乔伊斯首屈一指，他是一位技巧大师，一位堪称"纯粹"艺术家的作家，除此以外再无其他身份。即使是D. H. 劳伦斯也没有多少我们现在所谓的社会意识，尽管他比同时代的大多数人都更像一位"有目的的作家"。虽然我把范围缩小到了20世纪20年代，但实际上从1890年起，情况就一直如此。在那个时期，"形式比主题更重要"和"为艺术而艺术"的概念自始至终都被视为理所当然。当然，也有持不同意见的作家——萧伯纳就是其中之一——但这两个概念就是当时的主流看法。那个时期最重要的评论家乔治·圣茨伯里①在20世纪20年代年事已高，但他一直都有很大的影响力，直到1930年左右，而且面对艺术，他一贯秉持技巧至上的态度。他宣称自己能够并且已经在践行仅凭笔法和风格来评判一本书，至于作者的观点，他几乎不闻不问。

那么我们应该如何解释这种非常突然的观点转变呢？在20世纪20年代末，你会看到有的书就像伊迪丝·西特维尔②所写的关

---

① 乔治·圣茨伯里（George Saintsbury, 1845—1933），英国评论家、文学史家、编辑，被认为是19世纪末和20世纪初极具影响力的批评家，著有《欧洲文学批评史及文学鉴赏》等。
② 伊迪丝·西特维尔（Edith Sitwell, 1887—1964），英国诗人、评论家，著有散文体作品《亚历山大·蒲柏》等。

于蒲柏的书一样，完全轻浮地强调技巧，把文学当作绣花，就好像文字根本没有意义一样；而短短几年之后，你又会听到像爱德华·厄普沃德这样的马克思主义评论家断言，只有具有马克思主义倾向的书才是"好"的。从某种意义上说，伊迪丝·西特维尔和爱德华·厄普沃德都是他们那个时代的代表人物。问题是，为什么他们的看法会如此不同？

我认为必须在外部环境中寻找原因。无论是对文学的审美态度还是政治态度，都是某一时期社会氛围的产物，或者至少受到当时社会氛围的制约。现在，又一个时代结束了——因为希特勒1939年对波兰的进攻明确宣告了一个时代的结束，正如1931年的大衰退结束了另一个时代——我们可以联系起来回顾一下，就会比几年前更清楚地看到外部事件以何种方式对文学态度产生了影响。如果回顾过去的一百年，有一件事会让我们感到震惊，那就是大约1830年至1890年，英国几乎不存在值得关注的文学评论和对文学的批判态度。这并不是说那个时期没有出现好书。那个时期的几位作家，例如狄更斯、萨克雷、特罗洛普等人，在人们的记忆中停留的时间可能比他们之后的任何一位作家都要长久。但在维多利亚时代的英国，没有哪个文学家能与福楼拜、波德莱尔、戈蒂埃等一大批外国佼佼者相媲美。在我们现在看来，审美上的一丝不苟几乎是不存在的。对于一位维多利亚时代中期的英国作家来说，书一方面是用来赚钱，另一方面是说教的工具。当时的英国正在迅速发生变化，一个新的富裕阶层出现在旧贵族留下的废墟上，英国与欧洲的联系被切断了，一个悠久的艺术传统也被打破了。19世纪中叶的英国作家都是野蛮人，哪怕他们碰巧是很有天赋的大师，例如狄更斯。

但在 19 世纪后期，通过马修·阿诺德、佩特①、奥斯卡·王尔德以及其他一些人，英国与欧洲重新建立起了联系，对文学形式和技巧的尊重又回来了。正是从那时起，"为艺术而艺术"的概念正式登上了舞台，尽管这句话现在已经非常过时了，但我认为仍然是最好的说法。它之所以能在这么长时间里成为主流看法，并被视为理所当然，是因为从 1890 年到 1930 年的整个时期是一个异常舒适和安全的时期。我们可以称之为资本主义时代的黄金午后。即使是第一次世界大战也没有真正扰乱它。第一次世界大战夺去了 1000 万人的生命，但它不像目前这场战争这样会动摇整个世界，而且已经动摇了。在 1890 年到 1930 年间，几乎每个欧洲人都有一种心照不宣的信念，认为文明会永远延续下去。作为个体来讲，你可能是幸运的，抑或不幸的，但你内心总有一种感觉，那就是任何事情都不会发生什么根本性的改变。在这种氛围下，理智的超脱，还有业余的艺术爱好都是可能的。正是这种延续感和安全感，使得像乔治·圣茨伯里这样的评论家，这位真正的老托利党人和高级教士，还能够对别人所写的书秉持一丝不苟的公正，即便他们的政治和道德观点令他厌恶。

　　但是自 1930 年以来，这种安全感就不复存在了。希特勒和经济萧条粉碎了这种感觉，而一战甚至俄国革命都未能产生这样的影响。1930 年之后登场的作家一直生活在一个个人生活和整个价值体系都不断受到威胁的世界里。在这种环境下，超然物外是不可能的。你不可能对正在夺走你生命的疾病抱有纯粹的审美趣味，

---

① 佩特·里奇（William Pett Ridge，1859—1930），英国虚构作家，曾经是英国铁路结算所的文员，1891 年左右开始为《圣·詹姆斯公报》及其他报纸创作幽默小品文。使他大获成功的是他于 1898 年出版的第五部作品《英德·埃米莉》（*Mord Em'ly*）。

你不可能对一个要割断你喉咙的人心平气和。在一个法西斯主义和社会主义相互斗争的世界里，任何有思想的人都必须选边站队，而且他的情感不仅体现在他的写作之中，也体现在他对文学的评判之中。文学必须变得政治化，否则就会导致精神上的不诚实。一个人的依恋和憎恨都是很接近表面意识的东西，不可能被忽视。一本书的内容显得如此重要，以至于写作的方式仿佛微不足道了。

在这个十年左右的时期里，文学，甚至诗歌，都与宣传册的写作混杂在一起，这对文学评论大有裨益，因为它摧毁了纯粹唯美主义的幻想。它提醒我们，每一本书中都潜藏着某种形式的宣传，每一个艺术作品都有其意义和目的——政治的、社会的或宗教的目的——我们的审美判断总是受到偏见和信仰的影响。它揭露了为艺术而艺术的真相，但也被暂时带入了一条死胡同，因为它导致无数年轻作家试图将自己的思想与某种政治纪律捆绑在一起，然而，如果他们深陷其中不能自拔的话，精神上的诚实也就不可能了。当时唯一对他们开放的思想体系是官方的马克思主义，它要求对苏联有一种民族主义的忠诚，并迫使自称马克思主义者的作家卷入不诚实行为中。然而就算这是可取的，这些作家所假设的前提也被《苏德互不侵犯条约》突然打破了。正如1930年左右许多作家发现的那样，你不可能真的脱离当下、置身事外，1939年左右许多作家发现，你不可能真的为了某种政治信条而牺牲自己身为知识分子的诚信——或者至少你不可能既这么做又能保持作家的身份。只有审美上的一丝不苟还不够，但只有政治上的正直同样也不够。过去十年里发生的事情使我们相当迷茫，也导致英国目前看不到任何文学趋势，但这些事情帮助我们比以往更好地界定了艺术与宣传的边界。

诗歌的意义 [①]

首先，我要引用一首名为《菲利克斯·兰德尔》的诗，作者是英国著名诗人杰勒德·曼利·霍普金斯，也是一位罗马天主教神父。

蹄铁匠菲利克斯·兰德尔，啊？他死了吗？那我的任务结束了。

谁见到他这个美男模子，魁梧又英俊，

变得憔悴啊，憔悴，直到他心中游离的理智和四种致命的疾病殊死搏斗？

病魔击垮了他。他不耐烦了，开始骂人，但后来涂了圣膏就好些了；

不过早在几个月前，从我给予他我们亲切的赦免和救赎祷告开始，

---

① 英国广播公司海外广播1941年5月14日的播音节目，刊印于《听众》（1941年6月12日）。——编者注

他的心灵就变得更加神圣了。

好吧，愿上帝让他永远安息！

疾病让我们和病人们更亲近，也让他们更喜欢我们。

我的唇舌曾让你学会慰藉，我的触碰曾让你停止流泪，

你的眼泪触动了我的心，孩子，菲利克斯，可怜的菲利

克斯·兰德尔；

那时怎能料想到今天！

在你所有喧嚣的岁月里，

当你在石头搭成的简陋锻炉前，

你是同行中的大力士，

你为那匹高大的拉车的灰色壮马修理亮锃锃、千锤百炼

的凉鞋！

　　这首诗就是人们所说的"难"诗——我选择一首难诗是有原因的，这个我稍后再来解释——但毫无疑问，它的大意已经足够清楚了。菲利克斯·兰德尔是个铁匠，确切地说是个蹄铁匠。诗人，同时也是菲利克斯的牧师，知道他在壮年的时候是一个健壮有力的人，然后看到他在疾病的折磨下奄奄一息，像孩子一样躺在床上哭泣。就这首诗所讲的"故事"而言，这就是全部了。

　　现在回到我有意选择这样一首晦涩的、甚至可以说有些矫揉造作的诗的原因。霍普金斯就是人们所说的作家的作家。他的写作风格非常奇怪和扭曲——或许这确实是一种糟糕的风格，至少是一种不好模仿的风格——完全不容易理解，但对于那些专业的、

对技巧有兴趣的人来说却很有吸引力。因此，在对霍普金斯的评论中，你通常会发现，所有的重点都集中在他对语言的运用上，很少提及他的主题。当然，在任何对诗歌的评论中，主要通过听觉感受来评判似乎是很自然的事情。因为在诗歌中，词语——词语的发音、发音之间的联系、发音的和谐，以及两三个词放在一起可以建立起的联想——显然比在散文中更重要。否则就没有理由用格律形式来写诗了。尤其是霍普金斯，他使用的语言的奇特性，他设法展现出的听觉效果中那些令人惊叹的美感，似乎盖过了其他所有东西。

这首诗中最好的，或者说最特别的感动，来自于词语发音的巧合。因为将整首诗紧扣在一起，并最终赋予它一种庄严的气氛，赋予它一种悲剧性而不仅仅是可怜感觉的就是诗中的最后一个词"凉鞋（sandal）"。毫无疑问，霍普金斯之所以想到"凉鞋"这个词，是因为"凉鞋"刚好和"兰德尔"（Randal）押韵。或许我应该补充一句，英国读者对"凉鞋"这个词的印象要比东方读者还深刻，东方读者对这个东西司空见惯，因为他们每天都会看到凉鞋，而且自己可能也穿凉鞋。但对英国人来说，凉鞋是一种带有异国风情的东西，主要与古希腊和古罗马有关。当霍普金斯把拉车的马的马蹄铁描述成凉鞋时，他瞬间把这匹马变成了一种华丽的神话野兽，就像某种纹章上的动物。而且他通过最后一行诗那美妙的节奏加强了这种效果——"你为那匹高大的拉车的灰色壮马修理亮锃锃、千锤百炼的凉鞋！"（Didst fettle for the great grey drayhorse his bright and battering sandal!）——这实际上是一句六音步的诗行，荷马和维吉尔的诗用的是同样的音步。通过声音和联想的结合，霍普金斯设法将一个普通村民的死亡上升到了悲剧的层面。

但这种悲剧效果不能仅仅是空洞的存在，不能仅仅依靠某种音节组合的力量。人们不能将一首诗简单地看成排列在纸上的文字式样，像一种马赛克。霍普金斯的这首诗之所以动人，在于它的发音，它的音乐特性，同时也在于它的情感内容，如果霍普金斯的哲学和信仰与我们所看到的不一样，那这种情感内容就不可能存在。这首诗的作者首先是一个天主教徒，其次是一个生活在特定时期的人，这个时期是19世纪后半叶，是古老的英国农业生活方式——古老的撒克逊乡村社区——最后快要消失的时期。从整体上来看，这首诗呈现出的是一种基督教的感觉。它是关于死亡的，而世界上各大宗教对死亡的态度各不相同。基督徒不把死亡当成一件值得欢迎的事情，不把它当成一件应该以坚忍的冷漠对待的事情，也不把它当成一件应该尽可能回避的事情，他们把它当成一出不得不经历的深刻悲剧。如果给予一个基督徒在这个世界上获得永生的机会，我估计他会拒绝，但他还是会感到死亡是极为悲伤的。这种感觉决定了霍普金斯的用词。如果不是因为神父这一特殊身份，他可能不会想到把行将就木的蹄铁匠称为"孩子"。如果他没有基督徒对死亡的必然性和悲伤的特殊看法，他可能就不会写出"在你所有喧嚣的岁月里"这句诗。但正如我说过的，霍普金斯生活在19世纪后期，这首诗也受到这一事实的制约。他曾生活在乡村社区，当时的农村仍然和撒克逊时代的非常相似，但同时也在铁路的冲击下开始瓦解。因此，他可以用合理的视角来看待像菲利克斯·兰德尔这样自力更生的乡村小铁匠，就像有些东西只有在逝去的时候，人们才能看见。例如，霍普金斯可以以欣赏的眼光来看待这个蹄铁匠，而这一点很可能是早期作家做不到的。这就是为什么霍普金斯可以在这首诗中写出"当你在石头搭成的简陋锻炉前"和"你是同行中的大力士"这样的词组。

我们再回到技巧上。对于这样一种诗歌主题来说，霍普金斯自己独特的风格可以起到很大的作用。英语是由好几种语言混合而成的语言，但主要是撒克逊语和诺曼法语，直到今天，在英国农村地区，这两种语言仍有阶级差别。许多农业劳动者说的几乎都是纯正的撒克逊语。我们知道，霍普金斯自己的语言是非常撒克逊式的，他倾向于把几个英语单词串在一起来表达复杂的思想，而不是像大多数人那样，用一个很长的拉丁语单词来表达，而且他有意借鉴了早期的英国诗人，那些比乔叟更早的诗人。在这首诗中，他甚至使用了几个方言词语。例如，他用"road（马路）"来表示"way（路）"，用"fettle（修补）"来表示"fix（修理）"。如果不是早年对古代撒克逊诗人进行过纯技巧性的研究，他就不会获得这种重新创造英国乡村氛围的特殊能力。可见这首诗是一种合成——但不仅仅是一种合成，更是某种共生——的结果，由一种特殊的词语和一种特殊的宗教－社会观合成。两者融合在一起，不可分割，而且整体大于部分之和。

我试图在短时间内尽可能地分析这首诗，但我所说的任何东西都无法解释我从中获得的乐趣。这终究是无法解释的，而正是因为无法解释，才值得进行细致入微的批评研究。科学家可以研究一朵花的生命过程，也可以把一朵花分解成它的各组成元素，但任何一位科学家都会告诉你，如果你了解了一朵花的一切，它不仅不会有丝毫褪色，而且还会变得更美。

拉迪亚德·吉卜林 ①

　　艾略特先生在为吉卜林的诗集 ② 作序时写了一篇长文，竟然是为吉卜林百般辩护，这令人遗憾，但这个话题不应当被回避，因为在谈论吉卜林之前，我们必须先澄清一个传说，这个传说是由两类没有读过他作品的人创造出来的。吉卜林处于一种特殊的境地，五十年来一直是人们的笑柄。在五代人的文坛中，每一个开明人士都瞧不起他，但在那个时代结束时，这些开明人士十之八九都被人遗忘了，而吉卜林在某种意义上仍然屹立不倒。艾略特先生从未就这个事实给出过令人满意的解释，因为他在回应吉卜林是个"法西斯主义者"这一肤浅而常见的指控时陷入了相反的错误中，他在无可辩护的地方为吉卜林进行辩护。假称吉卜林的人生观作为一个整体可以被任何文明人接受甚至原谅都是徒劳。例如，吉卜林描述一个英国士兵为了榨取一个"黑鬼"的钱财用通枪条殴打他，这时有人声称吉卜林的身份只是一个记者，并不一定赞同自己所描述的事情，这种开脱之词肯定是白搭。在吉卜林的作品中，根本没有丝

---

① 首次发表于《地平线》（1942 年 2 月）。——编者注
② T. S. 艾略特选编的《吉卜林诗选》，他为之作了长达 30 页的导读。——编者注

毫迹象表明他反对这种行为——相反，吉卜林身上有一种明显的虐待狂倾向，这比像他这种类型的作家固有的残忍有过之而无不及。吉卜林是一个沙文主义的帝国主义者，他在道德上麻木不仁，在审美上令人作呕。我们最好先承认这些，然后再试着找出他能经久不衰，而那些曾经嘲笑过他的文雅人士却似乎都已经被时间淘汰的原因。

然而，关于"法西斯主义者"的指控必须予以回应，因为无论从道德上还是政治上去了解吉卜林，得到的第一条线索就是他不是法西斯分子。他远非当今最仁慈或最"进步"的人所能成为的那种人。吉卜林的《礼拜后的退场曲》①中有一句诗写的是"没有法律的次等族类"，这句诗总是被人鹦鹉学舌般地反复引用，但没有人去仔细推敲这句诗的上下文，也没有人仔细品味其中的真正含义，这是一个很有意思的例子。这句诗总是能让左翼圈子里的娘娘腔们掩嘴窃笑。人们理所当然地认为，所谓"次等族类"就是"土著"，于是脑海中就会浮现出这样一幅画面：戴着软木头盔的绅士老爷正在踢踹印度苦力。然而，在原本的语境中，这句诗的意义可以说是与此完全相反的。几乎可以肯定，"次等族类"这个短语指的是德国人，尤其是指泛德意志作家，原文中"没有法律"的意义是指他们无法无天，而不是指无权无势。整首诗传统上被认为是自吹自擂的狂欢，其实是对强权政治的公开谴责，既是对英国强权政治的谴责，也是对德国强权政治的谴责。其中有两节诗值得引用（我引用的出发点是政治，而不是诗歌）：

如果沉醉于眼前的权力，我们就会放纵，

①吉卜林作于1897年，这首诗先是彰显了帝国之师的赫赫战绩和帝国昔日的辉煌，接着预言了大英帝国必然衰落的命运，具有浓厚的宗教意味。

对您毫不敬畏地满口胡言，
就像外邦人和没有法律的次等族类的骄矜自夸——
统率天军的主啊，求您与我们同在，
以免我们忘怀——以免我们忘怀！

那些异教徒的心，
只相信冒烟的炮管和爆炸的弹片，
勇士在沙场上掀起的所有尘烟，
自己守护，而不去求得您的守护，
疯狂的吹嘘和愚蠢的语言——
愿您怜悯您的子民，主啊！

　　吉卜林的许多措辞都来自《圣经》，毫无疑问，他在上面第二节诗中联想到了《诗篇》的第 127 篇："若不是耶和华建造房屋，建造的人就枉然劳力。若不是耶和华看守城池，看守的人就枉然儆醒。"这样的文字并没有给后希特勒时代的人留下太多印象。在我们这个时代，没有人相信还有比军事力量更强大的制裁；也没有人相信除了更强大的武力之外还有什么别的东西能战胜武力。没有"法律"，只有权力。我并不是说这是一种真正的信仰，只是说这是所有现代人实际持有的信仰。那些假装不是这样的人，要么是精神上的懦夫，要么是戴着薄薄面具的权力崇拜者，要么就是根本跟不上自己所生活的时代的人。吉卜林的观点是前法西斯主义的。他仍然相信骄傲就会失败，而且相信上帝会惩罚狂妄自大的人。他没有预见坦克、轰炸机、无线电和秘密警察的出现，也没有预见这些东西造成的心理后果。

那么我在说这些话的时候，是在否认上面所说的吉卜林的沙文主义和残忍吗？没有，这只是在说，19世纪的帝国主义观点和现代的强盗观点是两码事。吉卜林属于1885年至1902年这个时代，这一点非常明确。第一次世界大战及其余波令他痛苦不堪，但在他身上几乎看不出他从布尔战争之后的任何事件中获得了新的认知。他是英国帝国主义扩张阶段的预言家（他的唯一一部小说《消失的光芒》甚至比他的诗歌更有影响力，这部小说能让你感受到那个时代的氛围），也是英国军队的非官方历史学家，这个古老的雇佣军队从1914年开始改变了形态。他所有的自信，他那生机勃勃的、粗鄙的活力，跳出了任何法西斯分子或近似法西斯分子都无法跨越的局限。

吉卜林的后半生一直郁郁寡欢，与其说这是因为文学上的虚荣心，不如说是因为政治上的失望，这一点毫无疑问。不知何故，历史并没有按照计划发展。在英国获得历史上最伟大的胜利之后，它的力量变弱了，不再是以前那个世界大国了，而吉卜林非常敏锐地看到了这一点。被他理想化的阶级已经失去了美德，年轻人要么追求享乐，要么愤愤不平，把地图涂成红色的欲望也消失了。吉卜林搞不明白到底发生了什么，因为他从来没有理解过帝国扩张背后的经济力量。值得注意的是，吉卜林似乎没有意识到帝国主要是为了赚钱，在这一点上，他并不比普通的士兵和殖民地管理者更高明。在他看来，帝国主义是一种强制性的传教布道。用加特林机枪瞄准一群手无寸铁的"土著"，然后建立起"法律"，乃至公路、铁路和法院。因此，他无法预见，使帝国得以存在的动机将以摧毁帝国而告终。例如，马来亚的丛林变成了橡胶种植园，而正是出于同样的动机，这些种植园现在被完好无损地拱手交给了日本人。现代的极权主义者很清楚他们在做什么，而19世纪的英国人却不知道自己在做什么。这两种态度各有优点，但是吉卜林始终无法将自己的态度从一种转变为另一种。考虑到他毕竟是一个艺术家这一事实，他的世界观就是一个鄙视小商贩的、领薪俸的官僚的世界观，而且他是那种往往活了一辈子都没搞明白发号施令的掌权者恰恰是小商贩的官僚。

但正因为把自己归为官员阶层，他才拥有了一种"开明人士"身上很少见或从来没有的东西，那就是责任感。在这方面，中产阶级左翼对他的憎恶不亚于对他的残忍和粗鄙的憎恶。所有高度工业化国家的左翼政党从本质上来说都是假的，因为他们以反对自己并不真正希望摧毁的东西为己任。他们有国际主义的目标，但与此同时，他们又努力维持着与这些目标并不相容的生活水平。我们都靠掠夺亚洲苦力为生，而我们之中的"开明人士"都坚称这些苦力应该被解放，但是我们的生活水平，以及由此产生的"文明"，却都要求继续掠夺下去。人道主义者都是伪君子，吉卜林对这一点的理解或许是他能够创造出生动有力的格言警句的核心秘密。"做一件假军装在你睡觉时保护你"[1]，这句话对英国人睁一只眼闭一只眼的和平主义的刻画可谓入木三分，要想用更少的词语来准确表达这个意思恐怕很难。的确，吉卜林不明白知识分子和顽固的保守派之间的经济关系，他没有看到地图被涂成红色主要是为了剥削苦力；他看到的不是苦力，而是印度公务员。但即使在这个层面上，他对职能的理解，对谁保护谁的理解，也是非常明智的。他清楚地认识到，一部分人要想达到更高的文明，只有通过其他文明程度必然更低的人的保护和供养才能实现。

---

① 引自吉卜林的诗《汤米》（Tommy）。

吉卜林在多大程度上真正认同他所歌颂的行政官员、士兵和工程师呢？他并不像人们有时以为的那样完全认同。吉卜林年轻时游历广泛，他头脑非常聪明，几乎是在市井环境中长大的，他身上可能具有一定程度的神经质人格的特质，这使他更喜欢充满活力的人，而不是多愁善感的人。19世纪的英裔印度人是他最不赞同的人，但无论如何，这些人都是有所作为的人。或许他们所做的一切都是邪恶的，但他们的确改变了世界的面貌（看看亚洲地图，把印度的铁路系统与周边国家的铁路系统进行比较，你就会很有启发）；然而，倘若英裔印度人的普遍观点如E. M.福斯特所说的那样，那他们可能一事无成，恐怕连掌权一个星期都做不到。吉卜林的作品是我们仅有的描绘了19世纪英国统治下的印度的文学画面，尽管他的描绘艳俗而浅薄。他之所以能够创作出这样的作品，是因为他粗鄙到可以在各种团体和圈子的混乱中生存下来，并保持沉默。但吉卜林与他所欣赏的人不太一样。我从一些私人渠道得知，许多与吉卜林同时代的英裔印度人都不喜欢他，也不赞同他。一方面，他们说吉卜林对印度一无所知，毫无疑问这是事实，但另一方面，从他们的观点来看，吉卜林又太有学问了。在印度时，他总是和"错误"的人混在一起，因为肤色较黑，他被误以为具有亚洲血统。他的成长在很大程度上要追溯到他在印度出生和早早离开学校的经历。如果成长背景略有不同，他可能会成为一个优秀的小说家，或者一个音乐厅歌曲的顶级创作者。但是，说他是一个粗鄙的狂热爱国者，说他好像是塞西尔·罗兹①的代言人，是准

---

① 塞西尔·约翰·罗兹（Cecil John Rhodes，1853—1902），英国殖民者、金融家、政治家，曾被认为是英国维多利亚时代对外殖民扩张的代表人物。罗兹去世后，牛津大学遵其遗愿设立了"罗德奖学金"（Rhodes Scholarship）。

确的吗？是准确的，但说他是一个唯唯诺诺的人，说他是一个随波逐流的人，是绝对不准确的。早年的吉卜林从未迎合过公众舆论。艾略特先生说，吉卜林被人诟病的是他以一种受欢迎的风格表达了不受欢迎的观点。假设，"不受欢迎"的意思是不受知识分子的欢迎，那就可以缩小这个问题的范围，但事实上吉卜林表达的"主题思想"是连大众都不想要的，而且他们确实也从未接受过。19世纪90年代的民众和现在一样，都反对军国主义，对帝国感到厌倦，只是无意识地爱国。无论现在还是过去，吉卜林的官方崇拜者都是"公共服务系统"的中产阶级，都是《布莱克伍德》^①的读者。在20世纪愚蠢的世纪之初，顽固的保守派终于发现了一个可以被称为诗人并且站在他们这一边的人，于是他们把吉卜林捧上了神坛，而且将他的一些更具说教意味的诗歌几乎奉为《圣经》，例如《如果》这首诗。但是，顽固的保守派有没有像读《圣经》那样认真地读过吉卜林的作品是很值得怀疑的。吉卜林说过的许多话他们都不可能赞成。发自内心批评过英国的人之中几乎没有谁说过比这个粗鄙的爱国者更尖刻的话。通常来说，吉卜林攻击的是英国的工人阶级，但也并非总是如此。那句"穿法兰绒衣服的傻瓜守门，满身是泥的蠢货攻门"^②至今仍像利剑一样插在人们心头，这句话针对的是伊顿公学和哈罗公学的比赛，以及优胜杯决赛。就主题而言，他写的一些关于布尔战争的诗句带有一种奇怪的现代色彩。《调充闲职》这首诗应当作于1902年左右，却总结了1918年或者说现在每一位聪明的步兵军官面对调充闲职这种事情时会说的话。

如果吉卜林关于英国和帝国的浪漫主义想法不带着当时与之

---

① 1817 年至 1980 年间发行的英国杂志，由出版商威廉·布莱克伍德创立。
② 吉卜林《岛民》(The Islanders) 中的诗句。

伴随的阶级偏见的话，那有这些想法应该也没什么大不了的。如果你仔细研究他最优秀、最具代表性的作品，研究他的士兵诗歌，尤其是《营房谣》，你就会发现败坏这些诗歌的最重要的因素是一种潜在的庇护意味。吉卜林视军官，尤其是下级军官，为理想人物，简直到了无脑的地步，但士兵不一样，他们定是一些滑稽的角色，即便他们可爱又浪漫。吉卜林说话总是带着一种典型的伦敦腔，口音不是那么浓重，但他会把所有的"h"音和词尾的"g's"音都很小心地省略掉。结果往往就像教友联谊会上的幽默朗诵一样令人尴尬。这就解释了一个奇怪的事实：人们常常可以改进吉卜林的诗歌，只要把它们的伦敦腔变成标准英语，就可以使它们显得不那么滑稽可笑和肆无忌惮了。他那些往往具有真正抒情性质的副歌尤其如此。我们举两个例子就可以很好地说明这一点（一个关于葬礼，另一个关于婚礼）：

> 磕了你的烟斗跟我来！
> 喝了你的啤酒跟我来！
> 噢，听听大鼓的召唤。
> 跟我来——跟我回家！

再来一首：

> 为中士的婚礼欢呼吧
> 再为他们欢呼一下！
> 灰色的战马在耕田，
> 一个流氓娶了一个娼妓！

这是我恢复了"h"等被省略的音之后的样子。吉卜林应该比我更清楚，他应该看到了第一节诗的结尾两句非常优美，也应该克制住了自己取笑一个工人的口音的冲动。在古代民谣中，领主和农民说同一种语言。这对吉卜林来说是不可能的，他的视角是一种扭曲的阶级视角，满脸都是俯视和轻蔑，上面这句"跟我回家（follow me' ome）"本应是他最好的诗句之一，但因为省略了"h"音而变得非常丑陋，这句诗就这样被糟蹋了，或许这算是公正的报应。但即使是在音律上没有区别的地方，他舞台表演式的伦敦方言的轻浮戏谑也很令人恼火。然而，他的名言更多的是被人口头引用，而不是书面引用，大多数人在口头引用他的话时都会本能地进行一些必要的修改。

你能想象在 19 世纪 90 年代或现在，会有任何一个士兵读着《营房谣》，并且觉得有一个作家在为他说话吗？这是非常难以想象的事情。任何能够阅读诗集的士兵都会立刻注意到，吉卜林几乎没有意识到在军队中发生的阶级战争和在其他地方一样多。他不仅认为士兵是滑稽演员，而且认为士兵热爱祖国、封建、崇拜上级，还为自己是女王的士兵而感到自豪。当然，这在一定程度上也是事实，否则仗根本打不起来，但"我为你做了什么，英格兰，我的英格兰？"这个问题本质上是一个中产阶级的问题。任何一个工人听到这个问题几乎都会马上问道："英格兰为我做了什么？"就吉卜林对这一点的理解来看，他仅仅将其归结为"下层阶级强烈的自私"（他自己的表述）。当他写的不是英国人，而是"忠诚的"印度人时，他笔下"平安，大人"①的主题有时候会达到令人作呕

---

① 指旧时印度等地对上层欧洲人的招呼语。

的程度。尽管如此，事实上，相比他那个时代和我们这个时代的大多数"自由主义者"来说，吉卜林对普通士兵的兴趣要大得多，他对士兵应该得到公平对待的焦虑也要大得多。他看到士兵们被忽视，待遇低得可怜，还要被那些收入由士兵们来保障的人伪善地鄙视。在他死后出版的回忆录中，吉卜林这样说道："我开始意识到士兵生活中赤裸裸的恐怖，以及他们所忍受的不必要的折磨。"有人指责他美化战争，或许他的确这样做了，但不是以通常的方式，而是假称战争有点像足球比赛。就像大多数有能力写战争诗歌的人一样，吉卜林也从未上过战场，但他对战争的看法是实事求是的。他知道子弹会伤人，知道在炮火下每个人都会害怕，知道普通士兵永远都不知道战争是怎么回事，对自己在战场上所处的角落之外的地方一无所知，也知道英国军队和其他军队一样，经常会有逃兵：

> 我听到身后的军刀声，但我不敢面对我的战友，
> 我也不知道我是在往哪里跑，因为我没有停下来看，
> 直到我听到一个可怜虫一边跑一边尖叫着乞求饶命，
> 我觉得我记得这个声音——原来就是我自己！

如果把这几句诗的风格现代化一下，可能就很像20世纪20年代某一本揭露战争真相的书的内容了。又例如：

> 现在巨大的子弹打穿尘土，
> 没人愿意面对它们，但每个可怜虫都必须面对；
> 就像一个戴着镣铐的人，不愿动脚，
> 同伴们用异乎寻常的僵硬和缓慢带着他起程。

我们可以拿丁尼生的《轻骑兵的冲锋》与之比较：

"向前冲，轻骑兵！"
有人灰心丧气吗？
没有！尽管士兵们知道
有人犯下了愚蠢的错误。

如果说有什么不同的话，那就是吉卜林夸大了恐怖，因为以我们的标准来看，他年轻时发生的战争根本算不上战争。或许这是由于他神经质式的紧张，以及他那种对残酷的渴望。但至少他知道，被命令去攻击不可能的目标的人会感到沮丧，而且每天四便士也绝不是一笔丰厚的津贴。

吉卜林留给我们的对 19 世纪末长期服役的雇佣军的画面描绘得多么完整和真实呢？我们必须这么说，和他所记述的 19 世纪英国统治下的印度一样，他的描绘不仅是最好的，而且几乎是我们所拥有的唯一的文学画面。他记录了大量的资料，而这些资料只能从口头传说或难以辨别和理解的兵团史料中获得。或许他对军队生活的描述看起来比史料更完整、更准确一些，因为任何一个英国中产阶级都有可能知道足够多的东西来填补这些空白。不管怎么说，我在阅读埃德蒙·威尔逊刚刚发表的一篇关于吉卜林的文章[1]时感到震惊，那么多对我们来说熟悉到无聊的事情，在美国人眼里却好像是无法理解的。但吉卜林的早期作品中似乎确实浮现出一幅生动但没有严重误导人的画面，那是一幅关于前机关

---

[1] 这篇文章收录于埃德蒙·威尔逊的随笔集《伤与弓》(The Wound and the Bow)。——作者注

枪时代旧式军队的画面——直布罗陀和勒克瑙闷热难耐的营房、红色的外套、白黏土磨制的腰带和平顶小圆军帽、啤酒、战斗、鞭打、绞刑和钉死在十字架上、号角声、麦片和马尿的气味、留着一英尺长胡子的士官大声咆哮、血腥的小规模冲突、一贯的管理不善、拥挤的运兵船、霍乱肆虐的营地、"本地"情妇、最终死在济贫院里。这是一幅不加修饰的粗鄙画面，像是一个爱国主义的音乐厅节目与左拉笔下的一个更血腥的段落混在了一起，但从这幅画面中，后人应该能够对长期志愿军到底是什么样子有所认识。在差不多同等的水平上，他们还能够了解到英属印度在汽车和冰箱都闻所未闻的年代是什么样子。如果有人以为，但凡乔治·摩尔、吉辛或托马斯·哈代等作家有了吉卜林那样的机会，他们就可以奉献出围绕这些主题的更好的作品，那他就大错特错了。这种意外事件是不可能发生的。19世纪的英国完全不可能诞生类似托尔斯泰的《战争与和平》的书，也不可能诞生他那种关于军队生活的小故事，例如《塞瓦斯托波尔》和《哥萨克》，这倒不一定是因为英国缺乏有才华的作家，而是因为没有人具有足够的敏感性来写这样的书，甚至从未有人恰当地接触过这些主题。托尔斯泰生活在一个伟大的军事帝国，在这个帝国里，几乎任何一个有家室的年轻人都要在军队里待上几年，这似乎是很自然的事情，而大英帝国过去和现在的非军事化程度在欧洲大陆的观察家们看来几乎难以置信。文明人不会轻易离开文明的中心，而且在大多数语言中，可以被称为殖民文学的东西都少之又少。吉卜林展示的艳俗而生动的画面是一种阴差阳错的产物，按理说不太可能发生，在这幅画面中，吉卜林笔下的列兵奥瑟里斯和霍克斯比夫人以棕榈树为背景，伴随着寺庙的钟声摆好姿势，而产生这种画面的必要条件之一就是吉卜林自己才刚刚开化。

吉卜林是我们这个时代唯一为英语增加了短语的英国作家。我们不记得词源但会接受并使用的短语和新词并不总是来自那些我们欣赏的作家。这一点很奇怪，例如，当我们听到纳粹广播员将俄国士兵称为"机器人"时，就会不自觉地联想到那个捷克民主主义者[①]，如果他们能抓住他，应该会把他杀死。下面是吉卜林创造的六个短语，你可以在低级趣味报刊的一些编者按和评论中看到，也可以从沙龙酒吧里一些几乎从未听说过吉卜林的人口中听到。可以看出这些短语都有某种共性：

东方是东方，西方是西方

白人的负担

他们对只知道英格兰的英格兰人有什么了解

雌性比雄性更致命

苏伊士以东的某个地方

支付丹麦赋税

还有许多其他的短语，包括一些上下文已经被历史遗忘但本身仍然存在了许多年的短语。例如，"用你的嘴杀死克鲁格"，这句短语直到最近还很流行。吉卜林还可能是第一个随意使用"匈奴人"一词来称呼德国人的人，至少从1914年炮声响起时他就这么用了。我上面列举的这些短语的共同点是它们都是带着嘲讽口

---

① 英语中"机器人"（robot）一词源自捷克作家卡雷尔·恰佩克的科幻戏剧《罗苏姆的万能机器人》（*Rossum's Universal Robots*）中的"奴隶"（robota），它是一种由人类制造出来的人形工作机械。

气说出的话（就好比"我将成为五月女王，妈妈，我将成为五月女王"①），但都是迟早会被用到的短语。例如，《新政治家》杂志对吉卜林的蔑视达到了无以复加的程度，但在慕尼黑时期，《新政治家》杂志引用了多少次"支付丹麦赋税"②这句短语？事实是，除了那种快餐厅智慧以及把许多无足轻重的生动场景浓缩成几个短语的天赋之外（"棕榈和松树"——"苏伊士以东"——"通往曼德勒之路"），吉卜林通常谈论的都是迫切需要关注的事情。但这并不重要，因为有思想的体面人一般都会发现自己站在吉卜林的对立面。"白人的负担"这句话会立刻让人联想到一个真正的问题，即使有人觉得应该把它改成"黑人的负担"。对于《岛民》中所隐含的政治态度，人们可能根本不同意，但也不能说这是一种轻浮的态度。吉卜林的思想既是粗鄙的，又是永恒的。这就引出了关于他作为诗人或韵文作家所拥有的特殊地位的问题。

艾略特先生将吉卜林的格律作品描述为"韵文"而不是"诗"，但又补充说，这是"伟大的韵文"，然后又进一步限定说，只有当一个作家的某些作品"我们不能说它是韵文还是诗"时，他才能被称为"伟大的韵文作家"。很显然，吉卜林是一个以韵文形式写散文的作家，偶尔也写诗，令人遗憾的是，艾略特先生没有明确指出这些诗的名字。问题在于，每当需要对吉卜林的作品进行审美评判时，艾略特先生总是过于为他辩护，以至于无法做到直言

---

① 出自英国桂冠诗人阿尔弗雷德·丁尼生的诗《五月女王》。"五月女王"指五朔节庆祝活动时走在游行队伍最前面的少女。

② 米德尔顿·默里先生在他最近出版的《亚当和夏娃》的第一页引用了这几句著名的诗："有六十九种方法／可以用来编造部落的谎言，而其中每一种都是对的。"他将这几句诗算在了萨克雷头上，这可能就是所谓的"弗洛伊德式错误"。一个文明人宁可不引用吉卜林的话——也就是说，宁可认为替他表达了自己想法的不是吉卜林。——作者注

不讳。他没有提及的，也是我认为人们在讨论吉卜林时应该事先说明的，那就是，吉卜林的大部分诗歌都粗鄙得可怕，给人的感觉就像一个三流的音乐厅表演者在紫色聚光灯的照耀下背诵《吴方福的小辫子》一样，然而，其中许多诗歌还是能够给懂得诗歌含义的人带来快乐。一些吉卜林最糟糕的诗歌，也是他最有活力的诗歌，例如《营房谣》和《丹尼·迪瓦》，读起来几乎有一种可耻的快乐，就像某些人偷偷带进中产阶级生活的廉价糖果的味道一样。即使在他最好的诗句中，人们也会有同样的感觉，觉得自己被某种虚假的东西所引诱，而且毫无疑问他们被引诱了。除非你是一个势利小人，或者满口谎言，否则你就不能说任何一个热爱诗歌的人无法从这样的诗[1]中得到快乐：

> 风拂过棕榈树，寺庙的钟声响起，它们在说：
> "回来吧，你这个英国士兵，回到曼德勒来吧！"

然而，这些句子并不是《菲利克斯·兰德尔》和《当冰柱挂在墙上时》这种意义上的诗歌。如果把吉卜林简单地描述为一个好的坏诗人，或许比在"韵文"和"诗"这两个词之间纠缠不清更好。他是一个诗人，就像哈里耶特·比彻·斯托[2]是一个小说家一样。这种作品被一代又一代人认为是粗鄙的，但又一直不乏读者，然而单是这种作品的存在就足以让人对我们所处的这个时代有所了解。

英语中有大量好的坏诗，我应该说它们都诞生于1790年之

---

① 即吉卜林的诗歌《曼德勒》(*Mandalay*)。
② 即斯托夫人，美国作家，著名小说《汤姆叔叔的小屋》的作者。

后。关于好的坏诗，我有意挑选了一些不同的例子：《叹息桥》《当全世界正值青春，朋友》《轻骑兵的冲锋》、布雷特·哈特的《军营中的狄更斯》《约翰·摩尔爵士的葬礼》《珍妮吻了我》《拉韦尔斯顿的基思》《卡萨比安卡》。所有这些诗歌都散发着多愁善感的气息，然而——或许不只是这几首特定的诗歌——这一类诗歌都可以给那些能清楚看到它们问题的人带来真正的快乐。这些好的坏诗通常都太有名了，不值得再版，如果不是因为这个重要的事实，这些好的坏诗应该可以组成一本厚厚的诗集。在我们这样的时代，假装"好"诗有机会真正流行起来是没有用的。"好"诗是极少数人的迷信，是最不被容忍的艺术，而且必须如此。或许这种说法需要一定的限定条件。当真正的诗歌伪装成别的东西时，有时候也能被大众接受。我们可以在英国至今流传的民间诗歌中看到这方面的例子，例如某些童谣和口诀，以及士兵们创作的歌曲，包括一些军歌的歌词。但在我们的文化里，一提起"诗"这个字，通常就会引起带有敌意的窃笑，或者会引发厌恶，就像大多数人听到"上帝"这个词时会感到的那种冰冷的厌恶，而这已经是最好的反应了。如果你擅长拉手风琴，你可以去附近的大众酒吧，或许能在五分钟内让你的观众为你拍手叫好。但如果你建议为同样的这些观众朗诵莎士比亚的十四行诗，你觉得他们的态度会是怎样的呢？然而，如果事先营造好了适当的气氛，你也能让最差劲的观众听懂好的坏诗。几个月前，丘吉尔在一次广播演讲中引用了克拉夫的《奋进》，达到了很好的效果。当时，我是在一群肯定不喜欢诗歌的人中间收听丘吉尔这番演讲的，但我确信，沉浸在诗歌中给他们留下了深刻的印象，而且并没有使他们感到尴尬。但即便是丘吉尔，如果引用的是比这首诗好很多的某个作品的话，那也无法达到这种效果。

　　就一个可以被大众喜欢的韵文作家而言，吉卜林一直都很受欢迎，或许直到今天仍然如此。在他有生之年里，他的一些诗歌远远超越了广大读者的范围，超越了学校的颁奖典礼、童子军的歌唱、软皮装帧的诗集、烙画和日历的领地，走进了更广阔的音乐厅世界。尽管如此，艾略特先生还是认为有必要对吉卜林的作品进行编辑，这样一来也就是承认了自己的一种品位，这种品位其他人也有，只是他们往往因为不够诚实而不愿提及。"好的坏诗"这种东西能够存在，正是知识分子和普通人之间情感重叠的标志。知识分子与普通人不同，但只是在性格的某些方面有所不同，甚至也不是始终如此。但是一首好的坏诗的特点是什么呢？一首好的坏诗是为显而易见的事物建立的优美的纪念碑。好的坏诗以令人难忘的形式进行记录——因为韵文是一种记忆工具——除此之外它们还包含某些几乎每个人都会有的情感。首先，像《当全世界正值青春，朋友》这样的诗歌的优点在于，不管它有多么感伤，它的感伤从某种意义上来说都是"真实的"情感，因为你迟早会发现自己在思考诗中所表达的思想；其次，如果你碰巧知道这首诗，这时候它就会在你脑海里重现，而且似乎比以前印象更好了。这类诗歌是一种押韵的谚语，事实上，通俗诗歌通常就是精辟的箴言或警句。吉卜林的这几句诗就是很好的例子[1]：

　　　　白皙的手紧紧抓住缰绳，

　　　　靴子的后跟滑动着马刺；

---

[1] 吉卜林的诗歌《赢家》(*The Winners*)。

最温柔的声音喊着"再转身！"
红唇使鞘钢黯然失色：
堕入地狱还是登上王座，
独行的人走得最快。

　　这几句诗歌有力地表达出了一种粗鄙的思想。或许并不真实，但无论如何这都是每个人都会有的一种想法。你迟早有机会感到"独行的人走得最快"，这种想法就在那里，已经准备好了，可以说是正在等着你。所以你一旦听到这句话，很可能就会将它牢记在心。

　　我已经提到过，吉卜林能成为创作好的坏诗的人的一个原因是他的责任感，这种责任感使他能够拥有一种世界观，即使这种世界观碰巧是错误的。虽然吉卜林与任何政党都没有直接联系，但他还是一个保守派，这里所说的保守派在今天已经不存在了。现在自称保守派的人要么是自由主义者，要么是法西斯分子，或者是法西斯分子的帮凶。吉卜林认同执政党而不认同反对党。对于一个有天赋的作家来说，这一点在我们看来似乎很奇怪，甚至令人厌恶，但也确实有一个好处，那就是让吉卜林对现实有了一定的把握。执政党总是面临这样一个问题："在如此这般的情况下，你意欲何为？"而反对党没有义务承担责任或做出任何真正的决定。在反对是一种永久的、用来领取退休金的行为的地方，例如在英国，它的思想质量也因此在退化。此外，任何从一开始就抱着悲观、反动的人生观的人，时局往往会证明他们是正确的，因为乌托邦永远不会到来，而且正如吉卜林自己所说的，"古老抄本上的神"总是会带着恐惧和屠杀归来。吉卜林背叛了英国统治阶级，不是在经济上，而是在情感上。这扭曲了他的政治判断，因为英国的统治阶级并不是他想象的那样，这也使他陷入了愚蠢和势利的深渊，但他至少尝试过想象行动和责任是什么样子，因此也获得了相应的优势。他的不机智、不"大胆"、不愿取悦资产阶级，对他来说都是伟大的优点。吉卜林谈论的主要都是些陈词滥调，但既然我们本就生活在一个陈词滥调的世界里，那他说的许多话就是深入人心的。即使他说出的最糟糕的蠢话，似乎也没有同时期那些"开明"的言辞那么浅薄，那么令人恼火，如王尔德的讽刺诗句和《人与超人》①结尾那一堆可笑的格言。

---

① 萧伯纳创作的一部哲理喜剧。

文学与极权主义 [①]

我在之前一篇文章的开头就说过，这不是一个评论的时代。这是一个党派偏见的时代，而不是一个客观的时代，在这个时代，如果你不同意一本书的结论，就很难看出这本书的文学优点。政治——最一般意义上的政治——已经介入文学，介入程度非同一般，而政治介入文学使我们意识到个人与社会之间始终在进行斗争。当一个人考虑到在我们这样的时代，写出诚实、公正的评论有多么困难时，他就会开始理解在接下来的时代笼罩整个文学的威胁的本质。

我们生活在一个自主的个体正在走向消失的时代——或者应该这么说，我们生活在一个个体不再幻想拥有自主的时代。现在，当我们谈论文学的时候，尤其是谈论文学评论的时候，我们本能地认为自主的个体是理所当然的。整个欧洲的近代文学——我是指过去四百年来的文学——都建立在知识分子的诚实这一概念之上，或者你也可以这么说，建立在莎士比亚的这句格言之上——

① 来自奥威尔在英国广播公司海外广播的播音节目，刊印于《听众》（1941 年 6 月 19 日）。——编者注

"要忠于自己"。我们对一个作家的首要要求是他不应该说谎，他应该说出他真实的想法和感受。对于一件艺术作品，我们所能说的最糟糕的评价就是它不真诚。相比文学创作，文学评论更是如此，因为一定数量的装腔作势和矫揉造作，甚至一定数量的彻头彻尾的谎言，在文学创作中或许都无关紧要，只要作者从根本上说是真诚的。近代文学本质上是一种个人的东西。它要么是一个人的思想和感觉的真实表达，要么就毫无价值。

正如我所说的，我们认为这种观念是理所当然的，然而，一旦有人将其用文字表达出来，就会意识到文学是如何受到威胁的。因为这是一个极权主义国家的时代，它不允许，也不能允许个人有任何自由。但我认为，人们必须面对的风险是这种现象将在全球范围内出现。很明显，自由资本主义的时代即将结束，一个又一个国家正在采用高度集中的经济体制，人们可以根据自己的喜好称其为社会主义或国家资本主义。如此一来，个人的经济自由，以及做自己喜欢做的事、选择自己的工作、在世界范围活动的自由在很大程度上也会结束。直到最近，人们都没有预见这种情况可能会带来的后果。人们从来没有充分认识到经济自由的消失会对知识分子的自由产生怎样的影响。社会主义通常被认为是一种道德化的自由主义。国家会掌控你的经济生活，将你从贫穷和失业的恐惧中解脱出来，但国家没有必要干涉你个人的精神生活。艺术可以像在自由资本主义时代那样繁荣，甚至会更繁荣一些，因为艺术家将不再受到经济压力的影响。

与欧洲和东方过去所有的正统观念相比，极权主义有几个重要的特点。最重要的一点是，过去的正统观念没有改变，或者至少没有迅速改变。在中世纪的欧洲，教会对你应该信仰什么做出了规定，但教会至少允许你从生到死都保持同样的信仰。它不会星期一告诉你要信仰这个，星期二却告诉你要信仰那个。直到今天，任何正统的基督教、印度教、佛教或伊斯兰教多多少少都还是这样。从某种意义上来说，一个人的思想是受到了限制，但他一生都是在同一种思想框架中度过的，他的情感没有受到干扰。

然而现在极权主义的情况恰恰相反。极权主义国家的特点是尽管它控制人们的思想，但并不固定。它建立了不容置疑的教条，却每天都在改变这些教条。它需要教条，因为它需要臣民的绝对服从，但又无法避免由强权政治需求所决定的变化。它宣称自己绝对正确，同时又攻击客观真理的概念本身。举一个简单而明显的例子，直到1939年9月，每一个德国人对苏联布尔什维克主义都怀有恐惧和厌恶之情，然而从1939年9月起，他们的态度又不得不转变为钦佩和喜爱。如果苏联和德国开战（事实上两国很有可能在未来几年内开战），那么他们将不得不面对又一场同样剧烈的变化。德国人的情感生活，他们的爱与恨，必要的时候会在一夜之间逆转。这种事情对文学的影响几乎不需要我多说。因为写作在很大程度上是一种感觉，而感觉是不可能被外界控制的。口头上附和当下的正统说法很容易，但只有当一个人觉得自己说的是真话时，他才能写出有意义的作品；否则，他就会缺乏创作冲动。

我之前说过，自由资本主义显然要走到尽头了，这么说看起来是在暗示思想自由的毁灭同样不可避免。但我不相信真会如此，我的结论很简单，我认为文学存续的希望在于那些自由主义扎根最深的国家，那些非军事国家，西欧和美洲、印度和中国。我相信——或许也只是一种虔诚地希望——尽管集体经济必然会到来，但那些国家应该知道怎样可以发展出一种非极权主义的社会主义形式，在这样的社会主义社会里，思想自由在经济个人主义消失之后仍然可以幸存下来。不管怎么说，这就是任何关心文学的人可以抓住的唯一希望。只要是感受到文学价值的人，只要是明白文学在人类历史发展中起着核心作用的人，都必须认识到反抗极权主义有着生死攸关的必要性，无论强加给我们的极权主义是源于内部还是外部。

评宣传册文学 ①

要详细评论十五本宣传册，千言万语都是不够的，我之所以挑出十五本，是因为目前宣传册有九个主要趋势，而它们包含了其中的八个（缺少的那一个趋势是和平主义，我手头碰巧没有最近出版的和平主义宣传册）。在试图解释关于近年来宣传册再次流行的某些相当奇怪的特点之前，我先分别将它们列在各自的标题下，并做一下简短的评论。

1. 反左和秘密极右分子：《一个士兵的新世界》。2 便士。（副标题："在军营里写的反对怪异的宣传册"，这沉重打击了高雅人士，并证明了普通人不需要社会主义。关键词："聪明人从没学会喜欢简单的事物"。）

《德国奇境中的戈兰茨》（范西塔迪特）。1 先令。

《世界秩序还是世界毁灭》。6 便士。（反计划主义，驳斥了 G. D. H. 科尔。）

2. 保守主义：《轰炸机的控制继续》。7 便士。（官方宣传册的

① 首次发表于《新政治家与国家》（英国伦敦，1943 年 1 月 9 日）。——编者注

典范。)

3. 社会民主主义:《奥地利的情况》。6便士。(由自由奥地利运动出版。)

4. 共产主义:《清除希特勒的特工》。2便士。(副标题:"揭露托洛茨基主义者在英国组织的破坏活动",极其虚假。)

5. 托洛茨基主义和无政府主义:《喀琅施塔得起义》。2便士。(无政府主义者的宣传册,主要是以托洛茨基为目标对象的攻击。)

6. 无党派激进主义:《军队怎么了?》。6便士。(一本"飓风书",一份内容翔实而且文笔优美的反顽固保守派的文件。)

《我,詹姆斯·布伦特》。6便士。(不知不觉中激发人们血性的优秀宣传册,建立在一个合理的假设之上,假设英国民众还没听说过法西斯主义。)

《巨人的战斗》。6便士。(流行的非共产主义亲俄文学的有趣样本。)

7. 宗教:《给乡村牧师的一封信》。2先令。(英国国教左翼人士费边主义宣传册。)

《永远的战士》。2便士。(为布克曼辩护。)

8. 疯子:《英国的胜者宿命,正义不再处于守势》。6便士。(英国人的上帝选民论,包含大量插图。)

《当苏联入侵巴勒斯坦》。1先令。(英国人的上帝选民论,作者 A.J.费里斯是一位文学学士,他写了一系列类似主题的宣传册,其中销量巨大的是《当苏联轰炸德国》,出版于1940年,销量超过6万册。)

《希特勒的故事和征服英国的计划》,落款是"全体英国公民"。1先令。(典型章节:"一个人去'玩游戏',并且知道自己在做什么，这可是件大事。然后，当板球三柱门放好或最后一声哨子响起的时候，那个伟大的记分员便会走上前来针对你的姓氏乱写一通，不管你是赢是输，他反对的是你玩游戏的方式。"）

我提到的这十几本宣传册只是宣传册文学的沧海一粟，为了使所选的样本更具有代表性，我选了几本普通读者可能听说过的宣传册。从这一小组样本中，我们能得出什么结论呢？有个不容易解释的有趣事实，那就是大约从 1935 年开始，宣传册再次流行起来，而且规模相当大，但没有产生任何真正的价值。我收藏的宣传册是在过去六年里收集的，可能有好几百本，但这些可能还远不到出版总量的十分之一。其中一些宣传册销量巨大，尤其是关于宗教爱国主义的宣传册，例如文学学士 A. J. 费里斯先生的作品；还有那些造谣诽谤的，例如《希特勒的临终遗嘱》，据说已经卖出了几百万册。直接性的政治宣传册有时候也会有很大的销量，但只要是关于"党的路线"（任何政党）的宣传册，其销量可能都是假的。翻看这些收藏，我发现它们简直都是垃圾，我感兴趣的只有上面写的参考书目。尽管我把现在的宣传册趋势分为九个，但它们最终应该归为两个主要的流派，大致可以描述为党的路线和占星学。有集权主义的垃圾，也有妄想狂写的垃圾，反正就是各种垃圾。甚至连消息灵通的费边主义宣传册也一样，要是把它当作读物来读会感到无聊透顶。最生动活泼的几乎都是与党派无关的宣传册，《保佑他们所有人》就是一个很好的例子，尽管售价高达一先令六便士，但它应该被视为一本宣传册。

当代宣传册的糟糕程度之所以令人吃惊，是因为宣传册应该被当作我们这个时代的文学形式。我们生活在一个政治热情高涨、自由表达的渠道日益减少、有组织的谎言以前所未有的规模存在的时代。要填补历史的漏洞，宣传册是理想的形式。然而，生动活泼的宣传册少之又少，我能提供的唯一解释——一个相当蹩脚的解释——就是出版业和文学报纸从没有花心思让广大读者对宣传册有一个清醒的认识。收集宣传册的困难之一是它们不是以任何正规方式定期发行的出版物，即使在图书馆的藏书里也未必都能找到，而且宣传册很少登广告，评论就更少了。如果一个优秀的作家有一些话想慷慨激昂地说出来——宣传册写作的本质就是一个人有话要说，要对尽可能多的人说——他会犹豫是否要把这些话写成宣传册，因为他几乎不知道如何才能出版，还会怀疑他想要影响的人群是否会读到他写的宣传册。他很可能会把自己的想法稀释到一篇报纸文章里，或者扩充成一本书。因此，到目前为止，多数宣传册要么是孤独的疯子自己出钱出版的，要么是古怪宗教的下一级世界的产物，要么是由政党发行的。出版宣传册的正常方式是通过政党，而政党会仔细审查，确保任何"偏差"都被排除在外，因而宣传册就失去了任何文学价值。最近几年也有几本相当好的宣传册，例如 D. H. 劳伦斯的《色情与淫秽》，波托茨基·德·蒙托克的《暴力势利》，还有温德姆·刘易斯的随笔集《敌人》中的一些文章。目前，无党派左翼宣传册的出现，比如"飓风书"，是最有希望的一个迹象。如果这种类型的作品能像小说或诗集一样得到媒体的注意，它们可能就会采取一些措施重新引起目标人群对宣传册的注意，宣传册的整体水平可能也会水涨船高。当人们考虑到宣传册是一种多么灵活的形式，考虑到我们这个时代需要记录的一些事件是多么恶劣时，就会认为这是一件值得期待的事情。

诗歌与麦克风 [①]

    大约一年前,我和许多人一起从事面向印度的文学广播节目的工作,我们播出的内容中有大量近现代英国作家的诗歌,例如艾略特、赫伯特·里德、奥登、斯彭德、迪伦·托马斯 [②]、亨利·特里斯 [③]、亚历克斯·康福特、罗伯特·布里吉斯、埃德蒙·布伦顿、D. H. 劳伦斯等人的作品。只要有可能,我们就会邀请作者本人来播送这些诗歌。我无须在此解释为什么设立这些特别的广播节目(这是无线电战争中的一个小规模的、远程的迂回行动),但应该补充一句,我们向印度听众广播这一事实其实在某种程度上证明了我们的技巧。最重要的一点是,我们的文学广播针对的是印度大学生,这是一个人数不多而且充满敌意的听众群体,他们不会接受任何可以被称为英国的宣传的东西。我们事先就知道,节目的听众最多不会超过几千人,但这给了我们一个把节目制作

---

① 作于 1943 年秋,首次发表于《新撒克逊宣传册》(第 3 期,1945 年 3 月)。——编者注

② 迪伦·托马斯(Dylan Thomas, 1914—1953),威尔士诗人,当过报社记者,是 20 世纪 40 年代以来英国诗坛最有影响力的诗人之一。

③ 亨利·特里斯(Henry Treece, 1911—1966),英国诗人、小说家,曾与迪伦·托马斯等人开创了被人们称为"新启示运动"的浪漫主义文学运动。

得比一般广播节目更"高雅"的借口。

如果你要向懂你的语言但不懂你的文化背景的人播送诗歌，一定量的评论和解释是不可避免的，我们通常会以类似文学杂志的形式来播出。编辑们一般会坐在办公室里，讨论一下接下来应该播送什么。有人推荐了一首诗，接着又有人推荐了另一首，大家进行一个简短的讨论，然后由不同的人朗诵讨论后选中的诗歌，最好是由作者本人来朗诵。这首诗很自然地又唤起了另一首诗，于是节目继续进行，通常我们会在两首诗的间隙进行至少半分钟的讨论。对于半小时的广播节目来说，六次诗歌朗诵似乎是最合适的。这种类型的节目在某种程度上必然是没有定型的，但可以通过围绕某个单一的中心主题来呈现出某种统一的印象。例如，在我们设想的文学杂志中，就有一期专门以战争为主题，其中包括埃德蒙·布伦顿的两首诗、奥登的《1941 年 9 月》、G. S. 弗雷泽的长诗《致安妮·里德勒的信》的节选、拜伦的《希腊群岛》和 T. E. 劳伦斯的《沙漠起义》的节选。这六首诗，连同之前和之后的讨论，相当好地涵盖了人们对战争可能持有的态度。诗歌和散文节选大约会用二十分钟来播出，讨论大约八分钟。

这种模式可能看起来有点可笑，而且相当自负，但也有优点。当你试图播送一些严肃的、有时候显得很"困难"的诗句时，纯粹的指导和规范的主旨阐释是完全不可避免的，但以这种非正式的讨论模式呈现时，就变得不那么令人望而生畏了。播音者表面上是在和另一个主持人说话，但实际上他们是在和一个听众群体说话。而且通过这种模式，我们至少让诗歌具备了一种语境，从普通人的角度来看，这正是诗歌所缺乏的东西。当然还有其他方法。我们经常使用的一种方法是为一首诗配乐。我们会先告知听众几分钟之后会播送哪一首诗，接着先放一分钟音乐，然后音乐声淡出，诗歌朗诵开始，这时候的诗歌朗诵不再介绍标题，朗诵结束后再放一两分钟音乐——整个过程大约是五分钟。选择合适的音乐很有必要，但毫无疑问，音乐在这里的真正目的是将诗歌朗诵与节目的其他部分隔开。通过这种方法，你应该会觉得听完三分钟的新闻报道之后，再听到一首莎士比亚的十四行诗不会有什么明显的不协调，至少在我听来是这样。

　　刚才提到的这些节目本身其实没有太大的价值，但我之所以会提及，是因为这些节目在我和其他一些人心中唤起了一种想法，那就是广播有可能成为普及诗歌的一种手段。我很早以前就意识到一个事实，由作者本人来播送一首诗，不仅会对听众产生影响，而且也会对诗人产生影响。我们必须记住，在英国，用广播播送诗歌的情况极其少见，而且许多写诗的人甚至从未考虑过大声朗诵诗歌。当诗人坐在麦克风前，尤其是当他经常这样做的时候，他就能与自己的作品建立一种新的关系，而这在英国，在我们这个时代是不可能实现的。近代以来——也就是说过去两百年以来——诗歌与音乐或者口语之间的联系越来越少，这种现象已经司空见惯。诗歌需要印刷才能存在，而且我们也不再期望诗人懂得吟唱，甚至不再期望他们会声情并茂地朗诵，就像我们不再指望建筑师知道如何粉刷天花板一样。抒情诗和修辞诗几乎没人再写了，在任何一个人人都能阅读的国家里，普通人表现出的对诗歌的敌意已经变成了一种司空见惯的事情。当这种裂痕存在时，它总是倾向于扩大，因为就诗歌的概念而言，它主要是一种印刷品，是少数人才能理解的东西，这助长了诗歌的晦涩和"精巧"。如果一首诗的含义一目了然，有多少人不会近乎本能地觉得这首诗肯定有问题呢？除非大声朗诵诗歌再次成为常态，否则这些倾向似乎不太可能被遏制，而要想实现这一点，除了使用广播作为媒介之外，恐怕很难找到其他办法。广播具有特殊的优势，它可以选择合适的听众群体，可以免除怯场和尴尬，这些都是我们应该关注的。

在广播时，你推测对面存在一个听众，不过这个听众是唯一的。虽然可能有数百万人同时在收听节目，但他们都是独自在听，或者作为某个小群体中的一员在听，每个人都感觉到（或者说应该感觉到）你在和他单独说话。更重要的是，你的听众是和你共情的，或者至少对你感兴趣，因为只要他们感到无聊，只用转一下旋钮就可以立刻关掉你的节目，这是很合理的假设。不过，尽管听众可能与你共情，但却无法对你产生任何影响。这一点正是广播和演讲或者讲座的不同之处。经常公开演讲的人都知道，在讲台上，你的语气几乎不可能不受到听众的影响。你总能在短短几分钟之内很清楚地知道听众会为什么话叫好，会不喜欢什么话，而且实际上你几乎必须得为了台下那个你认为最愚蠢的听众的利益说话，也会为了让自己更受欢迎而用所谓"有个性"的方式来自吹自擂。如果你不这么做，就会冷场，气氛就会尴尬。"诗歌朗诵"之所以是一件令人厌恶的事情，是因为总会有一些听众感到无聊，或者直接表现出他们的敌意，但他们又不能通过转一下旋钮来脱身。在英国上演一场像样的莎士比亚戏剧也是不可能的事情，说到底还是同样的问题——剧院里的观众不是经过挑选的。但是在广播中就不存在这些情况，诗人觉得他是在和认为诗歌有意义的人说话，而且还有一个事实，那就是经常播音的诗人对着麦克风朗诵时会展现出一种当着听众的面现场朗诵时无法展现的精湛技巧。在这里，诗人没必要伪装。关键是这种方式将诗人带入了一个情境，在这个情境里，大声朗诵诗歌是一件自然的、毫不尴尬的事情，是人与人之间的正常交流；在这个情境里，诗人会认为自己的诗歌是有声的，而不是印在纸上的文字式样。这样一来，诗歌与普通人之间的和解就更容易达成了。不管以太波的另一端会怎样，这种和解在诗人这一端已经达成了。

　　然而，听众那一端正在发生的事情不容忽视。在他人看来，我在谈论时好像一直把诗歌当成一个令人尴尬的、甚至不体面的话题，好像普及诗歌本质上是一种战略伎俩，好比往孩子嘴里喂一剂药，或者是对遭到迫害的宗教教派实施宽容政策。很不幸，事实差不多就是如此。在我们的文明中，诗歌毫无疑问是迄今为止最名誉扫地的艺术——实际上是唯一一种普通人拒绝了解其中任何价值的艺术。阿诺德·班尼特[①]这样说过，在说英语的国家里，用"诗歌"这个词来驱散人群会比用消防水管喷出的水柱还要快。这句话并不夸张，正如我所指出的一样，这种裂痕只要存在，就倾向于扩大，普通人变得越来越反感诗歌，诗人则变得越来越傲慢自大，他们的作品也变得越来越不知所云，直到诗歌和流行文化之间的割裂被视为一种自然规则，尽管这种情况只发生在我们这个时代，只发生在世界上一个相对较小的区域里。在文明高度发达的国家，普通人在审美方面还不如最低等的野蛮人，这就是我们所生活的时代的现状。一般来说，人们认为这种现状是任何有意识的行为都无法解决的，但人们又期待在社会变得更美好时，这种现状会立刻自动得到修正。马克思主义者、无政府主义者和

---

① 阿诺德·班尼特（Arnold Bennett, 1867—1931），英国小说家、剧作家，其作品是英国小说文学与欧洲大陆主流文学之间的重要连接，代表作有《老妇谭》。

宗教信徒都会告诉你这一点，只是说法稍有不同。从广义上来讲，这确实是毫无疑问的事情。我们生活在丑陋之中，这既有精神方面的原因，也有经济方面的原因，不能仅仅解释为我们在某一时刻偏离了传统。但是，这并不是说在目前的框架内我们不可能有任何改进，也不是说美学的改进不是社会整体救赎的必要部分之一。因此，我们有必要停下来想一想，即使是现在，有没有可能把诗歌从最令人厌恶的艺术这种特殊地位中拯救出来，并为它赢得至少与音乐同等程度的宽容？不过我们首先要问，诗歌是怎么不受欢迎的？诗歌不受欢迎的程度如何？

从表面上看，诗歌不受欢迎的程度已经达到了极点，但转念一想，这必须以一种相当特殊的方式加以限定。首先，仍然有相当数量的民间诗歌（童谣等）是众所周知的，也被普遍引用，而且成了人们思想背景的一部分。一些古老的歌曲和民谣也从未失宠。其次，还有一些"好的坏诗"也很受欢迎，或者至少被人们接受，通常都是讲爱国主义的或伤感的，但这不是重点，重点是这些"好的坏诗"从表面上看具有导致普通人不喜欢真正的诗歌的所有特征。这些诗歌的诗节、押韵、崇高的情感和不同寻常的语言——所有这些都达到了一个非常显著的水平，因为坏诗比好诗更有"诗意"，这一点几乎不言自明。就算人们没有主动去喜爱，至少也能接受。举个例子，就在写这篇文章之前，我听了英国广播公司的几个喜剧演员在九点播报新闻前做的例行节目。在节目的最后三分钟，两位喜剧演员中的一位突然宣布，他"想严肃一下"，接着朗诵了一首名为《一位优秀的老派英国绅士》的诗歌。这是一通鼓吹爱国主义的废话，歌颂的是他的国王陛下。突然听到这种最糟糕的押韵英雄诗，听众会做出怎样的反应？不可能是非常激烈的负面反应，否则就会有大量愤怒的听众来信要求英国广播公司停止做这种事情。我们一定会得出这样的结论：尽管大众对诗歌怀有敌意，但他们对韵文的敌意并不强烈。毕竟，如果押韵和格律本身就不受欢迎，那么歌曲和下流的五行打油诗也都不会受欢迎。人们不喜欢诗歌，是因为它总是让人觉得晦涩难懂，觉得知识分子自命不凡，让人有一种星期天还要上班的感觉。诗歌这个名称就像"上帝"这个词或者牧师的白色硬圆领一样，预先给人留下了糟糕的印象。从一定程度上来说，诗歌的普及是一个打破后天抑制的问题，是一个怎样才能让人们倾听而不是机械地发出嘘声的问题。如果真正的诗歌能被人以一种看起来很正常的方式介绍给大众，就像我听到的那首歌颂国王的废话一样，人们对诗歌的一部分偏见也许就会消融。

如果不通过策略甚至是诡计进行一些有意识的努力，提升公众的品位，诗歌恐怕很难再次流行起来。艾略特曾提出，诗歌，尤其是戏剧诗歌，可以以音乐厅的表演为媒介重新回到普通人的意识中；也许他还加上了童话剧这种蕴含巨大可能性但似乎从来没有被完全探索过的形式。他的《力士斯威尼》可能就是带着这样的想法写的，这部作品实际上可以被看成一个在音乐厅上演的节目，或者至少被当作时事讽刺剧中的一个场景。我已经说过，广播是一种更有希望的媒介，还站在诗人的视角指出了它的技术优势。人们最初听到我这个建议时往往感到毫无希望，原因是很少有人能想象收音机除了用来传播废话之外还能传播其他东西。人们听着从世界各地传来的胡说八道，然后得出结论，无线电的存在就是为了传播废话，别无其他。事实上，"无线电"这个词让人联想到的是咆哮的独裁者，或者是文雅地宣布我们的三架飞机未能返回的或低沉或洪亮的嗓音。广播中的诗听起来就像是穿着条纹裤子的缪斯女神。然而，人们不应该将一种工具的效用与其实际的应用混为一谈。广播之所以是现在这个样子，并不是说麦克风、发射器等所有设备本身存在一些粗俗的、愚蠢的和不诚实的东西，而是因为现在全世界所有的广播都被政府或大型垄断公司控制着，这些组织热衷于维持现状，因而在阻止普通人变得更聪明。同样的事情也发生在电影上，和广播一样，电影也是在资本主义的垄断阶段出现的，而且运营成本高得离谱。在所有的艺术形式中，这种趋势都是相似的。越来越多的制作渠道受到官僚的控制，他们的目的是摧毁艺术家，或者至少将艺术作品阉割。如果目前在世界上每个国家盛行的、而且毫无疑问还会继续下去的集权主义没有在另一个五年前还很难预见的进程的影响下程度有所减轻，那么这会是一个令人沮丧的前景。

我们都是庞大官僚机构的一部分，由于规模庞大和不断增长，它的运转开始变得沉重起来。现代国家的趋势是消灭知识分子的自由，但与此同时，每个国家，尤其是处在战争压力之下的国家，发现越来越需要一个知识分子阶层来为自己做宣传。例如，现代国家需要宣传册作家、海报艺术家、插画家、播音员、讲师、电影制片人、演员、作曲家，甚至还需要画家和雕塑家，更不用说心理学家、社会学家、生化学家、数学家，等等。英国政府在开始目前这场战争时，或多或少带有一丝曾公开表示过的、要把文学知识分子排除在外的意图。然而，在战争开始三年之后，几乎每一个作家，无论他的政治履历如何，无论他的观点多么不受欢迎，都被卷入了各个部委或英国广播公司，甚至那些进入军队的人也往往在一段时间后发现自己是在从事公共关系或其他某种本质上属于文学领域的工作。政府非常不情愿地吸纳了这些人，因为它发现没有他们就无法生存。站在官方的视角，理想的情形是把所有宣传工作都交到像 A. P. 赫伯特和伊恩·海伊①这种"安全"的人手中；但由于这种人的数量不够，所以不得不利用现有的知识分子阶层，甚至一部分内容也因官方宣传的语气进行了相应的修改。在过去的两年里，英国向被占领的国家传播了政府宣传册、陆军时事局讲座、纪录片和广播节目，了解这些东西的人根本想象不到我们的统治者会支持这样的事情，假如他们可以拒绝的话。不过政府机器变得越大，管理松散的地方和被遗忘的角落就会越多。这或许是一个小小的安慰，但这样的安慰并不可鄙。这意味着那些已经具有强大自由传统的国家永远都不会变成彻底的官僚专制国家。试图剥夺知识分子自由的人会坐在统治者的宝座上，但只要他们被迫维持一个知识分子阶层，那么知识分子阶层就会有一定的自主权。例如，如果政府需要拍摄纪录片，就必须雇用对电影技术特别感兴趣的人，而且必须允许他们拥有必要的最低限度的自由，因此，官僚视角下的完全错误的电影总是有冒头的趋势。绘画、摄影、剧本创作、报告文学、讲座，以及一个复杂的现代国家需要的所有其他艺术和半艺术也是如此。

这一点在无线电广播领域的应用显而易见。扬声器现在是有创造力的作家的敌人，但当广播的数量增加、范围扩大时，这种情况可能就会发生改变。眼下来看，尽管英国广播公司确实对当代文学表现出了微弱的兴趣，但要想在无线电广播中收听到五分

---

① A. P. 赫伯特与伊恩·海伊都是英国19世纪到20世纪的小说家、剧作家，他们都参过军、从过政。奥威尔曾在《民族主义的基本特征》一文中称赫伯特是"新托利主义"的追随者之一，认为他们的特征是"不愿意承认英国的权力和影响力已经下降"。

钟的诗歌朗诵，还是比收听到十二小时的谎言宣传、罐头音乐、老掉牙的笑话和虚假的"讨论"等要困难得多。但是，事态可能会按照我所指出的方式发生改变，到那个时候，完全无视目前阻止诗歌广播的各种不好的影响因素，围绕诗歌广播进行严肃的实验将成为可能。我不敢说这样的实验一定会有很好的结果。广播在其发展之初就被官僚化了，以至于广播与文学之间的关系从未得到认真的思考。现在还不能确定麦克风就是将诗歌带回普通人身边的工具，甚至也不能确定将诗歌更多地视为口头艺术而不是书面艺术对诗歌本身到底有没有好处。但我还是要大声疾呼，这些可能性都是存在的，那些关心文学的人可能会把他们的注意力更多地转向广播这种备受轻视的媒介，转向这种正面力量或许已经被乔德教授[①]和戈培尔博士[②]的声音所掩盖的媒介。

---

① C. E. M. 乔德（Cyril Edwin Mitchinson Joad，1891—1953），英国哲学家、广播名人、知名教育家，1942 年加入英国广播公司的电台节目《智囊团》，一举成名，成为广播明星。
② 保罗·约瑟夫·戈培尔（Paul Joseph Goebbels，1897—1945），纳粹德国时期的国民教育与宣传部部长，擅长演讲，被称为"宣传的天才"，是对德国媒体、艺术和信息进行极权控制的推手。

如我所愿 [1]

阿瑟·凯斯特勒[2]最近在《论坛报》上发表的文章[3]让我不禁好奇，当战争结束、出版物丰富起来、人们有了可以购买的其他东西的时候，书市是否会重新焕发往日的活力。

出版商必须谋生，就像其他人一样，你不能责怪他们为自己的商品做广告，但战争之前的文学生活真正可耻的特点是广告和评论之间的界限变得模糊不清了。许多所谓的评论家，尤其是一些最有名的评论家，都在大肆吹捧。"选取精华"的广告始于20世纪20年代的某个时候，随着尽可能多地占据版面和尽可能多地使用赞誉之词的竞争愈演愈烈，出版商的广告成为许多报纸的重要收入来源。几份著名报纸的文学版面实际上被少数几个出版商所把持，这些出版商在所有重要工作岗位上都安插了他们的支持

---

[1] 本文首次发表于《论坛报》(1944年6月9日)。1943年12月到1945年2月，以及1946年11月到1947年4月，《如我所愿》是奥威尔为《论坛报》撰写的一个定期专栏。——编者注

[2] 阿瑟·凯斯特勒(Arthur Koestler, 1905—1983)，匈牙利裔英国作家、记者，代表作有《正午的黑暗》。

[3] 1944年4月28日，凯斯特勒在《论坛报》上以书信的形式发表了一篇文章，他是在给一位年轻的下士回信，这位下士写信询问哪些书评家可以作为可靠的指南。凯斯特勒指出大多数媒体的评论标准普遍都很糟糕。——编者注

者。这些可怜的人就像一台台自动演奏的钢琴一样，炮制出赞美之词——"杰作""辉煌""难忘"等等。如果一本书由合适的出版商出版，那么它不仅绝对会得到好评，而且绝对会被列入"推荐书单"，勤勉的借阅者会剪下这个书单，第二天就带着书单到图书馆。

如果你去几家不同的出版社出版图书，那你很快就会明白广告的压力有多大。一个大的出版商通常会花很多钱做广告，由他出版的书可能会得到五十到七十五条评论；而一个小出版商出版的书，可能只有二十条评论。我知道有一个神学图书出版商，出于某种原因，他突发奇想要出版一本小说。他花了很多钱做广告。这本书在整个英国得到了四篇评论，其中唯一一篇较长的评论刊登在一份汽车报纸上，这家报社抓住机会指出，小说中描述的地方非常适合驾车旅行。这个出版商不是小说出版的圈内人，他的广告不太可能成为文学报纸的固定收入来源，所以文学报纸并不待见他。

即使是声誉良好的文学报纸也做不到完全忽视广告商。给书评人寄一本书时，通常会附上这样的套话："如果觉得这本书还不错，就请评论一下。如果没有，就请把它寄回来。我们认为完全是批评的评论不值得发表。"

当然，如果一个人等着写书评的几个基尼稿酬来付下个星期的房租，那他是不会把书寄回去的。不管对这本书的看法如何，他总能找到一些值得赞扬的地方。

在美国，书评写手不会去阅读他们受雇要评论的书，甚至连假装阅读都不会。出版商，或者说一部分出版商，会在寄书的时候附上一个简短的大纲，告诉评论者该怎么写。我自己就有这样的亲身经历，有一次，他们在给我的小说写的书评里把一个人物的名字拼写错了。这个同样的笔误在一篇又一篇书评中反复出现。那些所谓的评论家们甚至瞟都没有瞟一眼这本书——然而他们中的大多数人却把它捧上了天。

在英国的政治圈子里经常使用的一句话是"正中某人的下怀"。这句话就像是压制那些令人不快的事实的护身符或咒语。当有人告诉你，你说的话"正中某些阴险的敌人的下怀"，那么不管你说的是什么，你都知道你有责任马上闭嘴。

举个例子，如果你说任何有损英帝国主义的事情，你就正中戈培尔博士的下怀。如果你批评斯大林，你就正中《简牍周刊》和《每日电讯报》的下怀。如果你批评蒋介石，你就正中汪精卫的下怀——诸此种种，不胜枚举。

从客观上来讲，这种指责往往是正确的。攻击争论双方中的一方时，往往总会给另一方带来暂时的帮助。甘地的一些言论对日本人非常有用。极端的托利党人会抓住任何反苏的东西，而且不一定介意它来自托洛茨基主义者而不是右翼人士。美帝国主义者藏在小说家的烟幕弹背后发起攻击，总是在寻找有关大英帝国的任何不光彩的细节。如果你写了一篇关于伦敦贫民窟真实情况的文章，一星期之后很可能会听到纳粹电台在反复播放这篇文章。那么你该怎么做呢？假装伦敦没有贫民窟？

凡是做过宣传工作的人都能回想起自己曾在一些极其重要的事情上被迫说过谎，因为说真话会给敌人提供弹药。例如，在西班牙内战期间，左翼媒体从未认真研究过政府一方的意见分歧，尽管这些分歧涉及一些基本原则。有人告诉你，讨论共产主义者和无政府主义者之间的斗争，只会给《每日邮报》提供谈论赤色分子正在互相残杀的机会。唯一的结果是左翼事业在整体上被削弱了。《每日邮报》可能错过了一些可怕的故事，因为人们都保持了沉默，但一些非常重要的教训也没有被吸取，而我们至今仍在遭受这些事实所带来的痛苦。

好笑，但并不低俗 [1]

    英国幽默写作的伟大时代——既不诙谐也不讽刺，只是单纯的幽默——是 19 世纪的前七十五年。

    在这一时期，狄更斯创作了大量喜剧作品，萨克雷创作了精彩的滑稽小说和短篇小说，例如《致命的靴子》和《蒂明斯的一顿小晚餐》，还有瑟蒂斯 [2] 的《汉德利岔道》、刘易斯·卡罗尔的《爱丽丝梦游仙境》、道格拉斯·杰罗尔德 [3] 的《高德夫人的枕边训话》，还有 R. H. 巴勒姆、托马斯·胡德 [4]、爱德华·李尔、阿瑟·休·克拉夫 [5]、查尔斯·斯图尔特·卡尔弗利等人创作的大量

----

① 作于 1944 年 12 月，首次发表于《领袖》(1945 年 7 月 28 日)。——编者注

② 罗伯特·史密斯·瑟蒂斯（Robert Smith Surtees，1805—1864），英国编辑、小说家、体育作家。《汉德利岔道》(*Handley Cross*) 最初于 1838 年以连载的形式每月更新，1853 年 3 月至 1854 年 10 月期间又以增补版的形式发行，其中包含约翰·里奇（John Leech）的插图。

③ 道格拉斯·杰罗尔德（Douglas Jerrold，1803—1857），英国作家、戏剧家，《笨拙》杂志的专栏作家。

④ 托马斯·胡德（Thomas Hood，1799—1845），英国诗人，以幽默诗歌闻名，代表作有《衬衫之歌》《劳动者之歌》《叹息桥》。

⑤ 阿瑟·休·克拉夫（Arthur Hugh Clough，1819—1861），英国诗人，代表作有《不要说斗争只是徒劳》。

幽默诗歌。在我提到的这个时期之外，F.安斯蒂①的《反之亦然》和乔治·格罗史密斯与威登·格罗史密斯兄弟俩②的《小人物日记》也是喜剧杰作。而且不管怎么说，直到1860年左右，仍然存在滑稽绘画这种东西，看看克鲁克香克③给狄更斯画的插图，里奇给瑟蒂斯画的插图，甚至萨克雷为自己的作品画的插图，这些都是证明。

我不想夸大其词，但20世纪的英国真没有产生任何有价值的幽默作品。虽然有诸如巴里·佩恩、W.W.雅各布斯、斯蒂芬·里柯克④、P.G.沃德豪斯⑤、处于较轻松时期的H.G.威尔斯、伊夫林·沃，以及西莱尔·贝洛克⑥——他更像是一位讽刺作家而不是幽默作家——等作家，但我们不仅没有看到像《匹克威克外传》那样引人发笑的作品，而且，或许这一点更重要，现在以及过去好几十年里，我们也没有看到一流的幽默期刊。人们指责《笨拙》杂志，通常说它"不是原来的样子了"，现在这个时候这么说或许并不公平，因为这本杂志总归比十年前有趣一些，但比九十年前还是逊色太多。

幽默诗歌已经失去了所有活力——这个世纪的英国没有任何

---

① F.安斯蒂是托马斯·安斯蒂·加斯里（Thomas Anstey Guthrie, 1856—1934）的笔名，英国作家，代表作有《反之亦然》《着色的维纳斯》。

② 哥哥乔治是英国作家、喜剧演员，曾任《泰晤士报》记者，弟弟威登是画家、演员，二人合著有《小人物日记》，书中插画出自弟弟威登之手。

③ 乔治·克鲁克香克（George Cruikshank, 1792—1878），英国画家、漫画家，以讽刺时政和社会的风格著称。

④ 斯蒂芬·里柯克（Stephen Butler Leacock, 1869—1944），加拿大幽默作家，出生于英国，被誉为与狄更斯和马克·吐温齐名的优秀作家。

⑤ P.G.沃德豪斯（Pelham Grenville Wodehouse, 1881—1975），英国作家、剧本作家，他以幽默风趣的笔触讽刺了英国上层社会并赢得了巨大的声誉。

⑥ 西莱尔·贝洛克（Hilaire Belloc, 1870—1953），英国作家，代表作有《长短诗》《罗伯斯庇尔传》。

有价值的谐趣诗，除了西莱尔·贝洛克的作品和切斯特顿的一两首诗——一首诗里的插画本身有趣，而不仅仅因为它所描绘的笑料让人觉得有趣，这是非常罕见的。

所有这些都是公认的。如果你想笑，你更有可能去音乐厅看滑稽表演，或者去看一场迪士尼电影，或者打开收音机收听汤米·汉德利①的节目，或者买几张唐纳德·麦吉尔的明信片，而不是看书和期刊。人们还普遍认为，美国的漫画家和插画家比英国的更优秀。目前，英国还没有人可以和詹姆斯·瑟伯或达蒙·鲁尼恩②平起平坐。

我们不确定笑是如何产生的，也不知道它有什么生物学意义，但我们知道，从广义上讲是什么导致了笑。

当一件事——以某种并不令人感到讨厌和害怕的方式——颠覆了既定秩序，它就是有趣的。每个笑话都是一场小小的革命。如果必须用一个短语来定义幽默，你可能会把它定义为坐在镀锡的大头钉上的尊贵。任何破坏尊贵的行为，最好是"砰"的一声把大人物从座位上拉下来，都是有趣的。他们摔得越厉害，就是越好笑的笑话。把奶油馅饼扔到主教身上比扔到堂区牧师身上更有趣。我认为从这个基本原则出发，我们就可以看出本世纪英国幽默作家的问题所在了。

现在几乎所有的英国幽默作家都太文雅、太善良、太自觉低俗了。看看 P. G. 沃德豪斯的小说和 A. P. 赫伯特的诗，它们似乎总是在关注那些有钱的股票经纪人如何在郊区的某个高尔夫球场

---

① 汤米·汉德利（Tommy Handley, 1892—1949），英国喜剧演员，英国广播公司20世纪30年代很受欢迎的主持人。
② 达蒙·鲁尼恩（Damon Runyon, 1884—1946），美国短篇小说家、记者，以写作轻快的幽默故事著称。

休息室里消磨半个小时的时光。他们和同类型的其他作家都被一种担忧所控制，不会去揭露道德、宗教、政治、知识等方面的丑闻。我们这个时代最优秀的幽默作家——贝洛克、切斯特顿、蒂莫西和最近的比奇科默——都是天主教的护教者，这并非偶然；而所谓天主教的护教者都是带有严肃目标，并且明显愿意暗箭伤人的人。现代英国幽默写作的愚蠢荒唐的惯例，即对野蛮的回避和对智慧的憎恶，可以用"好笑但并不低俗"这句话来概括。这里所说的"低俗"通常意味着"淫秽"，而我们想都不用想就可以承认，最好的笑话不一定非得是下流的笑话。例如，爱德华·李尔和刘易斯·卡罗尔从来不拿低俗的东西开玩笑，狄更斯和萨克雷也很少这么做。

总的来说，维多利亚时代早期的作家都会避开黄色笑话，不过有少数作家保留了一些18世纪的粗俗痕迹，例如瑟蒂斯、马里亚特和巴勒姆。但关键是，现代社会强调所谓的"纯粹有趣"，实际上是一种普遍不愿触及任何严肃或有争议的主题的迹象。淫秽毕竟是一种颠覆性的东西。乔叟的《米勒的故事》是道德领域的反叛，正如《格列佛游记》是政治领域的反叛。事实是，如果你没有在某个节点抛出富人、权贵和自鸣得意者不愿看到的话题，你的有趣就不可能令人印象深刻。

我在前文提到了19世纪一些最好的幽默作家，如果把英国早期的幽默作家——例如乔叟、莎士比亚、斯威夫特，以及流浪汉小说家斯莫利特、菲尔丁和斯特恩——也加进去，就更能说明问题。要是再把古代和现代的一些外国作家——例如阿里斯托芬、伏尔泰、拉伯雷、薄伽丘和塞万提斯——也算在内，那就更清晰了。所有这些作家都以他们的野蛮和粗俗而著称。他们笔下的人物有的被裹在毯子里，有的摔下来砸到了黄瓜架子，有的藏在洗衣篮里，有的抢劫、撒谎、诈骗，总之在任何可以想象的丢脸的情况下被抓个正着。所有伟大的幽默作家都愿意抨击社会赖以存在的信仰和美德。薄伽丘把地狱和炼狱当作荒谬可笑的无稽之谈，斯威夫特对人的尊严的概念嘲笑不已，莎士比亚让福斯塔夫在战斗中发表了一篇支持懦弱的演说。至于婚姻的神圣性，在过去一千年的大部分时间里都是基督教社会主要的幽默主题。

所有这些并不是说幽默本质上就是不道德的或反社会的。笑话是对美德的暂时反叛，但它的目的不是贬低人类，而是提醒人们人类已经被贬低了。一个愿意去讲极其淫秽的笑话的人也可以有非常严格的道德标准，例如莎士比亚。一些幽默作家，例如狄更斯，有直接的政治目的；其他一些人，例如乔叟和拉伯雷，相信社会的腐败不可避免；没有哪一位有声望的幽默作家说过社会是好的。

幽默是对人性的揭露，而且除非与人有关，否则没什么可笑的。比方说，动物只在我们的漫画艺术中才会有趣。一块石头本身谈不上有趣；但如果这块石头打中了一个人的眼睛，或者被雕刻成人形，那就会变得有趣。

然而，还有比往人身上扔奶油馅饼更微妙的方法来揭露人性。有一种纯粹幻想的幽默，它抨击的是人们不仅认为自己有尊严还认为自己理性这一概念。刘易斯·卡罗尔的幽默本质上是对逻辑的嘲笑，而爱德华·李尔的幽默则是对常识的一种恶作剧。当红皇后说，"我曾经看到的一座座高山，堪比你口中的山谷"，她是在用自己的方式猛烈攻击社会大众，就像斯威夫特和沃莱雷一样。幽默诗歌，例如李尔的诗《扬希–邦希–波求婚记》，往往会建立一个幻想世界，它与真实世界足够相似，用来剥夺真实世界的尊严。但更常见的情况是采取突降法——也就是在一开始使用非常夸张的语言，然后突然"砰"的一声坠落下来。例如卡尔弗利的诗句：

> 我曾是一个快乐的小孩，
> 在绿色的草地上整天欢唱。
> 穿着一身紧绷的蓝色衣裳，
> 我也不会不开心。

前两行诗会让人觉得这就是一首关于美好童年的伤感诗歌。还有贝洛克在《现代旅行者》中对非洲的各种描述：

> 哦，非洲，神秘之地，
> 被许多沙漠包围着，
> 到处都是草地和树木……
> 遥远的俄斐，
> 古时的所罗门王在那里开采金矿。
> 他向北航行，来到丕林，
> 带走了所有黄金，
> 却留下了许多矿洞。

布莱特·哈特的《莫德·穆勒》的续篇里有这样的诗句：

> 但就在他们好上的那天，

莫德的弟弟鲍勃却喝醉了。

从本质上讲，这些都采用了同一种手法，伏尔泰的讽刺史诗
《奥尔良少女》和拜伦的许多诗句也一样，只是方式不一样而已。

本世纪的英国谐趣诗——看看欧文·希曼、哈里·格雷厄姆、
A.P. 赫伯特、A.A. 米尔恩等人的作品——大多是拙劣的东西，不
仅缺乏想象力，而且缺乏智慧。这些诗的作者们太急于和高雅划
清界限——即便他们写的是韵文，但他们也不想成为诗人。维多
利亚时代早期的谐趣诗通常带有诗歌的影子；这些谐趣诗往往极
具技巧性，有时候还会引经据典，"晦涩难懂"。例如，当时巴勒
姆写过如下诗句：

卡利皮吉的臀部受伤了，
多么血腥！
德·美第奇以前也受过伤；
阿纳杜美涅很多地方都过受伤，
我想有二十处伤，
因为她的手指和脚趾全部都被砍掉在地上。

他所展现出的这种纯粹的精湛技巧，即使是最严肃的诗人也
会肃然起敬。还有卡尔弗利的另一首诗《烟草之歌》：

当恐惧向你袭来，
让它们滚开，
忧患不会长久，

就像停在骑士背上的鸟会掉下来；

曙光破晓时会很愉快，

恐惧和忧患一扫而尽时会很愉快，

午餐和一天结束的时候，

可能最愉快！

我们可以看到，卡尔弗利并不害怕增加读者的阅读负担，也不害怕引入深奥的拉丁典故。他不是在为缺乏文化修养的人作诗，而且——尤其是在他的《啤酒之歌》中——他实现了突降法的华丽效果，因为他愿意贴近真正的诗歌，并认为他的读者应该拥有相当多的学识。

看来，如果不低俗，你就不可能有趣——这里所说的低俗是以今天英国幽默文学的主要目标人群的标准来看的。不是只有性才是"低俗"。死亡、分娩和贫穷也是"低俗"，它们是在音乐厅上演的幽默短剧的另外三个主题。对才智的尊重和强烈的政治情感，如果没有用低俗的形式表现出来，作者的品位就会被认为是值得怀疑的。如果你的主要目标是取悦舒适阶层，那你就不可能真正有趣，因为这意味着你遗漏了太多。事实上，要想有趣，你就必须严肃。以《笨拙》杂志为例，至少在过去的40年里，它给人的印象与其说是为了让人开心，不如说是为了让人安心。它暗含的信息是一切都是最好的，没有什么东西会真正发生改变。

然而，《笨拙》在创刊时绝没有这样的信条。

好的坏书[1]

前不久有一位出版商委托我为伦纳德·梅里克再版的一本小说作序。这家出版社似乎打算再版一系列20世纪不那么重要甚至几乎被遗忘的小说。在这个无书可读的时代，这是一项很有价值的服务，而且我相当羡慕做这项工作的人，他的工作就是在廉价的书堆里搜寻自己童年的最爱。

如今我们恐怕很难看到切斯特顿所说的"好的坏书"问世了，但这类书在19世纪末和20世纪初却百花齐放。所谓"好的坏书"是指那种并不以文学作品自居，但当更严肃的文学作品消失时仍可一读的书。在这类书里，莱佛士和福尔摩斯的小说显然是杰作，当无数"问题小说""人性记录"以及各种"可怕控诉"理所应当地被人们遗忘时，它们依然保持着自己的地位。（柯南·道尔和梅瑞狄斯，谁的作品会更经久不衰？）还有一些同档次的作品，我认为有 R. 奥斯汀·弗里曼[2] 早期的小说《歌唱的白骨》和《死神

---

① 首次发表于《论坛报》（1945年11月2日）。——编者注

② R. 奥斯汀·弗里曼（Richard Austin Freeman, 1862—1943），英国侦探小说家，代表作有《红梅指印》《歌唱的白骨》，他开创了"反叙述性侦探小说"的先河。

之眼》，欧内斯特·布拉玛①的《盲侦探卡拉多斯》，如果标准再稍稍降低一些，还可以加上盖伊·布思比的惊悚小说《尼古拉博士》，这本书是胡克《鞑靼游记》的学生版，读完后可能会让一场真正的中亚之旅黯然失色。

除了惊悚小说，这个时期还有几位幽默作家值得一提。例如佩特·里奇——但我得说他的长篇作品不再是值得一读的了——E. 内斯比特（《寻宝人的故事》），还有乔治·伯明翰（只要他不碰政治主题也还是一位不错的作家），以及色情作家宾斯特德（《粉红联队的投手》）。如果算上美国作品的话，还有布思·塔金顿②的《男孩彭罗德的烦恼》。巴里·佩因可能比上面这几位要略胜一筹，我想市面上还有一些巴里·佩因的幽默作品在售，但我要推荐的是《克劳狄斯的八行诗》，谁要是看到这本书千万不要错过，因为它现在是一本非常罕见的书，讲述了一个精彩的、令人毛骨悚然的故事。再晚一点出现的是彼得·布伦德尔，他以 W. W. 雅各布斯③的风格写了一些关于远东海港城镇的作品，尽管 H. G. 威尔斯曾撰文赞扬过他，但他似乎被人们莫名其妙地遗忘了。

然而坦率地说，我所提到的这些书全部都是"逃避文学"。这些书在人们的记忆里形成愉快的片段，形成可以在闲暇时光浏览的安静角落，但它们与现实生活没有任何关系。还有另一种意图更严肃的"好的坏书"，我认为这种书告诉了我们一些小说的

---

① 欧内斯特·布拉玛（Ernest Bramah，1868—1942），英国侦探小说家，代表作有《盲侦探卡拉多斯》，书中主人公被誉为"黄金时代最后一位神探"。

② 布思·塔金顿（Booth Tarkington，1869—1946），美国小说家、剧作家，代表作有《男孩彭罗德的烦恼》，人们甚至将这部作品与马克·吐温的《汤姆·索亚历险记》相提并论。

③ W. W. 雅各布斯（William Wymark Jacobs，1863—1943），英国短篇小说家、戏剧作家，最知名的作品为惊悚短篇小说《猴爪》，曾多次被改编成恐怖电影。

本质以及小说现在衰落的原因。在过去五十年里，有一系列作家——其中一些仍在写作——从任何严格的文学标准来看都称不上"好"，但却是天生的小说家，他们之所以真诚，一部分是因为没有受到"好"品位的束缚。我认为伦纳德·梅里克、W. L. 乔治①、J. D. 贝雷斯福德、欧内斯特·雷蒙德、梅·辛克莱都属于这一类作家，还有 A. S. M. 哈钦森——他比其他人略逊色一些，但本质上仍然类似。

这些人大多都是丰产的作家，他们作品的质量自然也参差不齐。我是以他们每个人的一到两本杰出的作品为参考的：例如，梅里克的《辛西娅》，J. D. 贝雷斯福德的《真相候选人》，W. L. 乔治的《卡利班》，梅·辛克莱的《组合迷宫》和欧内斯特·雷蒙德的《我们，被告》。在以上每一本书中，作者都与自己虚构的人物产生了共鸣，与他们感同身受，并为他们博得同情，他们放下了自己，而这是那些较为聪明的人难以做到的。这几位作家揭示了这样一个事实——理智地提炼知识分子的高雅情趣对一个讲故事的人来说可能是一种劣势，对音乐厅的喜剧演员来说也是一样。

以欧内斯特·雷蒙德的《我们，被告》为例，这是一个特别肮脏但令人信服的凶杀故事，可能取材于克里平谋杀妻子的案件。我认为它之所以出色，是因为作者只是部分地抓住了他所描写的那些人的可悲、粗俗，因此他并没有鄙视他们。或许这部作品甚至像西奥多·德莱塞的《美国悲剧》一样，也从笨拙冗长的写作方式中获益不少；细节一个一个叠加，作者几乎没有尝试去选择，

---

① W. L. 乔治（Walter Lionel George, 1882—1926），出生于巴黎的英国作家，代表作《卡利班》，乔治在当年预测过民航飞机、无线电的出现，以及女性地位提升等许多现在已经变成现实的事情。

在这个过程中，一个可怕的、折磨人的残酷效果慢慢增强。《真理候选人》也是如此。虽然没有出现同样的笨拙，但有同样的、认真对待普通人的问题的能力。《辛西娅》和《卡利班》也是一样，至少《卡利班》的前面部分是这样。W. L. 乔治写的东西大部分都是低劣的垃圾，但在《卡利班》这部基于诺斯克利夫生涯的特别作品中，他描绘了一些令人难忘的、真实的伦敦中产阶级的下层的生活。这本书的部分内容可能是自传性质的，而好的坏作家的优点之一就是他们在写自传时不会感到羞愧。裸露癖和自怜是小说家的祸根，但如果太害怕它们，小说家的创作天赋就会受到影响。

好的坏文学作品的存在，让人可以对自己在理智上拒绝认真对待的书倾注愉快、激动，甚至感动的情绪，它提醒我们艺术和思考完全不是一回事。我想任何一种可以设计出来的测试都能证明卡莱尔比特罗洛普更聪明。然而，特罗洛普的书现在仍然值得一读，而卡莱尔的则不然，尽管他很聪明，但他甚至没有能力用简单直白的英语写作。在小说家身上，智力和创造力之间并没有联系，这一点在诗人身上几乎也是一样。一个优秀的小说家可能像福楼拜一样，靠自律创造奇迹，也可能像狄更斯一样，智力发达。温德姆·刘易斯所谓的小说，例如《塔尔》和《傲慢的男爵》，都倾注了足以造就几十位普通作家的才华。然而，把这些书从头到尾读完可以说是一项非常繁重的工作。在《如果冬天来了》这样的坏书里都能见到某种难以形容的品质，它是一种文学维生素，在《塔尔》和《傲慢的男爵》里却找不到。

《汤姆叔叔的小屋》或许是"好的坏书"的最高典范。这是一本无意为之的荒唐作品，充满了荒谬可笑的戏剧性事件；但它非常感人，基本也是真实的，很难说哪种品质更重要。但不管怎么说，《汤姆叔叔的小屋》毕竟是一部具有严肃目的的作品，是一部涉及现实世界的作品。我们应该如何评价那些坦率地逃避现实的作家，那些提供惊险刺激和"轻松"幽默的人呢？又该如何评价《夏洛克·福尔摩斯》《反之亦然》《吸血鬼德古拉》《海伦的孩子》《所罗门的宝藏》这些书呢？毫无疑问，这些都是很荒唐的书，都是人们更倾向于一笑置之的书，是连作者本人都不怎么会认真对待的书，但这些书却留存下来了，而且很可能会继续存在。我们只能这么说，虽然文化保持不变，但人们也需要时不时的消遣，"轻松"文学仍有其特定的位置。此外，还有某种东西可能比学识和智力更有存续的价值，例如纯粹的技巧或天然的优美。有些音乐厅歌曲比诗歌选集里四分之三的诗歌都要好，例如：

> 去酒更便宜的地方，
> 去酒壶更大的地方，
> 去老板像哥们的地方，
> 去隔壁那家酒馆！

又例如：

> 两只可爱的黑眼睛，
> 哦，真是让人惊喜！
> 可惜错看上了别的男子，
> 两只可爱的黑眼睛！

我宁愿自己是上面这两首诗的作者，而不是《被祝福的少女》和《山谷之爱》的作者。出于同样的原因，我认为《汤姆叔叔的小屋》比弗吉尼亚·伍尔夫或乔治·摩尔 ① 的作品全集更有生命力，尽管我也不知道有什么严格的文学测试能证明《汤姆叔叔的小屋》的优越性何在。

① 乔治·摩尔（George Moore，1852—1933），爱尔兰小说家、诗人，主张一切都应回归自然，代表作有《异教徒诗集》《我的死了的生活的回忆》。

无意义的诗 [1]

据说，在许多语言中，无意义的诗歌是不存在的，甚至在英语中，无意义的诗歌也不是很多。这种诗歌大部分是儿歌和民谣的片段，其中一些在最开始的时候可能并不是绝对的无意义，但由于它们最初的用处被遗忘了，所以变成了无意义的诗歌。例如这首关于玛格丽·道的押韵儿歌：

> 跷跷板，玛格丽·道，
> 多宾就要迎来新主人。
> 他每天只能得到一个便士，
> 因为他不能走得更快了。

我小时候在牛津郡还听过这首儿歌的另一个版本：

> 跷跷板，玛格丽·道，

---

① 首次发表于《论坛报》（1945 年 12 月 21 日）。——编者注

她把床卖了，躺在稻草上。

卖了床躺在泥地上，

她不是个愚蠢的懒妇吗？

　　或许曾经真有一个叫玛格丽·道的女人，甚至那个不知道怎么出现在这个故事里的多宾也是真实存在的人物。莎士比亚在《李尔王》中让埃德加引用"皮利科克坐在皮利科克山上"这句民谣，以及其他类似的片段，肯定都是无意义的，但毫无疑问，这些片段来自某些被遗忘的民谣，而这些民谣曾经是有意义的。人们几乎无意识地引用的典型的民谣片段，并不是完全无意义的，而是在用某种音乐方式来表达某些反复发生的事件，例如"一便士，两便士，热腾腾的十字面包"，或者"波莉，把壶放在炉子上，我们都要喝茶了"。这些看似无聊的押韵民谣实际上表达了一种极为悲观的人生观，表现了农民的"墓园智慧"。例如：

所罗门·格兰迪，

星期一出生，

星期二受洗，

星期三娶妻，

星期四染疾，

星期五病重，

星期六死去，

星期日下葬，

这就是所罗门·格兰迪的结局。

这是一个令人沮丧的故事，但与你我的故事何其相似。

在超现实主义对无意识进行蓄意攻击之前，除了民谣中无意义的副歌之外，以无意义为目标的诗歌似乎并不常见。这使得爱德华·李尔[1]有了一种特殊地位，他的无意义诗歌刚刚被 R. L. 梅格罗兹先生编辑成书（《李尔精选集》），这位梅格罗兹先生在战前一两年还负责企鹅出版社的编辑工作。李尔是最早用纯粹幻想创作的作家之一，他的笔下都是想象中的国家和虚构的词语，但没有任何讽刺的目的。他的诗并不都是同样毫无意义的，其中一些通过逻辑的扭曲产生了独特的效果，但它们都有一个共同之处，那就是潜在的感觉是悲伤而不是痛苦。它们表达了一种和蔼可亲的精神失常，一种对任何软弱和荒谬的东西的自然同情。李尔完全可以被称为五行打油诗的创始人，尽管比他更早的作家也写过在形式上几乎完全与之相同的韵律诗，有时候李尔的五行打油诗也被认为存在一个不足——第一行与最后一行同韵——但这正是这些诗歌的魅力之一。非常微小的变化增加了徒劳无益的印象，如果加上一些出人意料的元素，那这种印象可能就会被破坏。例如：

曾有一位年轻的葡萄牙女郎，

特别渴望出海远航；

她爬上了一棵大树，

去观察大海的去路，

但她声明自己绝不会离开葡萄牙。

---

[1] 爱德华·李尔（Edward Lear, 1812—1888），英国诗人、画家，被誉为英国五行打油诗（也就是"胡话诗"）第一人。

值得注意的是，李尔创作的五行打油诗里几乎没有既适合出版，又有趣到值得引用的作品。但他在一些较长的诗歌中表现出了自己最好的一面，例如《猫头鹰与小猫》，还有下面这首《扬希－邦希－波求婚记》：

> 在科罗曼德海岸，
>
> 早熟南瓜的藤蔓在风中摇曳，
>
> 在树林中央，
>
> 住着扬希－邦希－波。
>
> 两把旧椅子，半截蜡烛，
>
> 一个没有把手的旧陶罐，
>
> 这就是他在尘世间的全部财产。
>
> 在树林中央，
>
> 这就是扬希－邦希－波在尘世间的全部财产。

这个故事中后来出现了一位女士，她有一些白色的杜金鸡，还有一段没有结果的恋情。梅格罗兹先生振振有词地说，这应该和李尔自己生活中的某些事情有关。李尔从未结过婚，人们很容易会去猜测他的性生活存在严重问题。精神病学家无疑能在他的绘画中找出各种各样的含义，对他笔下反复出现的虚构词语，例如"三尖头叉子"这种无实义的词语，肯定也能做出各种解读。他的健康状况很糟糕，而且作为一个贫穷家庭的二十一个孩子中最小的孩子，他一定在很小的时候就经历了焦虑和艰难。很明显，他天性孤僻，郁郁寡欢，尽管他也有一些好朋友。

奥尔德斯·赫胥黎称赞李尔的幻想是一种自由的主张，并指出李尔的五行打油诗中的"他们"通常指代的是常识、合法性以及比较乏味的美德。"他们"是现实主义者、务实的人，是戴着圆顶硬礼帽的头脑清醒的市民，这些人总是急于阻止你做任何值得去做的事情。例如：

> 曾有一位怀特黑文的老人，
> 他和一只乌鸦跳起了方阵舞；
> 但他们说，"这太荒谬了！
> 抬举一只鸟！"
> 于是他们把这个怀特黑文的老人揍了个稀巴烂。

就因为一个人和乌鸦跳了方阵舞就把他揍了个稀巴烂，这正是"他们"会做的事。赫伯特·里德也称赞了李尔，他说比起刘易斯·卡罗尔，他更喜欢李尔的诗，他认为李尔的诗是更纯粹的幻想。就我个人而言，我觉得当李尔没有随心所欲时，当他的诗中呈现出一点滑稽剧的元素或一丝逻辑扭曲的感觉时最有趣。当他随心所欲地发挥自己的想象力时，例如虚构多个名字，或者想象出"家庭烹饪的三张收据"之类的，他可能既愚蠢又令人厌烦。《没有脚趾的波勃》是一首散发着逻辑气息的诗，我认为正是其中的理性元素让这首诗变得有趣。人们可能会记得波勃在布里斯托海峡钓鱼的片段：

> 当他们看到波勃靠近对岸时，
> 所有的水兵和海军将军都在大喊——
> "他钓鱼去了，为他约比斯卡姨妈家的那只，

"长着深红色胡须像三尖头叉子一样的猫钓鱼去了！"

　　诗中有趣的地方是那一点滑稽剧的元素——海军将军。诗人随心所欲的发挥——"三尖头叉子"这个词和猫的深红色胡须——只会显得相当愚蠢。波勃在水里的时候，来了一些不明生物，把他的脚趾都吃掉了。回到家的时候，他的姨妈说：

　　　　这是众所周知的事实，
　　　　波勃家的人没有脚趾更快乐。

　　这句诗也很有趣，因为它是有意义的，甚至可以说是有政治意义的。因为专制政府的全部理论都可以用这一句话来概括——"波勃家的人没有脚趾更快乐"。他还有一首著名的五行打油诗：

　　　　曾有一位贝辛的老人，
　　　　他的气定神闲令人惊异；
　　　　他买了一匹骏马，
　　　　骑上去全速飞奔，
　　　　从贝辛人那里逃了出来。

　　诗人在写这首诗时并没有完全随心所欲。有趣之处在于他对贝辛人温和而含蓄的批评，这里的贝辛人又是所谓的"他们"，也就是那些值得尊敬的体面人，那些思维正常、讨厌艺术的大多数人。

　　在同时代的作家中，最接近李尔的是刘易斯·卡罗尔，然而他基本没有李尔的那种纯粹的幻想，但在我看来，刘易斯·卡罗尔其实更有趣。正如梅格罗兹先生在他的引言中指出的那样，李尔已经产生了相当大的影响，但很难相信这些影响都是好的。一方面，现在的儿童图书中那些傻乎乎的古怪念头，有一部分或许可以追溯到李尔身上。不管怎么说，故意去写一些无意义的东西的想法，尽管源自李尔，但也是值得怀疑的。最好的无意义的诗或许是慢慢的、偶然间产生的，是由群体而不是个人创作的。另一方面，作为一位漫画家，李尔的影响肯定是有益的。例如詹姆斯·瑟伯 [1] 肯定或直接或间接地受到了李尔有益的影响。

---

[1] 詹姆斯·瑟伯（James Thurber，1894—1961），美国作家、漫画家，以滑稽的冷讽刺风格著称，被人们称为"在墓地里吹口哨的人"，代表作有《我的生活和艰难岁月》《当代寓言集》。

书籍与香烟^①

　　我有一个朋友是报纸编辑，几年前他曾和一些工厂工人一起监测火情。他们一起谈论他的报纸，这些工人大都读过，也很喜欢，但当他问他们对报纸的文学栏目有什么看法时，得到的回答是："你该不会觉得我们会读那些东西吧？哎呀，你有一半时间都是在谈论那些一个半先令（18便士）一本的书！像我们这样的人可不会花一个半先令买一本书的。"但他们所说的那种人去海滨度假胜地布莱克浦一日游时能花上几英镑却连眼睛都不眨一下。

　　买书，甚至是读书，是一种昂贵的爱好，超出了一般人的能力范围，这种想法如此普遍，以至于值得进行一些详细的研究。如果按每小时多少便士这种方式来计算阅读的精确成本的话，恐怕很难，但我已经开始整理自己的书籍清单，并把它们的总价加起来。在考虑各种其他费用之后，我可以对自己过去十五年在阅读方面的开支做一个相当合理的估算。

　　我统计并计价的都是放在我公寓里的书，我在其他地方还有

---

^① 首次发表于《论坛报》（1946年2月8日）。——编者注

差不多相同数量的书，所以最后我会把书的总数翻一倍，这样差不多就是完整的数字。一些零散的东西，例如校样、污损的图书、廉价的平装书、宣传册和杂志，我都没有计算在内，除非是装订好的成书。那些堆在橱柜底下没什么价值的图书我也没有计算在内，例如旧的课本等。我所统计的只有我自愿获得或我自己想要的书，以及我打算保留的书。按照这个分类，我发现我有442本书，分别是这样获得的：

购买（主要是二手书）	251 本
获赠或使用代金券购买	33 本
书评用书和赠品图书	143 本
借阅未还	10 本
临时租阅	5 本
合计	442 本

再来谈谈我计价的方法。我把买的那些书按照全价全数列了出来，这是我能确定的。获赠的书、借阅未还和临时租阅的书我也按全价列了出来，因为我赠给别人、借给别人的书或者被偷的书的数量、价格跟这些相差不多。严格意义上来说，我拥有的书中有一部分并不属于我，但也有许多人拥有原本属于我的书，所以我没付过钱的书价格约等于那些我付了钱却在别人手中的书。与此同时，我按半价列出了书评用书和赠品图书。这大概也是我买二手书的价钱，而且这些书绝大部分我都只会买二手的。有些没有标价的书我不得不靠猜测，但我给出的价格与其本身的价值应该不会差得太远。下面是价格列表：

购买	36 英镑 9 先令
获赠	10 英镑 10 先令
书评用书等	25 英镑 11 先令 9 便士
借阅未还	4 英镑 16 先令 9 便士
临时租阅	3 英镑 10 先令
书架	2 英镑
合计	82 英镑 17 先令 6 便士

　　加上刚才说的放在其他地方的另一批书，我应该一共约有900本书，总花费应该是165英镑15先令左右。这是大约15年的积累——实际上积累周期更长，因为有些书的历史应该从我的童年时代算起，但暂且算作15年。这样算下来平均每年是11英镑1先令，但还必须加上其他一些费用才能估算出我在阅读方面的全部花费。其他花费中最大的部分是报纸和期刊，我认为每年8英镑应该是一个合理的数字。8英镑一年的费用可以覆盖两份日报、一份晚报、两份星期天报、一份周报和一到两份月刊。加上这8英镑我每年的费用就是19英镑1先令，但要想算出真正的总花费，还要加上另一项估算的费用。很明显，人们经常会把钱花在一些后来不知所终的书上面。这些钱是图书馆订阅费，也有买书的费用，主要购买的是企鹅出版社出版的或其他廉价版本的图书，这些书买了之后要么是弄丢了，要么是扔掉了。但根据我上面计算的数字，就这方面的支出来说，每年6英镑应该足够了。因此，在过去15年里，我每年在阅读方面的总费用大约是25英镑。

　　每年25英镑听起来相当多了，但如果与其他方面的支出比较一下的话，就不算很多了。每年 25 英镑差不多等于每星期 9 先令 9 便士，而现在 9 先令 9 便士大约是 83 支香烟的价格，即使在战前，这笔钱也只能买不到 200 支香烟。就现在的价格而言，我花在烟草上的钱远远超过了我买书的钱。我每星期要抽 6 盎司烟草，按每盎司 2.5 先令来算，一年将近 40 英镑。即使在战前，同样的烟草价格为每盎司 8 便士，我每年在烟草上的花费也超过了 10 英镑；如果我平均每天还喝一品脱啤酒，价格为 6 便士，那么烟酒这两样东西加起来每年就要花费我大约 20 英镑。这个数字可能并没有比英国人的平均水平高出多少。根据统计，1938 年，英国人在酒精和烟草上的人均花费将近 10 英镑；然而，英国有 20% 的人口是 15 岁以下的儿童，另外的 40% 是女性，因此真正的吸烟者和饮酒者的平均花费肯定远远超过了 10 英镑。1944 年，英国人均每年在这些项目上的支出不少于 23 英镑。如果妇女和儿童的人口占比和以前一样，那么 40 英镑应该是一个合理的烟酒消费者每年的人均支出数字。一年 40 英镑只够每天买一包廉价香烟，每星期喝六次半品脱的淡啤酒——这可不算是可观的定量。当然，现在所有东西的价格都是膨胀的，包括书籍的价格；不过就算你买书看而不是借书看，并且订购相当多的期刊，花的钱也不会比吸烟和饮酒加起来的费用更多。

要想在书的价格和人们从书中获得的价值之间建立联系很困难。"书籍"包括小说、诗歌、教科书、参考书、社会学专著和许多其他书目，而且一本书的篇幅和它的价格并不对应，对于习惯购买二手书的人来说更是如此。你可以花 10 先令买一本五百行的诗集，也可以花 6 便士买一本在二十年的时间里只是偶尔查阅一下的词典。有的书你会读一遍又一遍；有的书会成为你惯性思维的一部分，并改变你对生活的整体态度；有的书你可能就随便翻阅一下，但永远都不会通读；有的书你会一口气读完，但一星期后就全忘了。就金钱成本而言，所有这些情况可能都是一样的。但如果一个人把阅读仅仅作为一种娱乐，就像去电影院看电影一样，那么对阅读费用进行粗略的估算还是有可能的。如果你只读小说和"轻松"文学，而且读的每一本书都是自己买的，那么以一本价格为8先令、需要用4小时来读的书为例，你每小时的花费就是2先令。这差不多是电影院一张较贵的座位的票价。如果你专注于更严肃的书，然后你读的每一本书也都是自己买的，尽管这些书价格更贵，但你会花更长的时间来阅读，那么你平均每小时的花费差不多还是一样的。一方面，无论哪种情况，你读完之后都仍然拥有这些书，并且能以购买价格的三分之一出售。如果你只买二手书，那你的阅读费用当然会少得多，或许每小时6便士是一个合理的估算。另一方面，如果你不买书，只从租阅图书馆租书看，那你的阅读费用大约应该是每小时半便士；如果你只从公共图书馆借书看，那你的费用几乎为零。

我已经说得够多了，足以表明阅读是很便宜的一种娱乐方式，除了收听广播之外，它应该是最便宜的。与此同时，英国公众在书籍方面的实际支出是多少呢？我找不到任何数字，但这个数字毫无疑问是存在的。不过我知道，英国在战前每年出版的书籍大约是1.5万种，其中包括再版图书和教科书。如果每本书的销量达到1万册——即便考虑到教科书的发行量，这可能也是一个很高的估计——那么平均每人每年直接或间接购买的书大约只有3本。这3本书加起来可能价值1英镑，或许更少。

这些数字都是推测，如果有人能帮我改正，我会很感兴趣。

但如果我的估算接近正确数字，那对于一个几乎全体公民都受过教育、普通人在香烟上的开销比印度农民一辈子花的钱还要多的国家来说，这并不是一个值得骄傲的纪录。如果我们在书籍方面的消费量仍然保持在以前那么低的水平，那我们至少应该承认，这是因为阅读作为一种娱乐没有遛狗、看电影和去酒吧那么令人兴奋，而不是因为买书和借书都太贵了。

政治与英语[①]

大多数关心英语状况的人都会承认英语这门语言正在衰落，但人们普遍认为我们不能通过有意识的行动来做出任何改善。我们的文明堕落了，我们的语言肯定也不可避免地在全面崩溃中遭遇同样的命运——这就是人们的论据。由此可见，任何反对滥用语言的斗争都是一种感性的拟古主义，就像一个人更喜欢蜡烛而不是电灯、更喜欢马车而不是飞机一样。这背后隐藏着一种半意识的信念，即语言是自然发展的产物，而不是我们为了自己的目的而塑造的工具。

现在可以很明显地看到，一种语言的衰落最终肯定与政治和经济原因有关，而不仅仅是由个别作家的负面影响造成的。但影响可以变成一种原因，强化最初的原因，以变本加厉的形式产生同样的影响，并且就这样无限循环下去。一个人可能因为觉得自己是个失败者而酗酒，然后因为酗酒，所以失败得更彻底。这与英语正在发生的情况完全相同。英语变得丑陋而且不准确，是因

---

① 首次发表于《地平线》（1946 年 4 月）。——编者注

为我们的想法是愚蠢的，而我们语言的散漫会使我们更容易产生愚蠢的想法。但关键是这个过程是可逆的。现代英语，特别是书面英语，满篇皆是通过模仿而散播开来的坏习惯，但只要愿意付出必要的努力，这些坏习惯是可以避免的。如果一个人能摆脱这些坏习惯，他就能更清晰地思考，而清晰地思考是走向政治复兴的必要的第一步；所以与糟糕的英语作斗争绝不是无关紧要的事情，也不仅仅是专属于职业作家的事情。我稍后会继续说明这一点，希望说明之后我在这里所表达的意思能变得更清楚。在此之前，我先列举关于现在书面英语习惯的五个样本。

我挑选这五段文字并不是因为它们特别糟糕——如果这样挑选的话，我可以找到比这糟糕得多的例子——而是因为它们说明了我们现在所遭受的各种精神恶习。它们都是略低于平均水平，但相当有代表性的样本。我将它们编号，以便在必要时可以回顾：

（1）确实，我不能确定这种说法对不对：弥尔顿一度看起来与17世纪的雪莱没什么不同，他并没有在一年比一年更痛苦的经历中变得与那个从不宽容的耶稣会教派创始人更格格不入。

——哈罗德·拉斯基教授①的随笔《言论自由》

（2）最重要的是，我们不能肆意挥霍母语中的那些习语，它们都有规定的、异乎寻常的固定搭配，一些基本的习语，如用"忍受"（put up with）这个词组来表达"容许"

---

① 哈罗德·拉斯基（Harold Laski, 1893—1950），英国政治学家，工党领袖人之一，极左主义政策倡导者。

（tolerate），用"困惑不解"（put at a loss）这个词组来表达"迷惑"（bewilder）。

——兰斯洛特·霍格本教授^①《国际语》

（3）一方面我们有自由人格，从定义上讲，它不是神经质，因为它既没有冲突，也没有梦想。它的欲望，就其本身而言是透明的，因为这些欲望正是体制允许保持在意识前沿的东西；另一种体制模式会改变它们的数量和强度；其中几乎没有自然的、不可削减的或者于文化有危险的东西。但另一方面，社会纽带本身只不过是这些自我保护的完整性之间的相互反映。回忆一下爱的定义，难道不正是一个无关紧要的空谈的写照吗？在这个镜厅里，哪里有个性和友爱的容身之处？

——心理学随笔《政治》（纽约）

（4）所有来自绅士俱乐部的"最优秀的人"，以及所有疯狂的法西斯头目，都出于对社会主义的共同仇恨和对群众革命运动高涨的兽性恐惧联合在一起，他们致力于挑衅行为，致力于肮脏的煽动，致力于中世纪那种水井投毒，致力于将自己对无产阶级组织的破坏合法化，并搅起那些焦虑不安的小资产阶级心中的沙文主义热情，通过反对革命来摆脱危机。

——共产主义宣传册

---

① 兰斯洛特·霍格本（Lancelot Thomas Hogben, 1895—1975），英国动物学家、遗传学家、医学统计学家、语言学家，因其社会生物学研究的诸多贡献而闻名。

（5）如果要把一种新的精神注入这个古老的国家，就必须进行一项棘手而且存有争议的改革，那就是激励英国广播公司，使其更人性化。在这件事上，胆怯将招致灵魂的溃烂和萎缩。例如，英国的心脏可能还保护得很好，还在有力地跳动，但英国雄狮的吼叫现在就像莎士比亚《仲夏夜之梦》中波顿的声音一样——轻柔得像一只乳鸽。一个阳刚之气十足的新英国不可能无止境地让世界看到或听到日薄西山的、衰弱的朗豪坊①的中伤，它厚颜无耻地假装自己所说的就是"标准英语"。当广播在九点钟播放《英国之音》时，哪怕听到一些坦率的哼哼声，也比现在忸忸怩怩、声音像猫叫一样，却又无可责备的姑娘们发出的死板、夸张、不自在、女校长一样傲慢的刺耳声好得多，严肃得多。

——《论坛报》上的书信

这几段文字各有各的错误，但除了可以避免的丑陋之外，它们有两个共同的特点，第一是意象陈旧，第二是缺乏精确性。作者要么是有意思要表达却表达不出来，要么是无意间说了些别的东西，要么是对自己所说的话是否有意义几乎漠不关心。这种含糊和无用的混合是现代英语散文，尤其是政治写作最显著的特点。一旦提及某些话题，具象就会消融在抽象中，而且似乎没有人能想出不那么陈腐的说法；散文中为了意思而选用的单词越来越少，钉在一起的词组越来越多，就像预制好构件的鸡舍一样。下面是我列举散文结构中应该规避的一些习惯性手法。

---

① 英国伦敦西区西敏市的一条街道，街上有一些著名建筑，如英国广播公司大厦、朗廷酒店等。

僵死的比喻。一方面，新发明的比喻可以通过唤起栩栩如生的形象来帮助人思考，而另一方面，从技术上来说已经"死了"的比喻（例如"钢铁般的决心"），实际上已经回归为一个普通的词，在常规使用中也不会失去生动性。但在这两种类型的比喻之间，还有一大堆过时的比喻，它们已经失去了所有感染力，使用这些比喻只是为了省去自己再发明短语的麻烦。例如，用"以不同的变奏弹出同一曲调"来比喻换换口味，用"举起棍棒"来比喻奋力保卫，用"踩着线走"来比喻循规蹈矩，用"骑着马蹄上钉有防滑钉的马"来比喻横行霸道，用"肩并肩站着"比喻同心协力，用"把球打到对方手里"比喻正中下怀，用"要磨的斧子"比喻别有用心，用"谷物进磨坊"比喻有利可图，用"在搅乱的水里钓鱼"比喻浑水摸鱼，用"例行命令"比喻司空见惯，用"阿喀琉斯之踵"比喻致命的弱点，用"天鹅之歌"比喻最后的作品，用"温床"比喻坏事的滋生地。还有许多比喻都是在不知其含义的情况下使用的（例如，"裂口"指的是什么？），而且互不相容的比喻经常被混在一起使用，这是作者对自己所说的话漠不关心的一个明显标志。现在通用的一些比喻的原意已经被曲解了，而使用它们的人甚至都没有意识到这一事实。例如，"踩着线走"有时候被写成"沿着线拖"。另一个例子是"锤子和铁砧"，现在使用这个比喻通常是指铁砧的处境更糟糕，但是在现实生活中，受到损坏的总是铁锤，而不是铁砧；如果一个作家停下来思考一下自己所说的话，那他就会意识到这一点，就会避免曲解原意。

功能词，或者叫动词性假肢（verbal false limbs）。使用功能词可以省去挑选合适的动词和名词的麻烦，同时也为每个句子虚增了额外的音节，使其看起来更对称。典型的短语是："使……

不起作用（render inoperative）"、"对……产生不利影响（militate against）"、"证明……不可接受（prove unacceptable）"、"与……联系（make contact with）"、"受到……（be subjected to）"、"使……发生（give rise to）"、"给予……理由（give grounds for）"、"有……效果（have the effect of）"、"在……中发挥主导作用（play a leading part/rôle in）"、"使……被感觉到（make itself felt）"、"产生……作用（take effect）"、"表现出……倾向（exhibit a tendency to）"、"为了……目的（serve the purpose of）"等等。主旨是去掉简单的动词。动词不再是单个的单词，例如"打破（break）"、"停止（stop）"、"破坏（spoil）"、"修补（mend）"、"杀死（kill）"这些单词都不再单独使用，而是变成了短语，由名词或形容词附加在一些通用动词上组成了新的词组，例如附加在"证明（prove）"、"服务（serve）"、"形成（form）"、"扮演（play）"、"给予（render）"这些动词上。另外，还会尽可能使用被动语态而不是主动语态，使用名词组合结构而不是动名词，例如用"通过对……的检查（by examination of）"来取代"通过检查……（by examining）"。通过给名词和形容词增加前缀和后缀使其变成动词，原本动词的范围被进一步压缩，而对于平庸的语句，则通过使用否定词和否定前缀的双重否定使之变得看起来更深刻一些。简单的连词和介词也被这样的短语替代："相对于……来说（with respect to）"、"考虑到……（having regard to）"、"……这一事实（the fact that）"、"凭借……（by dint of）"、"鉴于……（in view of）"、"为了……的利益（in the interests of）"、"基于……的假设（on the hypothesis that）"；为了避免显得虎头蛇尾，句子的最后通常会加上以下这种响亮的陈词滥调："非常值得期待""不容忽视""在不久的将来可以预料到的发展""值得认真考虑""得出一个令人满意的结论"等。

矫饰的措辞。像"现象""元素""个体""客观""范畴""有效""虚拟""基础""要义""促进""构成""展示""剥削""剔除""清算"这些词被用来修饰简单的陈述，并为有偏见的判断赋予一种科学公正的腔调。诸如"划时代的""史诗般的""历史性的""难以忘怀的""凯旋的""年代久远的""不可避免的""不可阻挡的""名副其实的"，这种形容词被用来抬高国际政治的肮脏过程；而旨在美化战争的文字则通常带有古体色彩，典型的词语是"王国""王位""战车""武力威胁""三叉戟""剑""盾""圆盾""军旗""长筒靴""号角"等。一些外来词和外来表达，例如"死胡同（cul de sac）"、"旧制度（ancien régime）"、"机械降神（deus ex machina）"、"做必要修正（mutatis mutandis）"、"现状（status quo）"、"一体化（Gleichschaltung）"、"世界观（Weltanschauung）"等，被用来营造一种有文化和优雅的氛围。在英语现在流行的数以百计的外来词中，除了几个有用的缩写之外，没有一个是真正需要的。糟糕的作家，尤其是科学、政治和社会学方面的作家，几乎总是被"拉丁语和希腊语比撒克逊语更伟大"这种观念困扰，而且成百上千个不必要的词语在和与之相对应的盎格鲁－撒克逊语的竞争中不断取得优势，变得越来越普及 ①。马克思主义作品中特有的行话（鬣狗、刽子手、食人者、小资产阶级、这些人、走狗、奴才、疯狗、白军等），主要由从俄语、德语或法语翻译而来的单词和短语组成；但通常创造新词的方法是在一个拉丁语或希腊语

---

① 关于这方面有一个很有趣的例子——直到最近还在使用的一些英语花卉名称正在被希腊语名称取代，例如金鱼草、勿忘我草等。我们很难看出这种流行产生变化的实际原因，这可能是出于对更朴实的词语的一种本能的疏远，以及一种模糊的感觉，觉得希腊语名称就是科学的。——作者注

词根上增加适当的词缀，必要时也会使用动词化后缀的形式。造出这种词（例如"去区域化""不容许的""婚外的""非碎片性的"等）往往比想出能表达自己意思的英语词语要容易得多。结果往往就是越来越散漫和含糊。

无意义的词。在某些写作中，尤其是在艺术评论和文学评论中，看到几乎完全没有意义的大段文字是很正常的事情①。在艺术评论中使用的诸如"浪漫的""造型的""价值""人类""死的""伤感的""自然的""生命力"等词，严格来说是毫无意义的，因为它们不仅没有指出任何可发现的对象，而且读者几乎也不会希望看到这些词。一位评论家写道："某某先生的作品最突出的特点是它栩栩如生的品质。"而另一位评论家则写道："某某先生的作品最引人注目的地方是其特有的死气沉沉。"如果读者看到的是"黑"和"白"这样的词，那他就会认为这只是一种简单的意见分歧，但是对于"栩栩如生"和"死气沉沉"这样的行话，他会立刻看出语言的使用方式不恰当。许多政治词语也同样被滥用。除了表示"不可取的东西"这一含义，"法西斯主义"这个词现在已经没有任何别的意义了。"民主""社会主义""自由""爱国""务实""公平"这几个词，每一个都有好几种不同的含义，这些含义彼此无法调和。对于像"民主"这样的词，不仅没有一致的定义，而且就算尝试给出一个一致的定义，也会遭到来自各方的抵制。几乎所有人都觉得，当我们称一个国家是民主的，就是在赞美它，因

---

① 例如，"舒适感在感知和形象方面具有普遍性，从范围上来说这种普遍性具有奇怪的惠特曼风格，在审美冲动上几乎完全相反，不断唤起令人颤抖的气氛，集聚着一种残酷的、不可阻挡的永恒宁静的暗示……雷伊·加德纳通过精确地瞄准简单的靶心而命中得分。不过没那么简单，通过这种满足的悲伤，表达的不只是听天由命那种表面上的苦乐参半。"（摘自《诗歌季刊》）——作者注

此，各种政体的捍卫者都声称自己是民主的，并担心如果这个词被任何一种含义束缚的话，他们可能就不得不停止使用这个词。这类词经常被人以一种有意识的不诚实的方式使用。也就是说，使用这类词的人对它们有自己的私人定义，但允许他的听众将他的表达理解为完全不同的意思。例如，"贝当元帅是一个真正的爱国者""天主教会反对宗教迫害"这种声明，几乎总是带有欺骗的意图。还有其他一些含义多变的词，大多数情况下，使用它们或多或少都是不诚实的，例如"阶级""极权主义""科学""进步""平等"和"反动资产阶级"。

我已经列出了一系列关于欺骗和歪曲的样本，我再来举例说明它们导致的写作特征。这个例子本质上是虚构的，我把一段很好的英语文章改写成了最糟糕的现代英语。下面是《传道书》中很有名的一句话：

> 我又转念，见日光之下，快跑的未必能赢，力战的未必能胜，智慧的未必得粮食，明哲的未必得资财，灵巧的未必得喜悦。所临到众人的，是在乎当时的机会。

改写成现代英语：

> 对当时现象的客观考虑迫使我们得出这样的结论：竞争活动的成败没有表现出与天赋能力相称的趋势，必须始终考虑相当大的不可预测因素。

这是一个拙劣的模仿，但不算太难看。我之前列举的五段文字中的第三段就包含几个类似的拼凑写法，它们都属于同一种类型的英语。看得出来，我没有进行完整的改写。我改写的那句话的开头和结尾相当接近原意，但中间的具体举例——"快跑的未必能赢""力战的未必能胜""智慧的未必得粮食"等——被融入了那句模糊的短语——"竞争活动的成败"。这是必须的，因为没有一个我正在讨论的现代作家——有能力使用"对当时现象的客观考虑"这种短语的作家——会以《传道书》里精确而详细的方式将自己的思想像列表格一样表达出来。现代散文的整体趋势是脱离具象。我们再稍微仔细分析一下这两个句子。第一句有49个单词，但只有60个音节，而且所有单词都是日常生活中使用的单词。第二句有38个单词，90个音节，其中18个单词来自拉丁词根，还有一个来自希腊语。第一句话包含了6个生动的形象，只有一个短语（"当时的机会"）可以被称为模糊。但是，在第二句中，一个新鲜的、引人注目的短语也没有，尽管包含90个音节，但它给出的只是第一句的意思的缩略版。然而，毫无疑问，第二句才是现代英语中越来越受欢迎的类型，这并不是我夸大其词。不过，这种写作方式还没有变成通用的，而且即使是写得最糟糕的东西，也会时不时地露出一些简洁的痕迹。但尽管如此，如果让你我写几句关于人类命运不确定性的东西，我们写的应该会更接近我改写的那句话，而不是《传道书》中的那句。

正如我试图说明的那样，现代写作不是为了表达意思而挑选词语，也不是为了使意思更清楚而创造意象，这就是它最糟糕的地方。现代写作在于把别人已经排列好的长串单词粘在一起，然后用纯粹的谎言使结果看起来比较体面。这种写作方式的吸引力在于它很简单。一旦你养成一种习惯——一种用"在我看来，这是一个不无道理的假设"来替代"我认为"的习惯——写作就会变得更容易，甚至更快。如果使用现成的短语，你不仅不必为找词而搜肠刮肚，也不必为你所写的句子的韵律而感到烦恼，因为这些短语的韵律都是安排好的，或多或少称得上是悦耳的。当你在匆忙中创作时——例如，当你向速记员口述，或者公开演讲时——陷入一种矫饰的拉丁化风格是很自然的事情。像加标签一样加上"一个我们应该牢记于心的考虑"或"一个我们所有人都会欣然同意的结论"这种表达，你可以避免许多磕磕碰碰的情况。通过使用老掉牙的隐喻、明喻和习语，你可以节省许多脑力，但代价是你的意思会变得模糊，不仅对你的读者而言是这样，对你自己来讲也同样如此。这就是混用比喻的结果。比喻的唯一目的是唤起一个视觉形象。当这些形象发生冲突时——例如"法西斯八爪鱼（比喻触手伸向各处的事物）已经唱出了天鹅之歌（比喻绝唱）""长筒靴（比喻军事压迫）被扔进熔炉（比喻进行彻底改造）"——可以肯定地说，作者并没有在脑海中看到他所指对象的形象；换句话说，他并没有真正地思考。再来看看我之前列举的五段文字。在第一段中，哈罗德·拉斯基教授在53个单词的内容里使用了5个否定词。其中一个是多余的，使整段文字显得没有意义，此外，在"格格不入"这个词的使用上的疏忽导致整段文字更没有意义。还有几个可以避免的笨拙之处增加了整体的模糊性。在第二段中，兰斯洛特·霍格本教授肆意挥霍那些有固定搭配的习语，并且，虽然他不同意用"忍受"这一日常使用的词组来表达"容许"这个词，但也不愿意去查字典看看"异乎寻常"这个词到底是指什么意思。关于第三段，如果我们用严格的态度来看待，那就是毫无意义，把原文通篇读一读或许可以搞清楚这段话的意图。在第四段中，作者或多或少知道自己想说什么，但一大堆陈腐的短语就像茶叶堵住了水槽一样让他窒息。在第五段中，词语和意义几乎是分离的。用这种方式写作的人通常有一种普遍的情感意义——他们不喜欢一件事，想要表达对另一件事的支持——但他们对自己所说的细节并不关心。一个严谨的作家，在他写的每句话里，都会问自己至少四个问题：我想说什么？用什么词来表达？什么样的意象或习语会让意思更清楚？这个意象的新鲜程度是否足以产生效果？他可能还会多问自己两个问题：我能说得更简短一些吗？有没有可以避免的难看部分？但是你没必要费那么大的力气解决所有这些麻烦。你只需要简单地敞开思想，让现成的短语涌入，就能逃避这些麻烦了。它们会替你造句——甚至在某种程度上会替你思考——而且必要时还会起到掩饰你一部分意思的重要作用，甚至连你自己最后都不知道这一部分意思了。正是在这一点上，我们可以清晰地看到政治和语言的贬质之间的特殊联系。

政治写作是糟糕的写作，这一点在我们这个时代基本上是正确的。如果不是这样，人们往往就会发现作家是某种反抗者，他会表达自己的个人意见而不是某种"党派路线"。无论什么颜色的正统，似乎都要求一种毫无生气、模仿性的风格。在宣传册、社论、政党宣言、白皮书和副部长们的演讲中，我们可以看到许多政治行话，各个政党的政治行话当然各不相同，但有一点都是一样的，那就是几乎看不到任何新鲜、生动、自拟的口吻。当看到一些令人厌倦的政治仆从在讲台上机械地重复着一些熟悉的短语——"野兽般的暴行""铁蹄""沾满斑斑血迹的暴政""全世界自由的人们""肩并肩站在一起"——人们常常会有一种奇怪的感觉，觉得自己看到的不是活人，而是假人；当灯光照到演讲者的眼镜上，镜片的反光使镜片后面看起来好像没有眼睛的时候，这种感觉会突然变得更加强烈。这并不完全是幻觉。使用这种措辞的演讲者正在把自己变成一台机器，恰如其分的声音从他喉咙里发出，但是他的大脑并没有参与，要是他自己选词，大脑当然也要参与工作。如果他所做的演讲是他一遍又一遍地重复大家已经习以为常的演讲，那他可能几乎意识不到自己在说什么，就像一个人在教堂里对牧师的唱和一样。这种被降低的意识状态，对于政治来说就算不是不可或缺的，至少对政治上的一致性是很有利的。

在我们这个时代，政治演讲和政治写作在很大程度上都是在为那些毫无辩护余地的事情辩护。英国延续对印度的统治，苏联的大清洗和驱逐，美国在日本投下原子弹，这些事情确实也可以辩护，但只能用那些对大多数人来说过于残酷，而且与政党公开宣称的目标不相符的论据来辩护。因此，政治语言必须在很大程度上由委婉语、窃取的论点和纯粹云山雾罩的暧昧组成。毫无防备的村庄遭到空中轰炸，居民被赶到荒郊野外，牲畜被机关枪扫射，茅屋被燃烧弹烧成灰烬，这就是所谓的绥靖。数以百万计的农民被剥夺了农场，只带着随身物品被迫在路上艰难跋涉，这就是所谓的人口转移或整治边疆。人们不经审判就被监禁多年，或者被枪毙，或者被送往北极的伐木场，最后死于坏血病，这就是所谓的消除不可靠因素。如果谁想命名一些事情，同时又不在人们脑海中唤起关于这些事情的想象，这样的措辞很有必要。举个例子，我们想一下某些安逸的英国教授如何为苏联的极权主义辩护。他不能直截了当地说："我相信如果消灭你的反对者能得到好的结果，那就消灭他们。"因此，他可能会这样说：

坦率承认苏维埃政权所展示出的某些特征可能会遭到人道主义者强烈谴责，同时，我认为我们也必须同意，在某种程度上压缩政治反对派的权利是过渡时期不可避免的伴随因素，而且就具体成就这方面而言，苏联人民被要求经受严苛考验的合理性已经得到了充分的证明。

夸张的文体本身就是一种委婉语。大量拉丁词语像柔软的雪花一样落在事实上，模糊了轮廓，也掩盖了所有细节。清晰的语言最大的敌人就是虚伪。当一个人的实际目标和他所宣称的目标之间存在差距时，他就会本能地求助于长词，并绞尽脑汁地使用习语，就像乌贼吐出墨汁一样。在我们这个时代，所谓"置身政治之外"这种事情根本不存在。所有的问题都是政治问题，而政治本身就集中了大量的谎言、逃避、愚蠢、仇恨和精神分裂。当大环境很糟糕的时候，语言一定会受到影响。我应该得出这样的结论——只是一种猜测，我还没有足够的知识来予以证实——由于独裁统治，德语、俄语和意大利语在过去十年或十五年里都在恶化。

但是，如果思想腐化了语言，那语言也能腐化思想。一个糟糕的词语用法可以通过口传和模仿得到传播，即使在那些应该知道和确实知道更好的用法的人中间也是如此。我一直在讨论的低质语言在某些方面其实是非常方便的。类似"一个不无道理的假设""还有许多待改进之处""应该没有好处""这个考虑我们应该牢记于心"这样的短语，对人们来说是一种持续的诱惑，就像一包始终放在手边的阿司匹林一样。回顾这篇文章，你肯定会发现，我自己也一次又一次地犯下了我一直反对的错误。在今天上午的邮件中，我收到了一本关于德国状况的宣传册。作者告诉我,他"感到被驱使着"

去写这本宣传册。我随手翻开一看，第一句话差不多是这样的：

> （同盟国）不仅有机会实现彻底转变德国的社会和政治结构的目的，以避免德国国内出现民族主义反应，同时也有机会为一个合作和统一的欧洲奠定基础。

你可以看到，他"感到被驱使着"去写——大概是觉得自己有一些新的东西要说——然而他的文字就像骑兵的马听见号角声自动做出反应一样，自动组成了那种熟悉的沉闷模式。只有在人们时刻警惕的情况下，才能防止这种现成的短语（"实现彻底转变""奠定基础"）对人们头脑的入侵，而每一个这样的短语都会使一个人的一部分大脑被麻痹。

我之前说过，我们语言的堕落很可能是可以矫正的。那些否认这一观点的人如果可以提出论据，可能就会这样争辩：语言只是在反映现有的社会状况，我们不能通过任何对词语和结构的直接修补来影响语言的发展。就一种语言的通用语气和精神而言，这么说可能是对的，但在细节方面并非如此。停止使用愚蠢的词语和表达往往不是通过任何进化过程，而是通过少数人有意识的行动。"探查每条街"（比喻探索任何途径）和"翻开每块石头"（比喻千方百计）就是两个最近的例子，在少数几名记者的冷嘲热讽下，这两个短语没人使用了。只要有足够多的人对这个工作感兴趣，就可以通过类似的方式弃用一大批不堪使用的丑陋比喻；我们应该也可以通过嘲笑使否定词和否定前缀的双重否定形态消失[1]，使普

---

① 人们可以通过记住这样一句话来矫正自己对这种双重否定形态的使用："一只不是非黑色的狗正在一片不是非绿色的草地上追逐一只不是非小的兔子。"——作者注

通句子中拉丁语和希腊语的数量减少，使外来短语和偏离正题的科学词语被排除，总之就是要使矫饰的风格变得不再流行。但所有这些都是次要问题。抵御英语堕落的含义不止于此，我们或许最好从没有表露出来的含义谈起。

首先，抵御英语堕落的含义与拟古主义无关，与拯救被弃用的词语和口吻无关，也与建立某种永远不能脱离的"标准英语"无关；正好相反，它特别关注的是弃用每一个用法已经过时的单词和习语。一方面，这与正确的语法和句法无关，与避免美国腔调无关，也与所谓的"良好的散文风格"无关，只要你把自己的意思表达清楚，语法和句法就没那么重要。另一方面，这与虚假的简洁无关，也与试图使书面英语口语化无关，甚至也不是说在每种情况下都要使用撒克逊语而不是拉丁语，不过它确实暗示了要用最少、最简短的词语来涵盖一个人要表达的意思。最重要的一点是让意义来选择词语，而不是通过别的方式。在散文中，一个人在词语方面会犯的最糟糕的错误就是屈从于词语。当你想到一个具体事物时，你是在以非言语表达的方式思考，然后，如果你想描述你脑海中图像化的东西，你就会搜索词语，直到找出看起来合适的词。当你想到某些抽象事物时，你从一开始就会更倾向于使用词语，除非你有意识地努力阻止，否则现成的习语就会涌出来并代替你完成选词，代价是这会使你的意思变得模糊，甚至改变你的意思。或许最好的做法是尽可能地推迟使用词语，通过画面和感觉尽可能清楚地了解你自己要表达的意思。这样一来，你就可以选择——而不是简单地接受——哪些短语最能涵盖你的意思，然后调换它们的位置，判断这些语句会给别人留下怎样的印象。这是我们的头脑为了剔除所有陈旧或矛盾的意象、预制短语、不必要的重复、谎言和模糊所做的最后努力。但是，我们往往会对某个词或某个短语的效果产生怀疑，而且当直觉失灵时，我们需要可以依赖的规则。我认为下面这些规则适用于大多数情况。

1. 不要使用你在出版物中经常看到的隐喻、明喻或其他比喻。

2. 可以用短词的地方就不要用长词。

3. 如果一个词可以删掉，那就一定要删掉。

4. 可以用主动语态的时候就不要用被动语态。

5. 如果能想到日常英语中的对应词，就不要用外来词、科学词语和行话。

6. 与其说出任何粗劣的语言，不如首先打破以上规则。

这些规则听起来都很基础，确实也是如此，但对于那些习惯于用现在流行的风格写作的人来说，遵守这些规则需要在态度上做出深刻的转变。或许有人在遵守所有这些规则的情况下仍然会写出糟糕的英语，但肯定不会写出类似我之前列出的那五个例子的东西。

我在此并没有考虑语言的文学用途，只是将语言视为表达思想的工具，而不是用来隐藏或阻止思想的工具。斯图尔特·蔡斯等人宣称的观点等于是说所有抽象词语都没有意义，并以此为借口鼓吹一种政治上的寂静主义。既然你不知道法西斯主义是什么，你又怎么能反对法西斯主义呢？我们不必轻信这种无稽之谈，但也应该认识到，目前的政治混乱与语言的衰退有关，而且从文字这一端开始，我们或许可以带来一些改善。如果你能让自己的英语变得简洁，你就摆脱了最愚蠢的正统观念。并不存在任何非说不可的习语，当你说出一句蠢话，其中的愚蠢自然显而易见，甚至连你自己也觉得是这样。政治语言的目的就是让谎言听起来真实，让谋杀变得体面，让纯粹的谣言披上可靠的外衣——从保守党到无政府主义者，所有政党万变不离其宗。我们确实不能立刻改变这一切，但至少可以改变自己的习惯，而且如果我们嘲笑的声音足够大，甚至可以时不时地将一些陈旧而且无用的短语——例如"长筒靴""阿喀琉斯之踵""温床""熔炉""酸性测试""名副其实的地狱"，以及其他一些词语糟粕——扔进垃圾箱，那里才是它们应该待的地方。

一个书评家的自白 ^①

这个房间既是卧室又是起居室，冰冷又不通风，到处都是乱扔的烟头和还剩几口茶水的杯子，一个男子穿着破旧不堪的睡衣坐在一张晃晃悠悠的桌子旁，桌上堆着一大堆满是灰尘的文件资料，他很想找个地方放下手里的打字机。废纸篓早就满了，所以他没地方扔废纸，何况桌子上的东西也不能随便乱扔，那些未回复的信件和未付的账单中，应该有一张两基尼的支票，他肯定是忘记把这张支票存入银行了。还有一些写有地址的信，他应该把这些地址录入地址簿里，但是地址簿已经不知道放哪去了，一想到要去找地址簿或者别的什么东西，他就恨不得马上自杀。

他三十五岁，但看起来却像五十岁，秃头，患有静脉曲张。他戴眼镜，只是唯一的那副眼镜会经常性地丢失。如果一切正常，他会营养不良，但如果交上好运挣了些钱的话，他又会沉溺酒精，遭受宿醉的折磨。现在已经是上午十一点半了，按照日程表，他两小时前就应该开始工作了，不过就算他认真地尝试开始工作，

---

① 首次发表于《论坛报》（1946 年 5 月 3 日）。——编者注

持续不断的各种干扰也会使他难以安坐，几乎响个不停的电话铃声、婴儿的啼哭声、街上传来的电钻的咔咔声、他的债主们上下楼梯时重重的脚步声，都令他备感沮丧。好不容易定下心神开始工作，他又被今天送来的第二份邮件打断了，邮件里是两份宣传单和一张用红色字体印刷的所得税催缴单。

不用说，这个人肯定是个作家。他或许是位诗人，又或许是名小说家，要不就是电影剧本或者广播专题节目的撰稿人，总之文人的境遇可能都差不多，我们暂且把他当作书评家吧。乱糟糟的桌子上有一个大包裹，几乎占了一半的地方，里面是五本书，他的编辑寄来的时候还附注说，这五卷书配在一起"应该非常搭"。包裹四天前就到了，但之后两天我们这位书评家因为精神处于麻痹状态，所以连拆都没拆。昨天的某一刻他终于下定决心拆开这个大包裹了，然后发现里面有五本书，分别是《十字路口的巴勒斯坦》《科学奶牛养殖》《欧洲民主简史》（这本书有 680 页，重达 4 磅）和《葡属东非的部落习俗》，还有一本小说，名为《躺下更好》，多半是编辑搞错了才把它和另外四本书放在一起。他的书评——每本书八百字——必须要在明天中午十二点前"提交"。

他对其中三本书所涉及的主题一无所知，所以不得不认真阅读至少五十页才能避免出现一些滑稽可笑的低级错误，否则不仅是这些书的作者（他们当然都很清楚书评家的习惯），就算是普通读者也会看出他的马脚。到下午四点的时候，他应该已经把这些书从包装纸里拿出来了，但他还是因为紧张而没有正式翻开来看。一想到要读这几本书，甚至一想到这些书页的味道，他就像吃了用蓖麻油调味的冷米粉布丁一样感到恶心。但是这几本书的书评还是能及时提交，这实在令人费解。而且不知道为什么他似乎总能及时提交书评。晚上九点左右，他的头脑会变得相对清醒，直到凌晨，他都会一直坐在这个越来越冷的房间里，香烟的烟雾越来越浓，他也越来越熟练地跳着翻看一本又一本书。每翻完一本书他都会给出同样的定论："天哪，这写的都是什么玩意儿！"到了早上，他已经头晕眼花，阴沉着脸，不洗漱也不刮胡子，直勾勾地盯着面前的白纸呆坐一两个小时，直到时钟咄咄逼人地指向交稿的期限，他这才吓得赶紧拿起笔来。然后他会突然进入状态，迅速写完一条又一条书评。所有那些老掉牙的陈词滥调——"谁都不应该错过的一本好书""每一页上都有令人难忘的文字""关于某某内容的章节特别有价值"等——就像铁屑听命于磁铁的指挥一样迅速各就各位，书评的字数恰好与编辑的要求一样，最重要的是这时离他提交的最后期限只剩三分钟而已。与此同时，又会有其他包裹寄到他这里来，里面也是一些彼此完全不搭而且令人大倒胃口的图书。这就是他的生活。然而要知道，我们这个现在已经精神紧绷、备受压迫的可怜虫几年前开始自己的写作生涯时可是满怀着美好希望和崇高理想的啊！

是我夸大了吗？我想问一下任何一位经常写书评的人——比如说每年至少为一百本书写书评的人——能不能问心无愧地否认自己的工作习惯以及所扮演的角色与我所描述的一样。每个作家，在某种程度上都是那种人，不过长期的、不加选择地对图书进行评价的确是一项吃力不讨好、令人恼火又身心俱疲的工作。这项工作不仅要赞美一些如同垃圾的文字——我稍后会说明——还要不断地虚构一些读后感，因为自己读后没有任何感觉。虽然书评家或许早已厌倦这项工作，但对书籍仍然保持着职业兴趣，在每年出版的成千上万本图书中，或许有五十到一百本书是他乐意去写书评的。如果他是一位顶级书评家，每年或许能拿到十几二十本他想写书评的书，更多的时候他真正拿到手的可能也只有两三本。除了这些书以外，无论他多么认真地写下或赞扬或批评的书评，本质上都是骗人的。他在出卖自己不朽的灵魂，好比将名贵葡萄酒倒入下水道，每次倒半品脱。

绝大多数书评都是不充分的叙述，甚至具有误导性。战后，出版商对文学编辑已经没有以前那么强势了，不能再压制着他们为每一本出版的图书送上一曲赞歌了，但与此同时，由于缺少发挥空间和其他一些不便，书评标准已经下降了。看到这样的结果，人们有时建议把书评从职业写手的垄断中解放出来，以解决这个问题。专业图书的书评应该由专家来处理，而且许多书评，尤其是小说的书评，完全可以由业余书评人来完成，不需要依赖职业写手。只要去阅读，事实上几乎每一本书都能唤起某些读者的激情，哪怕只是一种强烈的厌恶，而这些读者对这本书的看法肯定比那些无聊的职业写手的公式化书评有价值得多。不幸的是，这种事情很难组织，每个编辑都知道。实际上，编辑最后总是会求助于职业写手们——用他的话说就是"老熟人"。

只要人们理所当然地认为每本书都值得评价，这一切就注定无可救药。在大批量地评价作品时，不过度赞美其中的大多数几乎是不可能的事。只有从事与图书相关职业的人才知道大部分书其实糟糕透顶。十本书里有九本书的唯一客观真实的评价应该是"这本书一文不值"，但书评家们真正的反应很可能是"反正这本书我也不感兴趣，除非有人付钱，否则我才不会为这本书写书评呢"。但公众不会花钱去买这种书的。他们怎么可能会买呢？公众想要的是，当他们被要求阅读什么图书时，能够有一些关于这些书的某种指南、某种评价。然而一提到价值，标准就会崩溃。因为如果一个人说《李尔王》是一部好的戏剧，《四义士》是一部好的惊险小说——几乎每个书评家每星期至少会说一次这种话，那这个"好"字又有什么意义呢？

在我看来，最好的做法就是直接忽略绝大多数图书，然后对少数值得关注的图书进行长篇评论——最少1000字。对于即将出版的图书，一两行简短的评论可能会有用，但通常那种600字左右、中等长度的书评其实毫无价值，即便它是书评家由衷的评论。而且一般情况下，他都是不想写的，一个星期又一个星期的这种片段写作很快就会把他变得和我前面描述过的那个穿着破旧睡袍绞尽脑汁的书评家一样喘不过气来。不过，在这个世界上，每个人都有自己会嗤之以鼻的对象。而且我得说，从我自己做书评家和影评家的经历来看，书评家起码要比影评家过得好一点，因为影评家甚至都不能在家工作，他上午十一点必须参加影片的内部预映，而且还要为一杯劣质的雪利酒出卖自己的节操，只有一两次例外情况。

我为什么写作[①]

我从很小的时候开始，差不多五六岁的时候，就知道自己长大后会成为一个作家。大约在十七岁到二十四岁那几年，我曾试图放弃这个想法，但我明白这么做是在违背自己的天性，我迟早会安下心来埋头写作。

我家有三个孩子，我是老二，老大比我年长五岁，我比老三年长五岁，我在八岁之前几乎都没见过父亲。出于这样那样的原因，我比较孤僻，并很快养成了一些不讨人喜欢的习惯，这些习惯使我在整个学生时代都不受欢迎。我有一个性格孤僻的孩子都会有的习惯，那就是喜欢编故事，喜欢和想象中的人物交谈，我认为从一开始我的文学抱负就夹杂着一种被孤立、被轻视的感觉。我知道我有文字方面的天赋，也有能力面对不如意的现实，我觉得这种天赋和能力为我创造了一个属于我自己的个人世界，在这个世界里我可以对日常生活中遭到的失败进行反击。然而，在整个童年和少年时代，我正经写的东西——也就是有计划的写作——

---

① 首次发表于《流浪汉》（夏季刊，第 4 期，1946 年）。——编者注

加起来也没有超过五页纸。四岁还是五岁时，我写了第一首诗，我母亲拿笔记了下来。我现在已经记不得那首诗了，只知道是一首关于老虎的诗，那只老虎长着"凳子一样的牙齿"——这句比喻很不错了，但我想这首诗抄袭了威廉·布莱克的《老虎》。十一岁那年，第一次世界大战爆发了，我写了一首爱国诗，刊登在一份地方报纸上；两年后，基奇纳勋爵去世，我也写了一首诗并发表在报纸上。稍大点后，我陆续写过一些乔治风格的"自然诗"，但都很糟糕，而且往往最后都没写完。我也试过写一篇短篇小说，但那是一场可怕的失败。这就是我在那些年里一本正经地写在纸上的全部作品。

但是从某种意义上来说，我在这段时期确实也参加过一些文学活动。最开始是写一些定制的东西，我可以很轻松地一挥而就，对我来说，这没有太大的乐趣。除了学校里的功课，我还写过一些仿写诗和半喜剧诗歌，也是一挥而就，速度之快在我今天看来都感到惊讶——十四岁那年我大约用一星期的时间模仿阿里斯托芬写了一整部韵体剧本——还帮助编辑了一份校园杂志，手抄本和印刷本我都参与了。这些杂志是你所能想到的最拙劣可笑的东西，编辑杂志对我来说毫不费力，比我现在处理的最简单的新闻报道还要容易得多。在做这些事情的同时，我有十五年或更长的时间都在进行另一种完全不同的文学实践：构思一个关于我自己的连续"故事"，这是一本只存在于我脑海中的日记。我相信这是所有儿童和青少年普遍都有的一种习惯。在我还是一个非常幼小的孩子时，我常常幻想自己是罗宾汉，幻想自己是那些惊心动魄的冒险中的英雄人物，但很快，我的"故事"就不再是那种原始的自我陶醉，变得越来越侧重于单纯地描述我的行为和我的所见所闻。有时候每隔几分钟我的脑海中就会闪过这样的事情，"他推开门，走进房间。一缕黄色的阳光透过薄纱窗帘，斜照在桌子上，桌子上的墨水瓶旁边放着一个半开的火柴盒。他右手插在兜里，走到窗前。街上有一只龟甲纹的猫正在追逐一片枯叶"，诸此种种。这个习惯一直持续到我二十五岁左右，正好贯穿了我的整个非文学时期。尽管我不得不为合适的字眼搜肠刮肚，而且确实也这么做了，但这样的刻意描写似乎源于某种外界的强迫，完全违背我的本意。我觉得我的"故事"肯定反映了我在不同年龄所崇拜的不同作家的风格，但在我的印象里，它们有一个共同的特点，那就是细致入微的描写。

在大约十六岁时，我忽然发现了词语的乐趣，也就是词语的声音和联想的乐趣。例如《失乐园》的诗句：

> 他如此艰难而劳苦，
>
> 继续前行，如此艰难而劳苦。

虽然在我今天看来这两句诗没那么了不起，但当时却使我心灵震颤；而且将"他"拼写成"hee"而不是"he"都让我感到格外的愉悦。至于描述事物的欲望，那时候的我已经很明白了。因此，如果说那时候的我想写书，那么我想写一本怎样的书是很清楚的。我想写大量结局悲惨的自然主义小说，其中充满了细节描写和引人注目的比喻，还要有大量辞藻华丽的章节，这些章节中使用的词语一部分是因为它们的发音。事实上，我完成的第一部小说《缅甸岁月》可以说就是这样的书，这是我在三十岁那年完成的作品，但我很早之前就开始酝酿了。

我之所以谈到这些背景信息，是因为我觉得一个人如果不了解一位作家的早期发展，就无法评估他的动机。作家的主题取决于他所生活的时代——至少在像我们这样动荡的革命年代里是这样——但在作家写作之前，他已经养成了一种自己永远无法完全摆脱的情感态度。约束自己的性情，避免其阻滞于不成熟的阶段，不受乖张情绪的妨碍，这些毫无疑问都是作家的分内之事，但如果他完全摆脱早期所受的影响，就会扼杀自己写作的冲动。抛开谋生的需要不谈，我认为写作有四大动机，至少在散文写作方面如此。这些动机在每个作家身上都不同程度地存在，所占的比例都会根据他所处的氛围而随时改变。这四大动机是：

1. 纯粹的利己主义。渴望被视为聪明，渴望被谈论，渴望死后留名，渴望在童年时朝他投来冷眼的那些大人们面前扬眉吐气，等等。装作这不是动机其实是在骗人，这就是一种很强烈的动机。不仅是作家，科学家、艺术家、政治家、律师、军人和商界成功人士——简而言之，人类的整个上层社会都有这个特点。大多数人都不是极度自私的。他们在三十岁以后几乎完全放弃了作为个体的感觉——主要是为他人而活，或者干脆被各种苦差事压得喘不过气。但他们之中也有少数有天赋、固执己见的人，这些人决心把自己的生活坚持到底，而作家就属于这一类人。尽管相对新闻记者而言，严肃作家不那么看重金钱，但我得说，严肃作家基本上都比新闻记者更虚荣、更以自我为中心。

2. 审美的热情。感知外在世界的美，或者从另一方面来说，感知文字及其恰当组合的美。享受音节的碰撞、一篇优秀散文的稳固结构或一个好故事的节奏带来的愉悦。渴望分享一种自己觉得很有价值而且不应错过的体验。许多作家的审美动机非常微弱，但即使是一本宣传册或教科书的作者，也会有一些自己钟爱的非功利性的词句，或者他会对印刷格式、页边距宽度等有着强烈的感觉。只要是层次高于铁路指南的书，都不会完全不考虑美感。

3. 记录历史的冲动。渴望看清事物的本来面目，渴望挖掘事实真相并如实记录下来留给后人。

4. 政治目的。以尽可能广泛的意义来使用"政治"这个词。渴望将世界进程推向某个特定的方向，渴望改变其他人的观念，让他们知道应该争取哪一种社会。我再说一遍，不存在真正的不带有政治偏见的书。认为艺术应该与政治无关的观点本身就是一种政治态度。

我们可以看出这几种不同的动机之间是如何互相对抗的，也能想到它们为什么会因人而异，为什么会因时而异。就本性而言——这里所说的"本性"可以看作是一个人刚成年时所达到的状态——在我自己身上，前三种动机所占的比例应该超过了第四种。如果在一个和平年代，我或许会写几本文体华丽的或仅仅是描述性的书，可能几乎意识不到自己的政治忠诚。然而，事实上我已经被迫变成了一个宣传册作家。首先我在一个并不适合的岗位上干了五年（在缅甸当英属印度的警察），后来又经历了贫困和失败。这增加了我对权威的天然憎恶，并使我第一次完全意识到劳动阶层的存在，在缅甸的工作也让我对帝国主义的本质有了一些认识，但这些经历还不足以给我一个准确的政治方向。然后是希特勒、西班牙内战等。直到1935年年底，我仍然没有做出一个坚定的决定。我记得当时我写了一首小诗来表达自己进退两难的困境：

若在两百年前，
我应是一个快乐的牧师，
宣扬永恒的劫数，
目睹我的核桃慢慢长大；

可是我生在，唉，一个邪恶的年代，
我错过了快乐的安乐乡，
我唇上长满胡须，
而牧师们脸上都干干净净。

后来的日子还算不错，
我们是如此容易满足，
在树的怀抱中，
我们像哄婴儿睡觉一样，
让烦恼的思绪沉睡。

所有我们敢于承认的无知，
所有我们现在掩饰的欢乐；
苹果树上的金翅雀，
都能让我的敌人胆战心惊。

少女的小腹和杏子，
林荫小溪里的鳊鱼，
骏马和黎明时分飞翔的鸭子，
这些都是一场梦。

禁止再做梦了，

我们要么毁掉自己的快乐，要么将它隐藏，

铬钢做成的骏马，

小胖子们可以骑在它们身上。

我是永不蜕变的毛毛虫，

我是用不着三妻六妾的阉人；

在牧师和政委之间，

我就像尤金·阿拉姆；

收音机开着的时候，

政委正在讲述我的命运，

但牧师允诺了一辆奥斯汀 7 型汽车，

因为杜吉总会付账。

我梦见我住在大理石厅堂，

醒来发现这是真的；

我不该出生在这样一个年代；

那么史密斯呢？琼斯呢？你呢？[①]

西班牙内战和 1936 至 1937 年间的其他一些事件改变了我的举棋不定，从此我知道了自己的立场。自 1936 年以来，我写的每一篇严肃作品中的每一行字，都是在直接或间接地反对极权主义，

---

① 这首诗首次发表于 1936 年 11 月。——作者注

支持我所理解的民主社会主义。在我们这样一个时代，要是说哪位作家能避开这些主题，在我看来就是无稽之谈。每个人都在写这些东西，只是披上了这样那样的伪装而已。这可以简单地归结为一个为哪一方发声和采取什么方法的问题。一个人对自己政治倾向的认识越深刻，就越有可能在不牺牲自己的审美和知识分子的正直的情况下进行政治写作。

在过去十年里，我最想做的事情就是将政治写作变成一门艺术。我的出发点始终是因为一种党派偏见，一种不公正的感觉。当我坐下来写一本书的时候，我不会对自己说，"我要创作一部艺术作品了"。我写书是因为我想揭露一些谎言，引导人们关注一些事实，我最关心的是人们能听到我的声音。但是写一本书、甚至一篇杂志长文，如果不是一种美学体验，我就写不出来。任何关注并认真读过我的作品的人都会发现，即使我写的东西是彻头彻尾的宣传，其中也包含了许多会被职业政客视为毫不相关的内容。我做不到，而且也不想完全抛弃我在童年时代养成的世界观。只要我还健康地活着，我就会继续注重散文风格，继续热爱世间万物，继续从有形的实物和零散无用的信息中得到乐趣。试图压制我自己的这一面是徒劳的。我有一些根深蒂固的爱与憎，而这个时代会把一些本质上是公共的、非个人的活动强加在我们身上，我的任务就是将二者调和。

这绝非易事。因为这会产生结构和语言方面的问题，同时也会产生新的关于真实性的问题。我举一个比较粗略的例子来说明困难所在。《致敬加泰罗尼亚》是我写的一本关于西班牙内战的书，这当然是一部直白的政治作品，但大体上说，这本书写得有些客观，而且注重文学形式。我确实很努力地在不违背自己文学本能的情况下叙述了全部真相。但除了这些叙述之外，书中还有很长的一个章节，内容都是报纸上的摘录，以及为那些被指控与弗朗哥勾结的托洛茨基分子辩护的文章。很明显，这种任何普通读者一两年后都不会再有兴趣的章节肯定会毁了这本书。我很尊敬的一位评论家为此给我上了一课。他说："你为什么要把那些东西都加进去？本来很好的一本书，就这么被你变成了新闻报道。"他说得没错，但我别无选择。我碰巧知道，在英国，只有极少数人才获准知道无辜的人正在受到错误的指控这件事。若不是对此感到愤怒不已，我可能根本不会写这本书。

这种问题总会以这样那样的形式反复出现。涉及语言的问题则更加微妙，讨论起来太花时间。我只能说，近年来我的写作一直在尽量减少生动性，增加准确性。我发现不管是谁，只要他在某种写作风格上达到了完美，他就已经成熟到不再适合这种风格了。《动物庄园》是我在完全意识到自己在做什么的情况下，尝试将政治目的和艺术目的融为一体的第一本书。我已经有七年没写小说了，但我希望能尽快再写一部。这注定是一个失败之作，其实每一本书都是失败之作，但我清楚自己想写什么样的书。

回顾我写的这几页内容，我发现我似乎在表明自己的写作动机完全是出于公德心，但我不希望这就是我留下的最终印象。所有作家都是虚荣、自私、懒惰的，在他们动机的最深处隐藏着一个谜。写一本书是一场可怕的、令人精疲力竭的斗争，就像经历一场漫长的疾病折磨。若不是受到既不可抵抗又无法理解的魔鬼的驱使，谁也不会去承受这种事情。所有人都知道，这个魔鬼其实就是一种本能，和婴儿用哭闹寻求关注一样。然而，如果一个人做不到不断地努力抹去自己的个性，那他就写不出任何值得一读的东西，这也是事实。好的散文就像一块窗户玻璃。我不能确切地说我最强烈的动机是哪一种，但我知道哪种动机值得遵从。回顾自己的作品，我发现我在缺乏政治目的时写的东西无一例外都毫无生气，我被引诱用了一大堆华丽的辞藻、装饰性的形容词、毫无意义的句子，而且通篇都是谎言。

政治对抗文学：《格列佛游记》评析 [1]

　　《格列佛游记》至少从三个不同的角度对人性进行了攻击或批评，格列佛本人的隐含性格在这个过程中必然发生了一些变化。在这本书的第一部分，格列佛是典型的 18 世纪的旅行者，他大胆、脚踏实地，谈不上浪漫。开篇的人物生平细节，他的年龄（开始冒险之旅的时候，四十岁的他已经是两个孩子的父亲），以及他口袋里物品的清单，尤其是出现过几次的眼镜，都巧妙地让读者对这个人物留下了深刻的印象。在第二部分，他的性格总的来说也是一样的，但在故事需要的时候，他有一种变成蠢人的倾向，会吹嘘"我们高贵的国家，艺术和军事的霸主，法国的灾难"，等等；与此同时，他还揭露了这个他声称热爱的国家的所有丑闻。在第三部分，他和第一部分差不多，不过主要是在与朝臣和学者打交道，给人的印象是他的社会地位上升了。在第四部分，他的身上出现了一种令人厌恶的人性，这种人性在之前的章节中并不明显，或者只是间歇性地显现过，而且他变成了一个不信教的隐士，唯

---

① 首次发表于《论战》（第 5 期，1946 年 9 月至 10 月）。——编者注

一的愿望就是住在一个荒无人烟的地方，在那里他可以专心沉思慧骃国的美德。然而，塑造格列佛这个人物主要是为了提供一种对比，这一事实迫使斯威夫特有了这些前后不一致的描写。这是很有必要的，例如，格列佛这个人物应该在第一部分显得明智，而在第二部分至少间歇性地显得愚蠢，因为这两个部分的基本策略其实是一样的，就是把人想象成一个六英寸高的生物，让他看起来很可笑。只要格列佛没有在扮演丑角的时候，他的性格就会有一种连续性，尤其体现在他的足智多谋和他对具体细节的观察上。当他赶走不来夫斯库的战船时，当他撕开那只怪鼠的肚子时，当他驾着用野胡的皮制成的脆弱小圆筏在海上航行时，他几乎是作者用同样的散文风格描写的同一种人。此外，在格列佛较为精明的时候，人们很难不把他当作斯威夫特本人，而且书中至少有一件事可以看出斯威夫特似乎是在发泄自己对当时社会的不满。我们应该记得，当小人国皇帝的宫殿着火时，格列佛对着上面撒尿把火浇灭了。结果不但没有人夸赞他的镇定，他还因为在皇宫界域内撒尿而犯了死罪，书中有这样一段话：

> 我私下里知道，皇后对我的所作所为深恶痛绝，她搬到了皇宫最远处，下定决心绝不会再修缮这部分宫殿供她使用，而且她当着主要亲信的面忍不住发誓说要报仇。

根据 G. M. 特里维廉教授 [①] 的说法（当时英国处于安妮女王统治时期），斯威夫特未能获得提拔有一部分原因是安妮女王对他写

---

① G. M. 特里维廉（George Macaulay Trevelyan, 1876—1962），英国历史学家和学者，早年求学于剑桥大学三一学院。著作有《威克利夫时代（1368—1520）的英格兰》《英格兰史》等。

的《桶的故事》感到震惊——在这本小册子中，斯威夫特可能觉得自己为英国王室做了很大的贡献，因为它不仅狠批了非国教徒，对天主教徒更是进行了严厉抨击，同时对英国国教只字未提。无论如何都不会有人否认《格列佛游记》是一本充满仇恨和悲观的书，尤其是在第一部分和第三部分，它经常坠入一种狭隘的政治党派斗争之中。鼠肚鸡肠和宽宏大量，共和主义和独裁主义，热爱理性和缺乏求知欲，都混杂其中。斯威夫特认同的对人体的憎恶只在第四部分中占有主导地位，但不知何故，这种新的主要考虑因素并不令人感到意外。人们觉得所有这些冒险，所有这些情绪的变化，都有可能发生在同一个人身上，斯威夫特的政治忠诚与其最终的绝望之间的内在关联是这本书最有趣的特点之一。

在政治上，斯威夫特是那些被当时进步党的愚蠢行为逼得坚持一种反常的保守主义的人之一。《格列佛游记》的第一部分表面上是在讽刺人类的伟大，但如果我们深入一点去看，就能发现他其实是在抨击英国，抨击当时占主导地位的辉格党，抨击与法国的战争——不管同盟国的动机多么恶劣——这场战争确实使欧洲免遭一个单一的反动力量的专制统治。斯威夫特不是詹姆斯二世党人，严格来说也不是托利党人，在战争中他公开宣称的目标是达成一个温和的和平条约，而不是英国战败。然而，他的态度中还是有一丝卖国贼的色彩，这在这本书第一部分的结尾中就有所表现，并略微干扰到了寓意。当格列佛从小人国（英国）逃到不来夫斯库（法国）时，关于六英寸高的人天生就卑劣的设定似乎被抛弃了。在面对格列佛时，小人国的人背信弃义、极其卑鄙，而不来夫斯库的人却表现得慷慨而坦率，事实上，这本书的这一节是以一种不同的调子结束的，与之前章节中全面幻灭的调子很不一样。很明显，斯威夫特的敌意首先是针对英国的。"你的国人"（即格列佛的英国同胞）在大人国国王的眼里就是"于大自然无益的、所有在大地上爬行的可恶小害虫中最有害的一种"，结尾处谴责殖民和对外征服的一大段内容明明白白就是在针对英国，尽管他也精心地陈述了与之相反的情况。荷兰作为英国的盟友和斯威夫特最著名的一本小册子的批评对象，在《格列佛游记》的第三部分中或多或少也遭到了肆意的攻击。格列佛发现的这些国家都无法成为英国的殖民地，他对此感到满意并记录了下来，这段内容听起来甚至就像是斯威夫特的个人观点：

> 事实上，慧骃看来并没有为战争做好充分的准备，战争对它们来说是一门完全陌生的科学，它们根本不知道怎么对付发射型武器。然而，我要是军机大臣的话，决不会建议侵略它们……想象一下这样的场景：两万慧骃闯入欧洲军队中间，它们可怕的后蹄冲乱了阵形，掀翻了炮架，把战士们的脸揍成了木乃伊……

考虑到斯威夫特惜字如金，"把战士们的脸揍成了木乃伊"这句话很可能是在暗示他的一个秘密愿望，那就是他想看到马尔伯勒公爵①的无敌之师也遭到同样的下场。其他地方也有类似的处理。第三部分中提到的一个国家甚至也是这样的，"从某种意义上来说，大部分人民完全由发现者、证人、告密者、控告者、检察官、宣誓者，以及几个为他们提供帮助的人和下属组成，这些人

---

① 马尔伯勒公爵即约翰·丘吉尔（John Churchill, 1650—1722），英国军事家、政治家，安妮女王时代最有权势和财富的人，温斯顿·丘吉尔和戴安娜王妃都是他的后裔。

都隶属于国家大臣，并接受国家大臣的命令和报酬。"这个国家叫作兰登（Langdon），这个名字与英格兰（England）是只差一个字母的变位词。（由于这本书的早期版本存在印刷错误，所以兰登这个词原本的字母很可能与英格兰这个词完全一样。）斯威夫特对人类的排斥是足够真实的，但我们可以感觉到，他戳穿人类的伟大，抨击贵族、政客、宫廷宠臣等人，主要是针对本国人，原因是他所在的政党是失败的。他谴责不公和压迫，但没有证据表明他喜欢民主。尽管他的影响力更大，但他隐含的立场与我们今天数不清的愚蠢又聪明的保守主义者非常相似——例如艾伦·赫伯特爵士、G. M. 杨教授、艾尔顿勋爵、保守党改革委员会以及从 W. H. 马洛克算起的一大批天主教护教者，这些人专门讲一些损害"现代"和"进步"的精致笑话，他们的观点往往更加极端，因为他们知道自己无法影响事件的实际走向。毕竟，类似《证明基督教正在废除的辩论》这样的宣传册，就像害羞的蒂莫西从智囊团身上获得一点纯粹的乐趣一样，或者像罗纳德·诺克斯神父揭露伯特兰·罗素的错误一样。斯威夫特在《桶的故事》中对上帝的亵渎轻易就被原谅了——有时候还得到了虔诚信徒的原谅——这充分说明宗教情绪与政治情绪相比是多么的脆弱。

然而，斯威夫特思想中的反动投射并不主要表现在他的政治立场上。重要的是他对科学的态度，而且更广泛地说，是他对求知欲的态度。《格列佛游记》第三部分描述的那所著名的拉格多学院，无疑是对斯威夫特那个时代大多数所谓科学家的合理讽刺。值得注意的是，在拉格多学院工作的人被描述为"设计者"，也就是说，他们并不进行客观的研究，而只是搜寻那些能节省劳动力的、赚钱的小玩意。但是没有任何迹象表明"纯粹"科学在斯威夫特看来是一项有价值的活动——事实上，全书中有许多相反的迹象。第二部分中就有对更严肃的科学家的非难，例如当大人国国王资助的"学者们"试图解释格列佛矮小的身材时，斯威夫特是这样描述的：

> 经过反复讨论，他们一致断定我不过就是个"瑞尔普拉姆·斯盖尔卡斯"，按字面意思讲就是"天生的畸形物"。这是一种完全符合欧洲现代哲学的判定，欧洲现代哲学的教授们蔑视"神秘原因"这一古老遁词，因为亚里士多德的追随者没能用"神秘原因"这个词成功掩饰自己的无知，所以他们发明了这种可以解决一切难题的妙方，使人类的知识得到了难以言喻的提升。

如果单凭这一段，人们可能会认为斯威夫特只是伪科学的敌人。然而在许多地方，他也费尽心思地宣称，任何不以实际目的为导向的知识和推断都是无用的：

> （大人国的）知识是有很大缺陷的，他们的知识只覆盖道德、历史、诗歌和数学，应该承认，在这些方面他们确实出类拔萃。但是他们的数学完全应用在对生活有用的地方了，例如改进农业和所有机械艺术，因此在我们看来不足称道。至于理念、实体、抽象和超验这些，我根本无法向他们的头脑里灌输任何概念。

即使是斯威夫特理想中的慧骃，在机械方面也是落后的。它们对金属一无所知，从来不知道船是何物，确切地说，它们不事农耕（斯威夫特告诉我们，它们赖以为生的燕麦是"自然生长的"），而且似乎也没有发明轮子[1]。它们没有字母表，而且显然对物质世界没有太大的好奇心。它们不相信除了自己的国家之外还存在别的有人居住的国家，尽管它们了解太阳和月亮的运行规律，以及日食的性质，但"这是它们在天文学方面的最大进展"。相比之下，勒皮它飞岛的哲学家们总是沉浸在数学推导之中，所以在和他们说话之前，你必须先用佩有皮囊的短棍拍击他们的耳朵，以引起他们的注意。他们已经对一万颗恒星进行了编目，确定了93颗彗星的周期，并且在欧洲天文学家之前就发现火星有两个卫星——斯威夫特显然认为所有这些信息都是荒谬、无用和无趣的。正如人们所料，斯威夫特认为如果科学家有自己的位置，那就应该是在实验室里，而且科学知识与政治问题毫不相干：

> 我观察到他们对新闻和政治有一种强烈的倾向，没完没了地探询公共事务，对国家大事发表自己的看法，对党派意见进行寸土必争的激烈辩论，我认为这些事情完全不可理喻。事实上，在大多数我所知道的欧洲数学家身上我也观察到了同样的关心政治的倾向，尽管我在这两门科学之间找不到任何哪怕最细微的相似之处；除非他们认为，因为最大的圆和最小的圆都是360度，所以调控和管理这个世界所需要的能力并不比操作和转动一个地球仪更多。

---

[1] 书中说因为年龄太大而不能行走的慧骃乘坐"雪橇"或"一种像雪橇一样拉着走的交通工具"。这样的交通工具想必是没有轮子的。——作者注

"我在这两门科学之间找不到任何哪怕最细微的相似之处"，这句话听起来是不是有点耳熟呢？这恰恰是有名的天主教护教者的口吻，他们声称，当一个科学家就上帝的存在或灵魂不朽等问题发表意见时，他们就会感到吃惊。我们被告知，科学家只是某个限定领域的专家——那他的意见在别的领域怎么会有价值呢？这句话的言外之意是神学和化学一样，都是一门精确的科学，牧师也是专家，他在某些课题上的结论也必须被接受。斯威夫特实际上也替政客们做出了同样的声明，而且他更进一步，他不允许科学家——无论是"纯粹"科学家还是特定的研究人员——在他自己的领域里成为有用的人。就算他没有写《格列佛游记》的第三部分，我们也可以从这本书的其他部分中推断出他对研究自然的过程这个想法怀有憎恶，就像托尔斯泰和布莱克一样。他如此欣赏的慧骃国的"理性"，主要不是指从观察到的事实中得出逻辑推理的能力。虽然他从未对这种理性下过定义，但在大多数语境下他所指的似乎就是常识——也就是接受明显的事实，蔑视诡辩和抽象——或者说不冲动、不迷信。总的来说，斯威夫特以为我们已经知道了所需要知道的一切，只是错误地运用了我们的知识。比方说，医学是一门无用的科学，因为我们要是以一种更自然的方式生活，就不会有疾病。然而，斯威夫特并不是简单生活的支持者，也不欣赏高贵的野蛮人。他赞成文明，也赞成文明的艺术。他不仅知道良好的举止、得体的交谈，甚至是学习文学和历史的价值，也明白农业、航海和建筑都需要研究，而且改进后是有好处的。但他隐含的目标是一种静态的、没有求知欲的文明——希望他那个时代的世界更干净一点、更理智一点，没有激进的变化，也没有对未知世界的探究。他完全摆脱了为公众所接受的谬见，对过去，尤其是古典时代，推崇备至，并认为现代人在过去一百年里急剧堕落。[1] 在巫人岛，死者的灵魂可以随意召唤：

> 我要罗马的元老院出现在一个大房间里，就在我的面前，要现代国家正在对质的众议院议员出现在另一个房间里。前者看起来像是英雄和半神半人在集会，而后者则像是一群小贩、扒手、拦路强盗和地痞恶霸在集会。

尽管斯威夫特用第三部分的这一节来攻击有文字记录的历史的真实性，但他的批判精神在涉及古希腊人和古罗马人时就立刻消失不见了。当然，他也谈到了罗马帝国的腐败，但他对古代世界的一些领袖人物怀有一种近乎不理智的崇拜：

> 当我看到布鲁图斯的时候，便觉得肃然起敬，从他的每一寸面容上，我都可以很容易地看到最完美的美德，最伟大的勇气和最坚定的意志，最真诚的爱国精神，以及对人类的大爱……我有幸与布鲁图斯交谈许久，并被告知，他的祖先朱尼厄斯、苏格拉底、伊巴密浓达、小伽图、托马斯·莫尔爵士和他一起永垂青史，历朝历代都找不出第七个人够资格加入这个六人组。

我们应该注意到，在这六个人之中，只有一个是基督徒。这

---

[1] 斯威夫特声称他观察到的肉体堕落在当时应该就是事实。他将其归咎于梅毒，这在欧洲是一种新的疾病，而且当时可能比现在更致命。在 17 世纪，蒸馏酒也是一种新奇的东西，一开始肯定会导致酗酒的情况大大增加。——作者注

一点很重要。如果我们综合考虑斯威夫特的悲观主义、对过去的推崇、对人体的恐惧和求知欲的缺乏，就会得出在宗教反动派中普遍存在的一种态度，所谓的宗教反动派就是那些为不公正的社会秩序辩护的人，他们声称这个世界不可能有什么可观的改善，只有"来世"才是重要的。然而，斯威夫特没有表现出自己有任何宗教信仰的迹象，至少没有任何普遍意义上的宗教信仰。他似乎并不是真的相信人死后还有来世，而且他对善的理解是与共和主义、对自由的热爱、勇气、"仁爱"（实际上是指公德心）、"理性"以及其他异教徒的品质密不可分的。这让人想起斯威夫特身上还有另一种气质，与他对进步的怀疑和对人性的厌恶不太相符。

首先，他有时候是"建设性的"，甚至是"先进的"。偶尔的前后不一致几乎可以说是乌托邦小说活力的标志，斯威夫特有时也会在本应是纯粹讽刺的段落中插入赞美之词。因此，他关于年轻人教育的理念由小人国代言，在这个问题上小人国人们的观点与慧骃国一样。小人国还有各种社会制度和法律（例如他们有养老金，守法会得到奖励，违法会受到惩罚），斯威夫特希望这些制度在自己的国家也能盛行。他在这一段中没有忘记自己的讽刺意图，并补充道，"讲述这些制度以及后面会提到的法律时，我指的是最初的制度体系，而不是由于人类堕落的本性导致陷入了最可耻的腐败的制度体系"，但由于小人国应该是在影射英国，而英国从未有过能与他所说的相提并论的法律，因此很明显，这种提出建设性建议的冲动对他来说太过头了。斯威夫特对狭义上的政治思想做出的最大贡献是，他对现在被称为极权主义的东西进行了攻击，尤其是在这本书的第三部分。他对密探出没的"警察国家"有极其清晰的预见，这种国家会无休止地搜捕异端、宣判叛国罪，其实都是为了将公众的不满转化为对战争的狂热，进而消除这些不满。我们必须牢记，斯威夫特是从相当小的局部推导出了整体，因为在他那个时代，衰弱的政府并没有为他提供现成的实例。例如，书中有一个政治规划学院的教授，"给我看了一份很长的关于如何发现阴谋和密谋的说明书"，他声称可以通过检测人们的排泄物来探查他们不为人知的意图：

> 他通过频繁的实验发现，人们在排便时最认真、最缜密、最专注；在这样的紧要关头，一个人哪怕只是想一想怎样才是谋杀国王的最佳方式，他的排泄物就会呈现出绿色迹象；要是他想的只是发动一场叛乱，或者在都城放火，那他的排泄物也会呈现出完全不同的变化。

从我们的角度来看，这位教授和他对斯威夫特提出的理论并不是那么令人吃惊和恶心，因为在最近的一次国家审判中，在某人厕所里发现的一些信件就被当成了证物。同一章后文的描写读起来仿佛身处苏联大清洗中：

> 在垂不尼亚王国，也就是当地人所谓的兰登……从某种意义上来说，大部分人民完全由发现者、证人、告密者、控告者、检察官、宣誓者，以及几个为他们提供帮助的人和下属组成……他们首先达成一致并确定的问题是哪些嫌疑人应该被指控犯有阴谋罪；然后，他们会非常小心地保管好这些人的所有信件和文件，并用镣铐将这些人锁起来。这些信件和文件被送到一个由艺术家组成的小组手中，他们善于发现

隐藏在单词、音节和字母中的秘密含义……当这种方法失败时，他们还有另外两种更有效的方法，他们中的学者称之为藏头词解析法和变位词解析法。第一种，他们可以将所有的首字母解译为政治含义，因此"N"代表阴谋，"B"代表骑兵团，"L"代表海军舰队；第二种，通过调换任何可疑文件上的单词字母位置，他们可以揭开一个心怀不满的政党最深层的意图。举个例子，如果我在给朋友的信中说，"我们的兄弟汤姆刚刚得了痔疮"，那么一个熟练的破译者就能将这句话解析成："反抗——带一个阴谋回家——塔楼"。这就是变位词解析法。

同一个学院的其他教授发明了简化的语言，用机器写书，还把课程刻在薄饼上让学生吞下，用这种方式来教育他们，他们还提议把一个人的大脑切除一部分移植到另一个人身上，从而彻底消除个性。这些章节营造的氛围让我们感受到了一些奇妙的熟悉的东西，因为这些章节虽然混杂着大量戏弄的成分，但洞察到了极权主义的目的之一不仅是确保人们不去思考正确的思想，而且实际上是要让他们变得不那么清醒。另外，斯威夫特所描述的通常统治着一个野胡部落的领袖，以及起初是一个肮脏的工人、后来变成替罪羊的"宠儿"，都非常符合我们这个时代的模式。但是，我们能根据这些推断出斯威夫特首先是专制的敌人和智力自由的捍卫者吗？不能，因为就我们能辨别的而言，他自己的观点并不是明显的自由主义。斯威夫特一般都会憎恶国王、贵族、主教、将军、时髦的贵妇，阶层、头衔和奉承，这一点毫无疑问，但他似乎并不认为平民就比他们的统治者更好，也不赞成增进社会平等，也不热衷于代议机制。慧骃国的组织基础是一种种族性质的种姓制度，从事低级工作的马与主人的颜色不同，而且不能与主人通婚。斯威夫特所欣赏的小人国的教育体制将世袭的阶级差别视为理所当然，最贫穷阶层的孩子不上学，因为"他们的工作只是耕种土地……因此，他们的教育对公众来说没什么重要性"。尽管斯威夫特自己的作品受到了宽容的对待，但他似乎并没有强烈地支持言论和出版自由。大人国国王对英国宗教和政治派别的多样性感到震惊，并认为对于那些"对公众持有偏见"（根据上下文来看，这似乎仅指异端观点）的人，虽然不需要强迫他们改变观点，但应该强迫他们隐藏这些观点，因为"任何一个强迫人们改变观点的政府就是专制，而任何一个不要求人们隐藏观点的政府就是软弱"。格列佛离开慧骃国的方式较为微妙地暗示了斯威夫特自己的态度，至少是一种断断续续的暗示。斯威夫特有点像无政府主义者，《格列佛游记》的第四部分描绘了慧骃国，一个无政府主义社会，这个社会不受一般意义上的法律的支配，而是由每个公民都自愿接受的"理性"来支配。慧骃国的全国代表大会"劝诫"格列佛的主人赶走格列佛，他的邻居们向他施加压力，要他服从。对于这件事，斯威夫特给出了两个原因。第一个原因是格列佛这个不同寻常的野胡的存在可能会使部落其他成员感到不安；第二个原因是慧骃和野胡之间的友好关系"不符合理性，或者违背了自然，还是它们闻所未闻的事情"。格列佛的主人有点不愿意服从，但"劝诫"（斯威夫特告诉我们，慧骃从来不会被强迫做任何事情，只会被"劝诫"或"建议"）是不能忽视的。这很好地说明了斯威夫特所描绘的无政府主义或和平主义的社会愿景中明确存在极权主义倾向。在一个没有法律而且理论上不存在强制的社会里，公众舆论是人们行为的唯一裁决者。但由于群居动物有着强烈的从众欲望，因此公众舆论比任何法律体系都更不宽容。当人们被"汝不可"所支配时，个体可以表现出一定程度的古怪；当人们被所谓的"爱"或"理性"支配时，个体就会承受持续不断的压力，迫使自己与其他人保持完全一样的行为方式和思考方式。在斯威夫特笔下，所有慧骃在任何问题上的意见几乎都是一致的。它们曾经讨论过的唯一一个问题就是如何对付野胡。除此之外它们之间根本没有存在分歧的余地，因为事实总是要么不言自明，要么不可知或无关紧要。它们的语言中显然没有"意见"这个词，它们的对话中也不存在"情感差异"。事实上，它们已经达到了极权主义组织的最高阶段，也就是从众变得如此普遍，以至于连警察机关都不需要的阶段。斯威夫特赞成这种事情，因为他拥有的许多天赋中并不包括求知欲和宽厚的品性。在他看来，只要意见不合就完全是乖张任性。他这样描述慧骃的理性，"它们的理性和我们的不一样，我们的理性是人们可以围绕一个有疑问的观点从问题的两面进行合理辩论，而它们则是使你立即信服，它们必须这么做，因为只有这样理性才不会因为激情和兴趣而被混淆、蒙蔽或变色。"换句话说，既然已经无所不知，为什么还要容忍不同意见？由此产生的自然就是慧骃国那种没有自由也没有发展的极权社会。

我们认为斯威夫特是一个反抗者和反传统者，这一点没有问题，但除了在某些次要事项上外，例如他坚持女性应该接受和男性同样的教育，他并不能被视为"左派"。他是一个保守派的无政府主义者，蔑视权威却不相信自由，保留对贵族的期望却清楚地看到了当下贵族的堕落和可鄙。斯威夫特以他特有的方式对有钱有势的人进行了猛烈的抨击，正如我之前所说的，斯威夫特属于一个不那么成功的党派，就个人而言他也感到失望，他可能必须写些东西作为对这一事实的发泄。出于一些显而易见的原因，"在野者"总会比"在朝者"更激进 ①。斯威夫特最根本的一个特点是他没有能力去相信生活——脚踏实地的普通生活，而不是某种经过合理化和除臭处理的变体——可以被改造成值得过下去的样子。当然，没有哪个诚实的人会说成年人现在的常态就是幸福，但幸福或许可以变成常态，所有严重的政治争议其实都是围绕这个问题而展开的。托尔斯泰也是一个不相信幸福存在的人，斯威夫特和他有许多相似之处，我相信他们之间的相似之处比人们注意到的更多。在这两个人身上，你可以看到同一种掩盖着独裁主义思想的无政府主义世界观；他们对科学怀有类似的敌意，对对手同样的不耐烦，对自己不感兴趣的问题的重要性同样视若无睹，两个人其实都对生活的实际过程怀有一种恐惧，尽管在托尔斯泰身上出现得更晚一些，呈现的方式也有所不同。这两个男人在性方面的不幸并不属于同一类，但也有一个共同之处——都是发自内心的厌恶与病态的迷恋交织在一起。托尔斯泰是一个改过自新的浪子，他在生命的尾声宣扬彻底的独身主义，但一直到耄耋之年，他都过着与之相反的生活。斯威夫特大概患有阳痿，对人类的排泄物有一种夸张的恐惧；他也在不断地思考这个问题，这在他的

---

① 在这本书的结尾，作为人类愚蠢和邪恶的典型样本，斯威夫特列出了"律师、扒手、上校、弄臣、议员、赌棍、政客、嫖客、医生、证人、教唆犯、讼棍、卖国贼，或者类似的人"。人们从中看到的是无力者不负责任的暴力。这份名单把打破传统准则的人和遵守传统准则的人混为一谈。比方说，如果你不假思索就宣判一个上校有罪，那么你根据什么来给一个卖国贼定罪呢？又或者你想制裁扒手，你就必须有法律，这意味着你还必须有律师。但是在整个结尾部分，仇恨是如此真实，而给出的理由又如此不充分，在某种程度上无法令人信服。人们有一种这是个人仇恨在起作用的感觉。——作者注

作品中显而易见。像他们这样的人不太可能享受到大多数人的幸福，哪怕只是很少一部分他们也享受不到，而且出于很明显的动机，他们也不太可能承认尘世的生活能够得到很大的改善。他们缺乏求知欲，以及由此产生的不宽容，都源于同一个根源。

斯威夫特的憎恶、怨恨和悲观情绪在当下世界就是"来世"的前奏这一背景之下是有道理的。由于他似乎并不相信所谓的"来世"，所以他认为有必要在当下世界创造一片乐土，但这片乐土与我们所理解的完全不一样，只要是他不赞成的东西——谎言、愚蠢、变化、热情、快乐、爱和污秽——都被排除在这片乐土之外。他选择了马作为他理想的物种，因为这种动物的排泄物不会令人反感。慧骃是一种沉闷乏味的野兽——这一点已经被普遍承认，不值得费力讨论。斯威夫特的天赋会让人们觉得慧骃是可信的，但几乎没有读者会对慧骃产生除了反感之外的感觉。这并不是因为人们看到动物比人更受欢迎虚荣心受到了伤害；而是因为在慧骃和野胡中间，慧骃更像人类，而格列佛对野胡的恐惧，以及他的认知——认为野胡和自己是同一种生物——包含了一种逻辑上的荒谬。当他第一眼看到野胡时，这种恐惧就油然而生了。他这样说道："在我所有的旅行中，我从未见过如此恶心的动物，没有哪种动物让我天然地产生如此强烈的反感。"但是与什么东西相比，野胡才显得这么恶心呢？肯定不是慧骃，因为格列佛这时候还没有见过慧骃。所以只能是与格列佛自己相比，也就是与人类相比。然而，斯威夫特后来告诉我们，野胡也是人类，对格列佛而言人类社会之所以变得无法忍受，就是因为所有人都是野胡。既然如此，格列佛为什么没有早点意识到自己对人性的厌恶呢？实际上，通过斯威夫特的描写，我们得知野胡与人类之间存在着不可思议的差异，但他们又是一样的。斯威夫特愤怒到了极点，并对他的同类大吼道："你们比现在表现出来的样子更肮脏！"然而，我们不可能对野胡抱有太多同情，而且慧骃之所以不讨人喜欢并不是因为它们压迫野胡，而是因为支配它们的"理性"实际上是一种对死亡的渴望。慧骃不会受到爱、友谊、求知欲、恐惧、悲伤这些东西的影响，但它们对野胡的感觉除外，野胡在它们的社会里所处的位置与纳粹德国的犹太人相当——就是愤怒和仇恨的对象。"慧骃不喜欢自己的幼崽，它们在教育后代时所表现出的细心和关爱完全基于理性的要求。"它们不是不重视"友谊"和"仁爱"，只是"这些东西并不局限于特定的对象，而是普遍针对整个种族的"。它们也重视谈话，但它们的谈话中不存在意见分歧，而且所有的交流都是"用最少而且最扼要的词语来表达有用的事情"。它们施行严格的生育控制，每对夫妇生育两个孩子，然后不再同房。它们的婚姻都是长辈根据优生学原则安排的，它们的语言中没有表达（性意义上的）"爱"的词语。当有同伴死去的时候，它们会一如往常，不会感到任何悲伤。可见它们的目标就是在保留肉体生命的同时尽可能地像一具尸体。不过它们身上确实也有一两个特点似乎并不完全符合它们所说的"合乎理性"。它们不仅非常重视身体的强健，也喜欢运动竞技，还热衷于诗歌。但这些例外看上去像是作者随意设计的，其实未必如此。斯威夫特强调慧骃的身体力量应该是为了表明它们不可能被可恶的人类征服，而对诗歌的喜爱之所以成为慧骃的众多特点之一，可能是因为在斯威夫特看来，诗歌是科学的对立面，所有追求中最无用的就是诗歌。在第三部分中，他说勒皮它飞岛的数学家们完全缺乏"想象、幻想和发明"这三种令人向往的能力（尽管他们热爱音乐）。我们必须记住，尽管斯威夫特是一位令人钦佩的喜剧诗歌作家，但他自己认为有价值的诗歌就应该是说教诗。关于慧骃的诗歌，他这样说道：

> 它们的诗歌肯定超过了所有人类的作品，其诗歌中恰到好处的比喻、细致又精确的描述确实无与伦比，而这两方面在它们的诗句中随处可见；其诗歌通常包含友谊和仁爱这样崇高的概念，也包括对在赛跑和其他体育比赛中获胜的人的赞美。

可叹的是，即使是斯威夫特这样的天才也无法创造出一个样本来让我们评判慧骃的诗歌。但它们的诗歌听起来似乎是一种冷冰冰的东西（想必是英雄双韵体），而且没有严重违背"理性"的原则。

幸福难以描述，这是众所周知的事情，对一个公正而且秩序良好的社会的描绘一般都没什么吸引力，也很少能令人信服。然而，大多数"讨人喜欢的"乌托邦的创造者都想展示充实的生活是什么样子。斯威夫特主张直截了当地拒绝生活，并通过宣称"理性"就是挫败本能来维护这一主张。慧骃这种没有历史的生物，世世代代谨慎地活着，一直将自己的数量保持在完全相同的水平，免于一切激情，不受疾病折磨，冷漠地面对死亡，用同样的原则培养后代——而这一切又是为了什么呢？为了同样的过程可以无限地延续下去。这些概念——当下的生活是值得过的，它可以被改造成值得过下去的样子，必须为美好的未来牺牲当下的生活——都是不存在的。慧骃那种沉闷的世界是斯威夫特所能构建的最好的乌托邦，因为他既不相信"来世"，也不能从某些正常的活动中获得任何乐趣。但这个乌托邦本身并不是什么令人满意的东西，只是对人类的另一次批判。和往常一样，批判的目的是提醒人类自身软弱且荒谬，最重要的是散发着恶臭，以此来羞辱人类；斯威夫特最根本的动机可能是一种嫉妒，是鬼魂对活人的嫉妒，是知道自己不可能为比自己幸福一点的人而感到开心的人的嫉妒——他害怕别人比自己幸福。这种观点对应的政治表达肯定是反动或者无政府主义，因为持这种观点的人会想去阻止社会向某个可能使他的悲观情绪失望的方向发展。想做到这一点只有两条路，要么把一切都砸成碎片，要么防止社会变革。斯威夫特最终以一种在原子弹出现之前唯一可行的方式把一切都砸成了碎片——他发疯了——但正如我试图说明的那样，他的政治目标基本上都是反动的。

从我所写的这些内容来看，我似乎是反对斯威夫特的，我的目的好像是驳斥他，甚至是贬低他。结合我对他的理解，从政治意义和道德意义上讲，我确实是不认同他的。但奇怪的是，他也是我毫无保留地钦佩的作家之一，尤其《格列佛游记》，这是一本我可能永远都不会厌倦的书。我第一次读这本书是在八岁的时候——确切地说，是在离八岁还差一天的时候，因为那天我偷偷地读了这本本应该在第二天被当作八岁生日礼物送给我的书——算上那次，这本书我肯定读过不下六遍了。它的魅力好像无穷无尽。如果我不得不列一个清单，列出在所有书籍必须销毁时仅能保留的六本书，我肯定会把《格列佛游记》列在其中。这就带来了一个问题：赞同一个作家的观点和享受他的作品之间有什么关系呢？

如果一个人能做到理智的客观，就能从一个自己极不赞同的作家身上感知到他的优点，不过享受就是另一回事了。如果说艺术有好坏之分，那么好坏必定存在于艺术作品之中——事实上，这种好坏并不是独立于观察者的存在，而是独立于观察者情绪的存在。因此，一首诗在星期一是好诗，在星期二却是坏诗，这种事情在某种意义上是不可能的。但是，如果我们从诗歌欣赏的角度来评判它，那这种事情就肯定会发生，因为欣赏，或者说享受，是一种不可控制的主观状况。人活着的大部分时间里都不会有任何美的感受，即使是最有修养的人也一样，而且获得美的感受的能力也很容易被摧毁。当你害怕、饥饿、牙疼或晕船时，《李尔王》在你看来只怕还不如《彼得·潘》。从理智上来说你应该知道《李尔王》更好，但你只记得一个事实：在恢复正常之前，你感受不到《李尔王》好在哪里。审美判断还会由于政治或道德分歧的原因而遭到灾难性的颠覆——更灾难性的是这种原因还不容易辨别。如果一本书激怒了你，伤害了你，或者警告了你，那么无论这本书有什么优点，你都不会喜欢它。如果一本书在你看来是确实有害的书，像是要以某种不良的方式去影响他人，那么你很可能会构建一套审美理论来证明这本书绝无任何优点。现在的文学评论很大程度上就是在这两套标准之间来来回回。不过相反的情况也有可能发生，就算一个人很清楚地意识到自己正在享受的是一些有害的东西，享受也可以压倒不赞同。斯威夫特的世界观特别让人无法接受，但他仍然是一位极受欢迎的作家，这就是一个很好的例子。虽然我们坚信自己不是野胡，但为什么我们并不介意被称为野胡呢？

通常的答案是斯威夫特肯定错了，但这还不够，还要加上一点——其实他是疯了，但他还是一个"好作家"。的确，一本书的文学品质在某种程度上来说与其主题是分离的。有些人天生就有使用文字的天赋，就像有些人天生就有赌博下注的"好眼力"一样。这在很大程度上是一个掌握时机以及本能地知道应该使用多大强度的问题。刚才我引用的《格列佛游记》中的一段话就是很好的例子，开头是"在垂不尼亚王国，也就是当地人所谓的兰登"。这段话的效力主要来自于最后一句"这就是变位词解析法"。严格来说，这句话其实没有必要，因为我们已经看到变位词是怎么解析的了，但正是这种假装严肃的重复，使我们仿佛听到斯威夫特亲口说出了这些话，就像敲钉子的最后一击一样，将他描述的这种行为的愚蠢刻画得入木三分。就算斯威夫特的散文再有威力、再简洁，就算他的想象力再丰富，也无法将不是一个而是多个不可能存在的世界描述得比大多数史书的记载更可信——如果他的世界观真的很伤人或骇人听闻的话，那么他的任何优点都不会让我们觉得享受。世界各国数以百万计的人们肯定在享受《格列佛游记》的同时也或多或少看到了其中反人类的言外之意；即使是把第一部分和第二部分当成一个简单的故事的小孩子，想到六英寸高的人也会感到荒谬。那为什么人们还是会享受这本书？答案一定是人们并不觉得斯威夫特的世界观完全是错的——或者更准确地说，并不总是错的。斯威夫特是个病态的作家，他永远处于一种抑郁的情绪中，而这种情绪对大多数人来说只是间歇性的，就像一个得了黄疸病或有流感后遗症的人应该还是有精力写书一样。但我们都知道这种情绪，也知道我们内心的某些东西会对这种情绪的表达做出回应。举个例子，《女士的更衣室》是斯威夫特最具特色的作品之一，有人可能会加上类似的诗——《年轻美丽的仙女就寝》。这种诗歌所表达的观点，和隐藏在布莱克所说的"赤裸的女人形体是神圣的"这句话里的观点，哪一种更真实呢？毫无疑问布莱克更接近事实一些，然而当人们仅此一次看到欺骗和女性的娇美突然出现时，谁会不感到一种快乐呢？斯威夫特对世界的描绘是伪造的，他在人类的生活中只看到肮脏、愚蠢和邪恶，拒绝看到其他任何东西，但他从整体中提取出来的那一部分东西确实存在，而且是我们都知道却讳莫如深的东西。我们大脑的一部分——对任何正常人来说都是占主导地位的部分——相信人是一种高贵的动物，生活是值得继续的，但还有一个内在的自我，这个自我至少会间歇性地对生活的恐怖感到惊骇不已。快乐和厌恶以最奇怪的方式联系在一起。人体是美丽的，人体又是令人厌恶和可笑的，这一事实在任何一个游泳池里都可以得到验证。性器官是令人渴望的对象，又是让人嫌恶的对象，以至于在许多语言中，甚至在所有语言中，它们的名称都是用来骂人的脏字。肉是美味的，但肉铺却让人恶心；事实上，我们所有的食物从根本上来说都来自排泄物和尸体，而这两种东西对我们来说正是最可怕的。一个已经度过幼稚阶段但仍用新奇的眼光看待这个世界的孩子，他感到恐怖的次数和感到惊奇的次数一样多——鼻涕和唾沫、人行道上的狗屎、爬满蛆虫的将死的蛤蟆、大人身上的汗味、秃头大鼻子老人的可怕模样，都会令他感到恐怖。当斯威夫特没完没了地唠叨疾病、肮脏和畸形时，他其实并没有虚构任何东西，只是排除了一些东西。人类的行为，尤其是政治行为，确实如他所言，但是还包括一些他拒绝承认的其他更重要的因素。就我们所知，对于这个星球上的生命的延续来说，恐怖和痛苦都是必要的，因此像斯威夫特这样的悲观主义者可以这么说："如果恐怖和痛苦必定永远与我们相伴，那生活又怎能得到显著改善呢？"他的态度实际上是一种基督徒的态度，只不过他不相信"来世"——然而，比起"来世"，信众更加坚信今生就是苦难之旅而坟墓才是安息之所。我可以肯定地说这是一种错误的态度，而且是一种会对行为产生有害影响的态度；但我们内心的某些东西对这种态度做出了回应，就像对葬礼上悲戚的话语和乡村教堂里的尸体略带甜味的气味做出回应一样。

人们经常认为，至少那些承认主题重要性的人们经常认为，如果一本书表达了明显错误的人生观，那它就不可能"好"。例如，有人告诉我们，在我们这个时代，任何具有真正文学价值的书，或多或少也会带有"进步的"倾向。这忽略了一个事实——纵观历史，进步和反动之间一直激烈地进行着类似的斗争，而任何一个时代最好的书总是从几个不同的观点出发写成的，其中一些书的观点明显比另一些更错误。就作家的宣传者身份而言，人们最多只能要求他应该真诚地相信自己所说的话，而且他说的话不能愚蠢得离谱。例如在今天，人们可以想象一本好书的作者是一个天主教徒、一个共产主义者、一个法西斯主义者、一个和平主义者、一个无政府主义者，或者一个老派的自由民主党人、一个普通的保守党人；但不能想象他会是一个巫师、一个布克曼主义者或一个三K党成员。一个作家所持的观点必须符合一个在医学意义上神智健全、有持续思考能力的人的观点；除此之外，我们对他的要求是要有天赋，这里所说的天赋大概是坚定的信仰的另一种说法。斯威夫特不具备一般的智慧，但他确实拥有一种可怕的洞察力，能够找出一个隐藏的真相，然后将其放大并扭曲。《格列佛游记》的经久不衰表明，哪怕是一种勉强称得上合乎情理的世界观，只要背后有信仰的力量，也足以创作出一部伟大的艺术作品。

写作生涯的代价 [①]

编者按：曾有一份调查问卷针对几位作家提出了几个问题，1946 年 9 月，乔治·奥威尔在《地平线》杂志上发表了对这些问题的答复——《写作生涯的代价》。这几个问题是：

1. 你认为一个作家需要多少生活费？

2. 你认为一个严肃作家能靠写作挣到这个数目吗？如果能的话，怎么挣到？

3. 如果不能，你认为最适合他的第二职业是什么？

4. 你认为作家的精力向其他工作转移会使文学蒙受损失，还是会使文学更加丰富？

5. 你认为国家或其他机构应该为作家做更多的事情吗？

6. 你对自己解决生计的方法满意吗？对于那些希望靠写作谋生的年轻人，你有什么具体的建议吗？

1. 按照目前的购买力，我认为对于一个已婚男人来说，在缴

---

① 首次发表于《地平线》（1946 年 9 月）。——编者注

纳所得税后每星期至少需要十英镑，未婚男人每星期至少需要六英镑。我应该这么说，一个作家最理想的收入——还是按照目前的购买力——大约是每年一千英镑。有了这样的收入，他就可以生活在相当舒适的环境中，不用再面对讨债，不用再为了钱写些粗制滥造之作，但也不会觉得自己肯定已经进入了特权阶层。我不认为人们可以理所当然地期待一个拿着工薪阶层收入的作家尽自己最大的努力去写作。他首要的必需品是一个舒适、温暖、肯定不会被打扰的房间，这对他来说就像木匠的工具一样不可或缺。尽管这听起来并不过分，但如果从家庭安排的角度来看，这意味着要有相当高的收入。作家的工作是在家里完成的，如果他们不想一些办法的话，那就会受到几乎无休止的打扰。要防止被打扰就得直接或间接地花钱。还有，作家需要大量书籍和期刊，他们得有空间和家具来归档文件，他们在通信上花销很大，他们至少需要兼职秘书的帮助，而且他们之中的大多数人很可能会通过旅行、通过生活在他们认为合意的环境中、通过享用最喜欢的食物、通过邀请朋友出去吃饭或留宿来助力自己的写作。所有这些都是要花钱的。按理想来说，我希望看到每一个人都获得相同的收入，不过前提是收入相当高，但如果要有区别的话，我认为作家的收入应该位于中档，按照目前的标准，这意味着大约每年一千英镑。

2. 不能。有人告诉我，在英国，仅仅靠写书为生的最多只有几百人，而且其中大多数可能都是写侦探小说之类的作家。从某种程度上来说，像埃塞尔·M.戴尔这样的人比严肃作家更容易避免出卖节操。

3. 如果安排得当，不至于占用他全部的时间，我认为他的第二职业应该是非文学类的工作，要是还能符合志趣就更好了。比方说，我可以想象一个银行职员或保险代理人晚上下班回家后写一写严肃作品，但如果一个人已经把精力耗在了一些半创造性的工作上，例如教学、播音或者为英国文化委员会这样的机构撰写宣传文章，晚上还要继续写作的话，那就太过辛苦了。

4. 只要没有耗尽一个人的全部时间和精力，我觉得这种转移就是有益的。毕竟，一个人必须与世事有所接触，否则他有什么可写的呢？

5. 国家唯一能做的有用的事情就是把更多公共资金用于为公共图书馆购买图书。如果我们要实现完整的社会主义，那么作家显然必须得到政府的支持，并且应该被放在较高收入群体的位置上。但只要我们的经济还像现在这样，既有大量的国有企业，也有大量的私人资本主义，那么一个作家和国家或任何其他有组织的机构之间打交道越少，对他本人和他的作品就越有利。一方面，任何一种有组织的赞助都带有一些附加条件。另一方面，老式的私人赞助实际上把作家变成了某个富人的附庸，这种方式显然是不可取的。到目前为止，最好、最不苛刻的赞助人是广大公众。不幸的是，英国公众现在不愿意花钱买书，尽管他们的阅读量越来越大，而且我应该说，他们的平均品位在过去二十年里大大提高了。我相信英国公民目前平均每年花在书上的钱大约是一英镑，而花在抽烟喝酒上的钱却差不多高达二十五英镑。因为物价和税收，英国公民很容易被迫花掉更多的钱，甚至在不知情的情况下——例如在战争时期，由于财政部对英国广播公司进行了补贴，所以人们在收听广播节目上的花费要比往常多得多。如果能说服政府拨出更多经费直接用来购买书籍，而不是在这个过程中接管整个图书行业，并将其变成宣传机器，我想作家的处境会变得轻松一些，而且文学也会从中受益。

6. 就我个人而言，我很满意，也就是说我在财务方面很满意，因为我很幸运，至少在过去几年里很幸运。一开始，我不得不拼命挣扎，如果我听从别人对我说的话，我就永远不会成为一个作家。甚至直到最近，每当我写了一些我认真对待的东西时，总会遇到强大的力量试图阻止我出版，有时候这种力量来自某些相当有影响力的人。对于一个意识到自己身上有些东西的年轻作家，我能给出的唯一忠告就是不要接受别人的忠告。当然，在财务上我可以指点一二，但除非拥有某种天赋，否则即使我说了也没有用。如果一个人只是想通过写东西来谋生，那么英国广播公司、电影公司和类似的公司照理说是有帮助的。但是，如果一个人的主要目的是成为作家，那么在我们这个社会中，他就属于可以被包容但不被鼓励的一类人——有点像麻雀——如果他从一开始就认识到自己的处境，他会发展得更好。

李尔王、托尔斯泰和傻瓜 [1]

托尔斯泰的宣传册是他作品中最鲜为人知的部分，他对莎士比亚的抨击 [2] 甚至是很不容易获得的资料，至少很难看到英译本。因此，在讨论《莎士比亚和戏剧》这本宣传册之前，如果我先对它做一个总结或许会有些用处。

托尔斯泰开篇就说道，莎士比亚在他心中激起了"一种不可抗拒的反感和厌倦"，这种感觉贯穿了他整个人生。他意识到文明世界的观点与他相反，于是尝试去读了莎士比亚的一部又一部作品，把俄语版、英语版、德语版等各种版本读了又读，但结果是"我始终都有同样的感觉，排斥、厌倦和困惑"。如今，在七十五岁的高龄，他又重读了莎士比亚的全部作品，包括历史剧，然而：

> 这种同样的感觉甚至更强烈了——然而这一次我没有困
> 惑，而是坚定地、毫无疑问地确信——莎士比亚所享有的不

① 首次发表于《论战》（第 7 期，英国伦敦，1947 年 3 月）。——编者注
② 托尔斯泰在 1903 年写了一本名为《莎士比亚和戏剧》的宣传册，目的是介绍另一本宣传册，即欧内斯特·克罗斯比的《莎士比亚和工人阶级》。——作者注

容置疑的伟大天才的荣耀，迫使我们这个时代的作家去模仿他，迫使读者和观众去发现他身上根本不存在的优点——从而扭曲了他们对审美和伦理的理解——这是一种大恶，每一个谎言都是如此。

托尔斯泰还补充说，莎士比亚不仅不是天才，甚至连"一个普通作家"都算不上，为了证明这是事实，他仔细审视了《李尔王》，这部作品已经被捧到了天上，而且可以作为莎士比亚最好作品的一个范例，这一点他可以引用黑兹利特、布兰德斯等人的话来说明。

然后托尔斯泰对《李尔王》的情节进行了某种阐释，发现每一个情节都是愚蠢的、冗长的、不自然的、莫名其妙的、浮夸的、粗俗的、乏味的，而且充满了不可信的事件、"狂乱的胡话"、"并不好笑的笑话"，年代错置、无关情节、污言秽语、陈腐的戏剧惯例，以及其他一些道德和美学上的错误。托尔斯泰说莎士比亚的《李尔王》，不管怎么说，都是抄袭了另一部年代更早也更好的《莱尔王》，他剽窃了这部由无名氏创作的几乎同名的戏剧作品，然后毁了它。这里有必要引用一段典型的段落来说明托尔斯泰分析《李尔王》的方式。他对第三幕第二场进行了这样的总结（李尔王、肯特和傻瓜一起在暴风雨中）：

李尔王在荒地上走来走去，说了一些话来表达他的绝望；他希望风刮得更猛一些，让风吹裂脸颊，让雨水淹没一切，让闪电烧焦他的白色胡须，让天雷将这个世界夷为平地，消灭所有"让人忘恩负义"的根源！傻瓜说了一些更不知所谓的话。肯特上场，李尔王说，在这场风暴中，出于某种原因，所有的罪犯都将被找出并被定罪。李尔王还是没有认出肯特，肯特努力劝说他在一个棚屋里暂避。这时候傻瓜说了一段与场景毫无关系的预言，然后他们都离开了。

托尔斯泰对《李尔王》的最终定论是，只要是未被催眠的观察者——如果存在这样的观察者的话——就不可能怀着"反感和厌倦"之外的任何感觉把《李尔王》从头到尾读一遍。"莎士比亚其他所有备受赞誉的戏剧"也都一模一样，"更不用说那些毫无意义的戏剧故事了，例如《伯里克利》《第十二夜》《暴风雨》《辛白林》《特洛伊罗斯》和《克瑞西达》"。

在论述了《李尔王》之后，托尔斯泰对莎士比亚提出了更全面的指控。他发现莎士比亚具备某种技巧，这在一定程度上源于莎士比亚当演员的经历，但除此之外就没有任何优点了。莎士比亚没有任何描绘人物的能力，也没有任何使言语和行动从情境中自然浮现的能力，他所使用的语言一律夸张又可笑，他不断地将自己的胡思乱想强行安排成某个恰好方便说话的人物的台词，他的表现"完全不存在美感"，他的文字"与艺术和诗歌没有任何共同之处"。托尔斯泰总结道："你喜欢怎么看莎士比亚都行，但他不是一个艺术家。"此外，托尔斯泰还认为他的观点既非独创也无趣味，他的倾向属于"最低级和最不道德的"。说来也怪，托尔斯泰最后的评判并不是基于莎士比亚自己的话，而是根据格维努斯①和布兰德斯这两位评论家的言论。根据格维努斯的说法（或者至少是托尔斯泰对格维努斯的解读），"莎士比亚教导说……人

---

① 格维努斯（Gervinus），哥廷根七君子之一，代表作有《德意志诗歌史》《十九世纪史概论》。

们或许善良过头了"。而在布兰德斯看来，"莎士比亚的基本原则是……只要目的正当，就可以不择手段"。托尔斯泰在自己的叙述中补充道，莎士比亚是一个沙文主义爱国者，属于最糟糕的那一类，除此之外，他认为格维努斯和布兰德斯真实而准确地描述了莎士比亚的人生观。

然后，托尔斯泰用几段话概括了他在其他地方更详细地表达过的艺术理论。简而言之，就是对题材的庄严，以及真诚和精湛技艺的要求。伟大的艺术作品必须涉及一些"对人类生活很重要"的主题，必须表达作者的真实感受，必须使用能够产生预期效果的技术手段。由于莎士比亚眼界低劣，手法潦草，而且甚至一刻都不能做到真诚，所以他显然应该受到谴责。

但是这里出现了一个难题。如果莎士比亚就是托尔斯泰指出的那样，那他又是怎么得到如此普遍的赞赏的呢？很明显，答案只能归结于一种集体催眠，或者说是一种"传染性暗示"。不知何故，整个文明世界都被蒙骗了，以为莎士比亚是一位优秀的作家，即使是再清楚不过的反证也不会给人们留下任何印象，因为这涉及的不是理性的意见，而是某种类似宗教信仰的东西。托尔斯泰说，纵观历史，可以看到这种"传染性暗示"层出不穷——例如十字军东征、寻找点金石、一度席卷荷兰的郁金香种植热潮等。他引用了一个当代的例子，颇有些意味深长，那就是德雷福斯事件，全世界都在没有足够理由的情况下为这个案子激动不已。此外，还有对新的政治和哲学理论，对某个作家、艺术家或科学家的短暂狂热——例如，（在1903年）"开始被人们遗忘"的达尔文。在某些情况下，对一个毫无价值的流行偶像的喜爱可能会持续好几个世纪，因为"这种狂热碰巧因特殊的有利原因而产生，又恰好与社会上传播的人生观非常一致，尤其是在文学界，这种狂热可以保留很长时间"。在相当长的一段时间里，莎士比亚的戏剧一直备受赞誉，这是因为"它们与他那个时代和我们这个时代的上层阶级无信仰、不道德的思想状态很一致"。

至于莎士比亚成名的方式，托尔斯泰解释说，这是由于 18 世纪末德国教授们的"粉饰"。他的名声"起源于德国，然后从那里传到了英国"。德国人选择抬高莎士比亚，是因为当时德国的戏剧不值一提，而且法国的古典文学开始显得冷淡和做作，他们迷上了莎士比亚的"情节的巧妙发展"，还发现莎士比亚很好地表达了他们对生活的态度。歌德宣称莎士比亚是一位伟大的诗人，于是其他所有评论家都纷纷跟在后面鹦鹉学舌，这种普遍的迷恋从那时起一直持续到现在。其结果是戏剧的进一步贬值，以及流行道德观的进一步堕落，托尔斯泰在谴责当代戏剧时小心翼翼地把自己的剧本也包括在内。由此又可以推断出"对莎士比亚的虚假赞颂"是一种大恶，而托尔斯泰认为与之斗争是自己的职责所在。

这就是托尔斯泰这本宣传册的主要内容。人们的第一感觉是当托尔斯泰把莎士比亚描述成一个糟糕的作家时，他说的一些话明显不真实。但事实并非如此。实际上，没有任何证据和论据可以证明莎士比亚或其他作家"好"，也没有任何方法可以明确地证明哪个作家"坏"——例如证明沃里克"坏"。归根结底，除了能否存续之外，文学没有任何检验标准，而存续本身就是一种表明多数人意见的指标。像托尔斯泰这样的艺术理论是毫无价值的，因为这种理论不仅以武断作为出发点，还以模糊的措辞（"真诚的""重要的"等）作为基础，人们可以选择用任何方式解释这些措辞。准确地说，人们无法回应托尔斯泰的抨击。有意思的是他为什么要抨击？顺便提一句，托尔斯泰使用了许多没有说服力和不诚实的论据，这一点也值得注意。这些论据中有一些值得指出，不是因为它们证明托尔斯泰的主要指控是谬误，而是因为它们可以说是存有恶意的证据。

首先，正如托尔斯泰两次声称的那样，他对李尔王的审视并没有做到"不偏不倚"。恰恰相反，这是一种持续很久的歪曲。很明显，当你给一个没读过原著的人概括《李尔王》的时候，如果你以这种方式介绍一段重要的台词（如李尔王看着考狄利娅在自己怀中死去时所说的台词）："李尔王令人讨厌的胡言乱语又开始了，听了让人害臊，感觉就像蹩脚的笑话一样。"那你肯定没有真正做到不偏不倚。在一长串的例子中，托尔斯泰对他所评论的段落原文都进行了轻微的改动和染色，他总是以这样一种方式使情节显得更繁复、更不可信，或者使语言显得更夸张。例如，尽管李尔王退位的原因（他老了，不想再操劳国务）在第一场就已经明确说明了，但托尔斯泰却告诉我们李尔王"没有退位的必要和动机"。我们可以看到，就在我前面引用的段落中，托尔斯泰故意曲解了一个短语，并稍微改变了另一个短语的意思，使一段原本在上下文中足够合理的言辞变得毫无意义。尽管这些误读本身都算不上很恶劣，但它们的累积效应会扩大人们在心理上认为这部戏没有条理的感觉。还有，托尔斯泰无法解释为什么莎士比亚的戏剧在他去世两百年的时候（也就是在所谓"传染性暗示"开始之前）仍在出版，仍在戏院上演；而且他对莎士比亚成名的全部说法都是夹杂着绝对的错误陈述的臆测。再有，他的各种指控相互矛盾，例如，他一方面说莎士比亚只是一个演员，而且"不认真"，但另一方面又说莎士比亚不断地把自己的想法塞进他的角色的嘴里。总之很难感觉到托尔斯泰的批评是带着善意说出的。无论如何他都不可能完全相信他自己的主要论点——也就是说，在一个世纪乃至更长的时间里，整个文明世界都被一个巨大而明显的谎言所蒙蔽，只有他一个人举世独醒。当然，他不喜欢莎士比亚是千真万确的，不过原因可能与他所宣称的不一样，或者有一部分不一样，而这正是他这本宣传册的有趣之处。

在这一点上，人们不得不开始猜测。然而也存在一个可能的线索，或者至少存在一个可能指出线索的问题，那就是托尔斯泰有三十多部戏剧可供选择，为什么会独独挑选《李尔王》作为他的特别目标呢？诚然，《李尔王》家喻户晓，备受赞誉，堪称莎士比亚最佳作品的代表，然而，出于恶意分析的目的，托尔斯泰应该会选择一部他最不喜欢的戏剧。他对这部戏怀有特别的敌意，或许是因为他在有意无意间察觉到李尔王的故事和他自己的经历有些相似，难道没有这种可能吗？但我们最好从相反的方向去接近这条线索——也就是审视《李尔王》本身，以及托尔斯泰没有提及的那些品质。

英国读者在读到托尔斯泰这本宣传册的时候，首先会注意到的问题之一是书中几乎没有将莎士比亚视为一个诗人。莎士比亚被视为剧作家并且备受欢迎，这一点不假，但托尔斯泰认为原因只是他利用舞台艺术的伎俩为聪明的演员提供了很好的机会而已。就英语国家而言，这种说法肯定是错误的；莎士比亚爱好者最视若珍宝的几部戏剧（例如《雅典的泰门》）很少上演，或者根本从未上演过，而一些最具表演性的戏剧，例如《仲夏夜之梦》，却最不受欣赏。那些最喜欢莎士比亚的人首先看重的是他对语言的运用，也就是"以文述乐"，就连另外一位怀有敌意的评论家萧伯纳也承认这种语言"无法抗拒"。托尔斯泰对这一点却视而不见，而且他似乎没有意识到，对于用母语写诗的人来说，一首诗可能具有特殊的价值。然而，就算你把自己放在托尔斯泰的位置上，试着把莎士比亚看作一位外国诗人，你仍然可以清楚地看到托尔斯泰漏掉了一些东西。诗歌似乎不仅仅是一个声音和联想的问题，也不是在它自己的语族之外就毫无价值，否则为什么一些诗歌，包括用死语言写的诗歌能够成功地超越国界呢？很明显，像"明天是圣瓦伦丁节"这样的诗句确实无法令人满意地翻译出来，但在莎士比亚的主要作品中，有一些可以被称为诗歌的东西还是能够从文字中分离出来的。作为一部戏剧作品，托尔斯泰说《李尔王》算不上非常好是对的。它太长了，人物和次要情节都太多了。有一个坏女儿应该就足够了，埃德加也是个多余的角色。的确，如果把格洛斯特和他的两个儿子都剔掉，这部戏很可能会更好。然而，在这种复杂和冗长之中，还是有一些东西幸存了下来，或许是一种模式，或许只是一种气氛。《李尔王》可以被想象成一部木偶剧，一部哑剧，一部芭蕾舞剧，或者一系列的图画。其中一部分诗歌或许是最精髓的部分，是这个故事本身所固有的，既不依赖于任何特定的词语，也不依赖于有血有肉的呈现方式。

闭上你的眼睛，想一想这部作品，如果可能的话不要想任何对话。你在脑海中看到了什么？至少我看到的是这样的画面——一位威严的老人，身着黑色长袍，须发皆白，随风飘散，像是布莱克笔下的人物（但说来也怪，他也很像托尔斯泰笔下的人物），他在暴风雨中漫无目的地游荡，诅咒上苍，身边是一个傻瓜和一个疯子。接着场景发生了变化，老人仍然在咒骂，仍然什么都不明白，他怀里抱着一个死去的女孩，而背景是被吊在绞刑架上的傻瓜。这就是这部戏剧最基本的框架，但即使在这里，托尔斯泰也想要删掉大部分必要的内容。他反对暴风雨，因为暴风雨在他看来是多余的；他反对傻瓜这个角色，因为傻瓜在他眼里只不过是一个乏味的讨厌鬼和用来开拙劣玩笑的借口；他反对考狄利娅的死，因为在他看来考狄利娅的死剥夺了这部戏的道德寓意。根据托尔斯泰的说法，莎士比亚的《李尔王》就是对更早的一部《莱尔王》的改编，他对这部更早的戏剧作品做出了这样的评价：

> 结尾比莎士比亚写得更自然，也更符合观众的道德需求，也就是说，高卢国王征服了两位姐夫，考狄利娅不但没死，还恢复了李尔王原来的地位。

换句话说，这部悲剧原本应该是一部喜剧，或者是一部情节剧。值得怀疑的是悲剧意识与对上帝的信仰到底相不相容；悲剧意识至少与对人的尊严的怀疑不相容，也与当美德无法获胜便觉得遭到欺骗的那种"道德需求"不相容。真正的悲剧是美德无法获胜，但人们仍然认为人要比毁灭他的力量更高贵。还有一点或许更重要，那就是托尔斯泰找不到傻瓜这个角色存在的理由。傻瓜对这部戏来说不可或缺，他不仅扮演了一个旁白解说的角色，通过比其他角色更聪明的评论使核心情况变得更清晰，还衬托了李尔王的狂乱。他的笑话、谜语和零散的押韵短诗，对李尔王的傲慢、愚蠢的无休止的挖苦，从纯粹的嘲笑到悲伤的诗歌（"你放弃的所有其他头衔，那是你与生俱来的"），像一股理智的清流一样贯穿全剧，时不时地提醒我们，尽管这里正在上演不公、残忍、阴谋、欺骗和误解，但生活还是基本一如既往。从托尔斯泰对傻瓜的不耐烦中，我们可以窥见他与莎士比亚更深层次的分歧。他反对莎士比亚戏剧的粗枝大叶、不切主题、情节不可信和语言夸张，这也不无道理，但从根本上来说，他最反感的很可能是某种勃勃生机，某种对生活的实际过程仅仅是感兴趣而不是从中获得乐趣的倾向。把托尔斯泰当成一个攻击艺术家的卫道士是错误的。他从来没说过艺术本身是邪恶或毫无意义的，甚至也没说过精湛的技巧不重要。但在晚年，他的主要目标是缩小人类意识的范围。一个人的兴趣，一个人对物质世界的依恋和日复一日的斗争，必须尽可能减少，而不是尽可能增多。文学必须包含寓言，必须去掉细节，并且几乎完全不依赖于语言。寓言本身必须是艺术作品，但乐趣和好奇心必须排除在外，这一点是托尔斯泰与一般的庸俗的清教徒的不同之处。科学也必须脱离求知欲。他说，科学的任务不是去发现发生了什么事情，而是教人们应该如何生活。历史和政治也都一样。许多问题（例如德雷福斯事件）根本就不值得解决，他很愿意将这些问题束之高阁。事实上，他关于"狂热"或"传染性暗示"的整个理论——这种将十字军东征与荷兰人种植郁金香的热情混为一谈的理论——表明他愿意把人类的许多活动仅仅看作是蚂蚁一样的来回奔波，既无法解释又没有乐趣。他显然无法忍受莎士比亚这种混乱无序、细致详尽、东扯西拉的作家。他的反应就像一个被吵闹的孩子缠着的烦躁的老人。"你为什么老是那样跳上跳下呢？你为什么不能像我一样安静地坐着呢？"在某种程度上，老人是对的，但问题是孩子的肢体里有一种感觉，而老人已经失去了这种感觉。倘若老人知道这种感觉的存在，结果只能是增加他的恼怒；如果可能的话，他会使孩子也变得衰老。托尔斯泰或许不知道他在莎士比亚身上错过的是什么，但他意识到自己错过了一些东西，并坚决认为其他人也应该被剥夺了解这些东西的权利。托尔斯泰不但生性专横，而且自私自利。在他长大成人后，还会偶尔在生气时打他的仆人，根据为他作传的英国传记作家德里克·利昂的说法，后来他"经常会感到一种冲动，哪怕遇到最轻微的挑衅，他也要扇那些与他意见相左的人耳光"。通过皈依宗教并不一定能改掉这种脾气，事实上，脱胎换骨的幻觉明显会使一个人天生的恶习变得比以前更变本加厉，尽管在形式上可能会更不易察觉。托尔斯泰能够做到放弃身体上的暴力行为，也明白这意味着什么，但他做不到宽容和谦逊，即使是从未读过他其他作品的人，也可以从这本宣传册中推断出他有精神欺凌的倾向。

然而，托尔斯泰并不是简单地试图剥夺别人自己没有享受到的乐趣。他是这么做了，但他对莎士比亚的反对有更深层次的原因。这是面对生活时的宗教态度和人文主义态度之间的争论。我们再回到《李尔王》的主旋律上，尽管托尔斯泰对这部戏的情节进行了一些细节上的阐述，但他没有提到主旋律。

《李尔王》是莎士比亚戏剧中少数明确表达某些内容的戏剧之一。许多胡扯的文章把莎士比亚说成是哲学家、心理学家、"伟大的道德导师"等等。关于这一点，托尔斯泰的抱怨是公正的。莎士比亚不是一个系统的思想家，他最严肃的思想都是通过不相关的或间接的方式表达出来的，而且我们不知道他的写作在多大程度上是带有"目的"的，甚至不知道他公认的作品中有多少是真正出自他手。在他的十四行诗中，甚至从未提及戏剧是他取得的成就中的一部分，尽管他确实以一种似乎有些羞愧的方式间接提到过自己的演员生涯。他完全有可能认为自己的戏剧作品中至少有一半是为了赚钱而写的粗制滥造之作，几乎没考虑目的性和合理性，只要能把一些或多或少适合舞台的东西拼凑在一起就行，而这些东西通常都是偷来的素材。然而这还不是全部。正如托尔斯泰自己所指出的那样，莎士比亚有一个习惯，就是在他笔下的人物口中插入一些不必要的泛泛之论。这是剧作家的一个严重错误，但这与托尔斯泰所描绘的莎士比亚的形象并不相符，托尔斯泰认为莎士比亚是一个没有自己见解的低俗写手，只想用最少的努力获得最大的效果。但莎士比亚在 1600 年之后创作的十几部戏剧毫无疑问都有意义，甚至有道德寓意。它们都围绕着一个中心主题，在某些情况下，这个主题可以简化为一个单词。例如，《麦克白》讲的是野心，《奥赛罗》讲的是嫉妒，《雅典的泰门》讲的是金钱。《李尔王》的主题是放弃，只有故意视而不见的人才不能理解莎士比亚在说什么。

李尔王放弃了自己的王位，但希望大家继续把他当作国王。他不明白，如果他交出权力，其他人就会利用他的弱点；他也不明白，那些最奉承他的人，例如里根和高纳里尔，正是会背叛他的人。一旦李尔王发现自己不能再像以前那样让别人听命于他时，他就会暴跳如雷，托尔斯泰形容这种暴怒"奇怪而且不自然"，但实际上这完全符合人物的性格。在疯狂和绝望中，他经历了两种情绪，这从他的处境来看也是很自然的，尽管在其中一种情绪里，他可能在一定程度上被莎士比亚当成了表达自己观点的代言人。一种情绪是厌恶，李尔王在这种情绪中忏悔，因为他曾经是一个国王，并且第一次领悟了形式正义和庸俗道德的腐烂不堪。另一种情绪是无力的愤怒，他在这种情绪中幻想着对那些对他不好的人实施报复。例如：

让一千个烧红的烤肉签带着咝咝声朝他们刺去！

以及：

> 用毛毡包住一队骑兵的马蹄，
> 这是一条妙计；
> 我要验证这条计策，
> 等我偷偷潜入我那两个女婿的军营，
> 我就杀、杀、杀、杀、杀、杀！

直到最后，他才意识到，作为一个理智的人，权力、复仇和胜利都是不值得的：

> 不，不，不，不！来吧，让我们到监牢里去……
> ……在监牢的四壁之内，
> 我们将冷眼看着那些朋比为奸的党徒随着月亮的圆缺而升沉。

但是当他明白这些的时候已经太晚了，因为他和考狄利娅的死已经注定了。这就是李尔王的故事，除了故事讲述过程中有一些笨拙之外，这是一个非常好的故事。

但这个故事与托尔斯泰本人的经历难道不是出奇地相似吗？两者之间有一种普遍的相似之处，人们几乎不可能看不到，因为托尔斯泰人生中令人印象最深刻的事件就是一场巨大的、无缘无故的放弃，这一点与李尔王的人生是一样的。在托尔斯泰的晚年，他放弃了自己的财产、头衔和著作权，并进行了一次尝试——一次真挚的尝试，尽管没有成功——脱离自己的特权地位，去过农民的生活。但两者之间更深层次的相似在于，托尔斯泰和李尔王一样，都是出于错误的动机，也都没有得到自己想要的结果。按照托尔斯泰的说法，每个人的目标都是幸福，而幸福只有通过执行上帝的意志才能获得。但是，执行上帝的意志意味着抛弃一切世俗的快乐和追求，并且只为别人而活。因此，托尔斯泰最终放弃了这个世界，希望这样能让自己更快乐。然而，如果说关于他的晚年有一件事情可以确定的话，那就是他不快乐。相反，他几乎被周围人的行为逼疯了，这些人正是因为他的放弃而迫害他。和李尔王一样，托尔斯泰并不谦逊，也没有识人之明。尽管他穿着农民的衣服，但常常还是会倾向于恢复贵族的看法，而且他甚至也有两个曾经信任、最后和他反目成仇的儿子——当然，他们的行为不像里根和高纳里尔那样耸人听闻。他对性行为的嫌恶达到了夸张的程度，这一点与李尔王明显也很相似。托尔斯泰说婚姻是"奴役、满足、排斥"，意味着要忍受身边的"丑陋、肮脏、臭味、疼痛"，这与李尔王情感爆发时的那句名言如出一辙：

> 腰带以上属于天神，
> 腰带以下全归魔鬼，
> 那里是地狱，
> 那里是黑暗，
> 那里是硫黄火坑，
> 吐着熊熊烈焰，发出熏人恶臭，把一切烧成了灰。

托尔斯泰在写关于莎士比亚的文章时并没有预见到两人在这一点上的相似，也没有预见到甚至连他生命的终章——他毫无计划地突然出走，身边只有一个忠心的女儿陪伴，最后死在一个陌生村庄的小屋里——似乎也带有某种追忆李尔王的幻象。

我们当然不能假设托尔斯泰意识到了这种相似之处，哪怕有人向他指出这一点，他也不会承认。但他对这部戏剧的态度一定受到了其主题的影响。放弃权力，放弃土地，对托尔斯泰来说是一个感触颇深的话题，因此，他很可能对莎士比亚在《李尔王》中所描绘的道德比对其他戏剧中——例如《麦克白》——所描绘的道德感到更加愤怒和不安，因为这些戏剧与他自己的生活没有那么密切的联系。但《李尔王》这部戏剧里的道德究竟是什么呢？显然有两种，一种直截了当，另一种则隐含在故事之中。

莎士比亚一开始就假设，让自己变得无权无势就会招致攻击。这并不意味着每个人都会背叛你（例如，肯特和傻瓜就始终站在李尔王这边），但十有八九会有人这么做。如果你扔掉自己的武器，一些不那么讲良心的人就会把它们捡起来。如果你被别人打了左脸，又把右脸伸过去，就会再挨一下打，而且打得比第一次还重。并不是说每次都会这样，但这也是意料之中的事情，如果真的发生了，你就不该去抱怨。你挨的第二下打可以说是你又把右脸伸过去这个动作的一部分。因此，这是由傻瓜引出的庸俗的、常识性的道德："不要放弃权力，不要放弃你的土地。"但还有另一种道德，莎士比亚从来没有用如此多的文字来予以表述，而且他对此是否有充分的意识也并不重要。它就包含在故事里，而故事毕竟是他为了自己的目的虚构或改编的。另一种道德是："如果你想放弃你的土地，你可以这样做，但不要指望这样做就能得到幸福。

你很可能不会得到幸福。如果你想为别人而活，那就必须做到为别人而活，而不是拐弯抹角地为自己谋取利益。"

显然，这两种结论都不可能让托尔斯泰满意。第一种道德表达的是托尔斯泰真正想要摆脱的那种普遍的、贪婪无度的自私。另一种道德则与他既想吃掉蛋糕又想留着蛋糕的欲望相冲突——他想摧毁自己的利己主义，并通过这样做来获得永生。当然，《李尔王》并不是一场支持利他主义的布道。它只是指出了出于自私而进行克己忘我的结果。莎士比亚身上的世俗气相当重，如果非要他在自己的剧本中选择立场的话，那他很可能会同情那个傻瓜，但至少他可以看到整个问题，并从悲剧的层面来处理它。恶有恶报，但善无善报。莎士比亚后期的悲剧作品中的道德不是一般意义上的宗教道德，所以当然也不是基督教道德。其中，只有《哈姆雷特》和《奥赛罗》这两个故事被认为发生在基督教时代，然而即使是这两个故事，除了《哈姆雷特》中鬼魂的闹剧之外，也没有任何迹象表明存在一个拨乱反正的"来世"。所有这些悲剧都始于一种人文主义的假设——尽管生活充满悲伤，但仍然值得活下去，而且人是一种高贵的动物——这恰恰是托尔斯泰晚年并不认同的信念。

托尔斯泰不是圣人，但他殚精竭虑地要把自己塑造成圣人，而且他在文学上应用的标准是超凡脱俗的。圣人和凡人之间的区别是种类的不同，而不是程度上的不同，认识到这一点很重要。也就是说，我们不能把一方视为另一方的不完美形态。圣人，至少是托尔斯泰那种圣人，并不是要试图改善世俗生活；他是要试图结束世俗生活，并用别的不一样的东西取而代之。关于这一点，一个明显的表达就是他宣称独身主义"高于"婚姻。托尔斯泰实际上是说，只要我们愿意停止生育、打斗、挣扎和享受，只要我们能去除我们的罪恶，也去除所有将我们束缚于尘世的其他东西——包括爱，那么整个痛苦的过程就会结束，天国就会到来。但是一个正常的人并不想要这样的天国，他想要尘世的生活继续下去。这不仅仅是因为他"软弱"、"有罪"、渴望"快乐时光"。大多数人从他们的生活中都获得了相当多的乐趣，但总的来说，生活还是痛苦的，只有非常年轻或非常愚蠢的人才会把生活想象成别的样子。托尔斯泰的态度在本质上是一种利己主义和享乐主义的基督教态度，因为其目标总是逃离尘世生活的痛苦挣扎，在某种天国或涅槃中寻求永恒的宁静。人文主义的态度则是斗争必须继续，而死亡就是生命的代价。"人们必须忍受死亡，就像必须忍受降生到这个世界上一样，一切自有安排"——这是一种非基督教的想法。在许多情况下，人文主义者和宗教信徒之间看起来好像处于休战状态，但实际上他们的态度无法调和，人们必须在今世和来世之间做出选择。而对于绝大多数人来说，如果他们理解了这个问题，都会选择今世。当他们继续工作、生育、死亡，而不是为了那个在别处获得新生的希望而损害自己的官能时，他们其实已经做出了选择。

我们对莎士比亚的宗教信仰了解得不多，从他的作品来看，很难看出他有什么宗教信仰。但不管怎么说，他不是圣人，也不是准圣人；他就是一个人，而且是一个在某些方面不算很好的人。例如，他喜欢与有钱有势的人为伍，而且能够以最卑躬屈膝的方式奉承他们，这都是很明显的事情。在表达不合时宜的观点时，他的态度即使算不上懦弱，但很明显也是慎之又慎的。他几乎从来都不会让自己倾向于认同角色说出任何颠覆性或怀疑论的言论。

纵观他的戏剧作品，那些尖锐的社会评论家，那些没有被公认谬误蒙蔽的人，都是小丑、恶棍、疯子、装疯卖傻或者处于暴力的歇斯底里状态的人。《李尔王》就是一部这种倾向特别明显的作品，其中包含了大量遮遮掩掩的社会批判——托尔斯泰没有注意到这一点——但这些话要么出自傻瓜之口，要么是埃德加装疯时的胡言乱语，要么是李尔王发狂时所说的话。李尔王在神志清醒的时候几乎没说过一句明智的话。莎士比亚不得不使用这些花招恰恰说明了他的思路有多么宽广。他无法克制自己，几乎对所有事情都要发表评论，尽管他为此戴上了一系列面具。如果一个人曾用心读过莎士比亚，那他恐怕每天都会引用莎士比亚的话，因为莎士比亚讨论或者在一些地方用他那种不算系统但很有启发性的方式提到过的重要主题非常多。那些散落在他每一部戏剧作品中无关紧要的东西——双关语、谜语、人物名单、类似《亨利四世》中搬运工之间的对话的零散"报告文学"、下流笑话、被遗忘的民谣中的幸存片段——只不过是活力过剩的产物而已。莎士比亚既不是哲学家，也不是科学家，但他确实有好奇心，他热爱人间和生命的过程——应该再强调一遍，这与想过好日子和尽可能长寿并不是一回事。当然，莎士比亚的作品之所以能传世，并不是因为他的思想品质，如果他不是同时也是一位诗人的话，人们甚至可能都不会记得他这位剧作家。他对我们的主要影响是通过语言。从皮斯托尔的话里或许可以推断出莎士比亚对以文述乐的痴迷有多深。皮斯托尔说的话多半没有意义，但如果你把他的台词单独拿出来细看，那就是修辞华丽的诗句。很明显，莎士比亚脑海中总是不由自主地浮现出一段又一段响亮的废话（"让洪水泛滥吧，贪吃的恶魔在嚎叫"等等），于是他不得不杜撰一个半疯不疯的角色来把这些废话用完。

托尔斯泰的母语不是英语，因此我们不能责怪他对莎士比亚的诗句无动于衷，甚至也不能责怪他拒绝相信莎士比亚的语言技巧与众不同。但托尔斯泰还否定了以诗歌的神韵来评判诗歌价值的整个概念——也就是将诗歌视为一种音乐来评判。就算有什么方法可以向托尔斯泰证明他对莎士比亚成名过程的全部理解都是错误的，证明至少在英语世界里，莎士比亚的流行是真实的，仅仅是他把一个音节与另一个音节放在一起的技巧就给一代又一代说英语的人带来了极大的乐趣——托尔斯泰也不会把其中任何一点当作是莎士比亚的优点，相反他很可能把这些都视为缺点。在他看来，这些不过是又一次证明了莎士比亚及其仰慕者没有宗教信仰、被世俗利益束缚的本质。托尔斯泰会说，诗歌就是要根据其意义来评判，而诱人的声音只会导致错误的含义被忽视。在每一个层面上，这都是同一个问题——今世与来世之争，而且以文述乐肯定是属于这个世界的东西。

关于托尔斯泰的性格，一直以来人们都持一种怀疑态度，就像人们对甘地的性格持怀疑态度一样。一方面，他并不像有些人说的那样，是一个庸俗的伪君子，若不是他周围的人，尤其是他的妻子，对他的每一步都横加干涉的话，他很可能会强行让自己做出比现在更大的牺牲。但另一方面，接受托尔斯泰的追随者对他的评价是很危险的。始终存在这样一种可能性——实际上这种可能性很大——那就是，托尔斯泰这种人只不过是把一种形式的利己主义换成了另一种形式的利己主义。托尔斯泰放弃了财富、名誉和特权，放弃了一切形式的暴力，并做好了为此受苦的准备，但我们很难相信他也放弃了强迫原则，或者至少放弃了强迫他人的欲望。有些家庭的父亲会对他的孩子说，"如果你再这么干，你就会挨一顿暴揍"，而母亲则会眼中噙满泪水，将孩子抱在怀里，满怀怜爱地轻声说道，"好了，亲爱的，你这么做对妈妈好吗？"谁会认为第二种方法没有第一种方法那么专制呢？真正重要的区别不是暴力和非暴力之间的区别，而是对权力有欲望还是没有欲望。有些人坚信军队和警察都是邪恶的，然而表面上看，与那些认为在某些情况下有必要使用暴力的普通人相比，他们的思想观念却更不宽容，更像宗教法庭。他们不会对别人说"你要这么做，要那么做，否则就会蹲监狱"，但如果有可能的话，他们会进入别人的大脑，支配别人的思想，连最细微的细节也不放过。像和平主义和无政府主义这样的信条，表面上似乎暗含着对权力的彻底放弃，实则是在鼓励这种思维习惯。因为，如果你信奉的是一种似乎摆脱了普通的政治肮脏的信条——一种你自己都不能指望从中获得任何物质利益的信条——这肯定能证明你是正确的，对吧？而且你越是正确，就越会自然而然地认为应该强迫其他所有人也这么想。

如果我们相信托尔斯泰在他的这本宣传册里所说的话，那他就是一个从来都无法看到莎士比亚的任何优点的人，而且还是一个总会惊讶地发现同时代的俄国作家——例如屠格涅夫、费特和其他一些人——和他意见相左的人。我们可以肯定，在托尔斯泰未转变信仰的时期，他的结论应该是："你喜欢莎士比亚——我不喜欢。那咱们就到此为止吧。"后来，当他变得不包容的时候，就开始认为莎士比亚的作品对他来说是很危险的东西了。人们越是喜欢莎士比亚，就越不想听托尔斯泰说的话。因此，他觉得不能允许任何人欣赏莎士比亚，就像不能允许任何人喝酒和抽烟一样。

诚然，托尔斯泰不会用武力去阻止他们。他并没有要求警方没收每一本莎士比亚的作品。但如果有可能的话，他会诬蔑莎士比亚。他会试图进入每一个莎士比亚爱好者的脑子里，用他所能想到的各种伎俩来扼杀这些人的乐趣，包括那些自相矛盾、甚至真实性值得怀疑的论据——正如我在对他这本宣传册的总结中所展示的一样。

但最后我们发现，最惊人的一点是这一切都无关紧要。就像我之前说的，人们无法就托尔斯泰的这本宣传册、至少无法就其中的主要指控予以回应。没有任何论据可以为一首诗辩护。一首诗只能通过传世来为自己辩护，否则就无从辩护。如果这个检验标准有效的话，我认为对莎士比亚的判决肯定是"无罪"。像所有其他作家一样，莎士比亚迟早也会被遗忘，但不太可能再有人对他提出比托尔斯泰更严重的指控。托尔斯泰或许是他那个时代最受人钦佩的文学家，而且作为宣传册作家，他在当时肯定也不算是末流，他使出浑身解数痛斥莎士比亚，就像一艘战列舰的所有火炮同时开火一样。然而结果是什么呢？四十年过去了，莎士比亚仍然丝毫不受影响，至于企图毁掉莎士比亚的托尔斯泰，除了一本几乎没人读过的、页面泛黄的宣传册，什么也没留下，要不是他还写过《战争与和平》和《安娜·卡列尼娜》，这本宣传册会被人完全遗忘。

作家与利维坦 [①]

　　作家在国家监控时代的地位这个主题，已经被相当广泛地讨论过了，尽管大部分据说可能与之相关的证据还没有找到。在这里，我并不想就国家赞助艺术表达支持或反对的观点，只是想指出，什么样的国家统治我们，在一定程度上取决于盛行的知识氛围；也就是说在一定程度上取决于作家和艺术家自己的态度，以及他们是否愿意保持自由主义精神的活力。如果十年后我们发现自己在日丹诺夫 [②] 这样的人面前卑躬屈膝，那很可能就是我们自作自受。很明显，英国的文学知识分子已经出现了强烈的极权主义倾向。但在这篇文章里，我关心的不是任何有组织的、有意识的运动，例如共产主义运动，而只是关心那些怀有善意、思考政治、需要在政治上选边站队的人所受到的影响。

　　这是一个政治时代。战争、法西斯主义、集中营、橡皮警棍、原子弹等等，都是我们每天思考的东西，因此在很大程度上，我

---

① 作于 1948 年 3 月，首次发表于《政治与文学》(1948 年夏季刊)。——编者注
② 安德烈·日丹诺夫 (Andrei Zhdanov, 1896—1948)，苏联政治家，曾任苏联共产党中央书记处书记，是斯大林的得力助手，致力于控制意识形态，其思想被称为日丹诺夫主义。

们也在写这些东西，即使我们没有公然写出它们的名字。我们对此无能为力。当你在一艘即将沉没的船上时，你的思想自然是围绕这艘船的。但是，这不仅使我们的题材范围缩小了，并且使我们对文学的整体态度也沾染了忠诚的色彩，而我们至少会时不时地意识到这种忠诚与文学无关。我常常觉得，即使在最好的时代，文学评论也是骗人的，因为在没有任何公认标准的情况下，每一个能够使某本书是"好"还是"坏"这种评述变得有意义的外来参考——每一个文学评判，其目的都在于编造一套规则来为某种本能的偏好辩护。如果一个人对一本书有反应的话，他的真实反应通常是"我喜欢这本书"或者"我不喜欢这本书"，接着便是将这种反应合理化。但我认为，"我喜欢这本书"并不是一种非文学的反应，非文学的反应是"这本书的立场和我一样，因此我必须发现其中的优点"。当然，如果一个人出于政治原因赞扬一本书，他在情感上可能也是真诚的，因为他确实对这本书感到强烈的认同，但另一种情况也经常发生，那就是政党的团结需要一个赤裸裸的谎言。任何一个经常为政治期刊写书评的人都很清楚这一点。一般来说，如果有人委托你为一篇与你意见一致的文章写评论，那么接受委托就是你的过错，如果是一篇与你意见相反的文章，那么不写就是你的过错。总而言之，无数有争议的书——支持或反对苏联的书，支持或反对犹太复国主义的书，支持或反对天主教会的书，等等——在它们被人们阅读之前就已经被评判了，而且实际上在它们被写出来之前就已经被评判了。人们事先就知道这些书将在什么样的文章里受到怎样的对待。然而，带着一种有时候几乎是无意识的不诚实，人们维持了一种假象——真正的文学标准正在被应用。

当然，政治对文学的介入是必然的。即使极权主义这个特殊问题从未出现，政治肯定也已经介入了文学，因为我们已经形成了某种祖辈所没有的负罪感，认识到了这个世界巨大的不公和苦难，有一种认为自己应该为此做些什么的内疚感，这些使我们不可能再对生活采取纯粹的审美态度。现在，没有人能像乔伊斯或亨利·詹姆斯那样一心一意地投身文学。但不幸的是，承担政治责任现在还意味着让自己屈服于正统观念和"党的路线"，意味着怯懦和不诚实。与维多利亚时代的作家相比，我们的劣势在于我们生活在鲜明的政治意识形态之中，而且通常一眼就能看出哪些思想是异端邪说。一个现代文人在生活和写作中总是胆战心惊——事实上，他并不是害怕广泛意义上的公众舆论，而是害怕所在群体的公众舆论。所幸，通常情况下不止一个群体存在，然而在任何时候都存在一个占主导地位的正统观念，要想冒犯这个正统观念，你的脸皮就得厚，而且有时候这种冒犯还会导致你的收入连续几年都要减半。很明显，在过去大约十五年里，主流的正统观念一直都是"左"，尤其是在年轻人当中，关键词是"进步""民主"和"革命"，而你必须不惜一切代价避免让自己贴上的标签是"资产阶级""反动派"和"法西斯"。如今，几乎每个人，甚至连大多数天主教徒和保守党人都是"进步派"，或者至少希望被认为是"进步派"。据我所知，没有人会说自己是"资产阶级"，就像一个足够有文化、听到过"反犹主义"这个词的人不可能承认自己支持"反犹主义"一样。我们都是优秀的民主主义者，我们反法西斯、反帝国主义、不受种族偏见的影响等。无疑，现在的"左派"正统比二十年前盛行的那种相当势利、假装虔诚的保守正统要好，当时占主导地位的文学杂志是《标准》和（层次较低的）《伦敦水星》。因为至少"左派"正统暗含的目标是一种许多人真正想要的、可行的社会形式。但它也有自己的谬误，因为这些谬误不能被承认，所以导致某些问题不可能得到认真的讨论。

整个左翼的意识形态，无论是科学化的还是乌托邦式的，都是由那些不可能立刻获得权力的人发展起来的。因此，这是一种极端主义的意识形态，完全蔑视国王、政府、法律、监狱、警察部队、军队、旗帜、边境、爱国主义、宗教和传统道德，事实上就是蔑视一切现存的秩序。在世人的记忆里，所有国家的左翼势力都在与一个似乎不可战胜的暴政作斗争，而人们很容易认为，只要这个特定的暴政——资本主义——能被推翻，社会主义就会随之而来。此外，左派从自由主义那里继承了某些明显值得怀疑的信念，例如，真理终会获胜而迫害会自取灭亡，或者人性本善而习相远。这种完美主义的意识形态几乎存在于我们所有人心中，例如，当工党政府赞成将巨额国家收入献给国王的女儿们或者在钢铁产业国有化问题上表现出犹豫时，我们正是以这种意识形态的名义表示的抗议。但我们的头脑中也堆积了一系列未被承认的矛盾，这是我们与现实不断碰撞的结果。

第一个大的碰撞是俄国革命。出于某些复杂的原因，几乎所有英国左派都不得不接受苏联政权为"社会主义"，同时他们又认识到苏联政权的实践与所谓的"社会主义"是不同的。因此出现了一种精神分裂式的思维方式，在这种思维方式中，像"民主"这样的词可以承载两种互相矛盾的含义，像集中营和大规模驱逐这样的事情可以同时既是对的又是错的。接下来对左翼意识形态的另一个打击是法西斯主义的兴起，它动摇了左翼的和平主义和国际主义，但并没有导致左翼明确重申这些信条。德国占领的经验教会了欧洲人民一些殖民地人民早就知道的东西，也就是阶级对立并不是至关重要的事情，而民族利益这种东西是存在的。希特勒之后，人们很难严肃地坚信"敌人就在自己的国家里"和民族独立毫无价值这两种观念。但是，尽管我们都知道这一点，而且会在必要时采取行动，但我们仍然觉得为此大声疾呼是一种背叛。最后，最大的困难是左派现在大权在握，他们有义务承担责任，并做出真正的决定。

左翼政府几乎总是让他们的支持者失望，因为即使他们所承诺的繁荣可能实现，也始终需要一个令人很不舒服的过渡期，然而几乎没有人事先提到过这个过渡期。眼下我们看到的是我们的政府处于绝望的经济困境之中，实际上它正在与自己过去鼓吹的东西作斗争。我们现在所处的危机并不是像地震那样的突如其来的灾难，也不是由战争导致的，战争所起的作用只是加速危机。在几十年前，我们可以预见这类事情将来会发生。19世纪以来，英国的国民收入——一部分源自对外投资的利息，源自殖民地国家有保证的市场和廉价的原材料——一直都极不稳定。可以肯定的是，问题迟早会出现，到时候我们将不得不使我们的出口额与进口额保持平衡。当这种情况发生时，英国人的生活水平，包括工人阶级的生活水平，必然会下降，至少是暂时下降。然而，左翼政党从来没有把这些事实讲清楚，即使在他们大声反对帝国主义的时候。有时候，他们准备承认英国工人在某种程度上从对亚洲和非洲的掠夺中获得了好处，但他们总是让我们觉得可以放弃掠夺，并且在某种程度上还能设法保持繁荣。确实，工人阶级之所以被说服支持社会主义，在很大程度上就是因为社会主义者告诉工人阶级他们是被剥削者，然而残酷的事实是，从世界范围来看，他们也是剥削者。现在看来，工人阶级的生活水平显然已经无法维持，更不用说提高了。就算我们把富人全部消灭，大多数人还是不得不减少消费或增加收入。我是不是夸大了我们所处的困境呢？也许是吧。不过如果确实是我错了，我会感到高兴。但我想说的是，这个问题在忠于左翼意识形态的人们中间是不可能得到真正讨论的。降低工资和增加工作时间让人觉得本质上是反社会主义的措施，因此无论经济状况如何，这种措施都必须预先被排除在外。谁要是暗示这么做可能是不可避免的，就会有被贴上那些我们都害怕的标签的风险。逃避这个问题，并假装我们可以通过重新分配现有的国民收入来解决一切问题，要安全得多。

接受一种正统观念总是意味着接受一些尚未解决的矛盾。比如，所有敏感的人都对工业主义及其产品感到反感，但同时他们也意识到，要克服贫困、解放工人阶级，需要的不是减少工业化，而是进一步扩大工业化。再比如，某些工作是绝对必要的，但只有在某种强制下才能完成。还有，如果一个国家没有强大的武装力量，就不可能有积极的外交政策。我们还可以举出很多这种例子。在每一种类似的情况下，都可以得出一个十分明确的结论，但只有当一个人私下里对官方意识形态不忠诚时，他才能得出这个结论。人们正常的反应是把这个悬而未决的问题挤到脑海中某个角落，然后继续重复那些自相矛盾的口号。随便翻一翻评论和杂志，我们就能发现这种思维的影响。

当然，我并不是说精神上的不诚实是社会主义者和左翼分子特有的问题，也不是说在他们身上最普遍。我只是说接受任何政治纪律似乎都会与文学的完整性产生冲突。这同样适用于像和平主义和人格主义这种宣称自己站在普通政治斗争之外的运动。事实上，仅仅听到以"主义"结尾的词似乎就会让人感到宣传的意味。群体的忠诚是必要的，但只要文学是个人的产物，群体的忠诚对文学就是有害的。一旦允许群体的忠诚对创造性写作产生任何影响，哪怕是负面的影响，其结果就是弄虚作假，而且往往还会导致创造力真正地枯竭。

那么然后呢？难道我们必须得出"远离政治"是每个作家的责任这样的结论吗？当然不是！正如我之前已经说过的，像现在这样的时代，任何一个有思想的人无论如何都不可能真正地置身于政治之外。我只是建议，我们应该在对政治的忠诚和对文学的忠诚之间画上一条比现在更鲜明的分界线，还应该认识到，一个人愿意去做某些令人反感但很有必要的事情，并不意味着他有义务全盘接受那些通常与之伴随的信仰。当一个作家参与政治时，他应该是作为一个公民、一个人，而不是作为一个作家。我认为作家没有权利仅凭他的敏感就可以逃避政治上普遍的脏活累活。就像其他人一样，他也应该准备好在透着寒风的大厅里演讲、在人行道上用粉笔写写画画、游说选民拉选票、分发传单，甚至在必要的时候参加内战、上战场打仗。但无论他为自己的政党做什么，他都不应该为自己的政党写作。他应该清楚地表明，他的写作是另外一件事情。如果他愿意，他应该能够在采取合作行动的同时完全不接受官方的意识形态。他永远不应该因为某一个思路可能会走向异端而放弃这个思路，而且如果他的非正统思想被别人识破，他也不应该太在意，因为它十有八九会被识破。一个作家如果现在不被怀疑有反动倾向，或许对他来说甚至是一个不好的迹象，就像二十年前不被怀疑同情共产主义对作家来说就是不好的迹象一样。

但是，这一切是否意味着一个作家不仅应该拒绝政治大佬的摆布，而且应该避免写关于政治的文章呢？我再说一次，当然不是！如果一个作家自己愿意的话，他可以用最粗略的政治方式写作。但只有作为一个单独的个体，一个局外人，最多作为正规军侧翼一个不受待见的游击队员时，他才能这样做。这种态度与普通的政治效用是相当兼容的。例如，有人愿意参加一场战争，原因是他认为应该赢得这场战争，但同时他又拒绝写战争宣传，这是合理的。有时候，如果一个作家是诚实的，他的作品和他的政治活动实际上有可能相互矛盾。在某些情况下，这显然是不可取的，但补救的办法不是篡改自己的冲动，而是保持沉默。

　　建议一个有创造力的作家在冲突时期必须把他的生活分成两部分听起来好像有点失败主义，或者不够严肃，然而在实践中，我看不出除此之外他还能怎么做。把自己关在象牙塔里是不可能的，也是不可取的。如果你主观地屈服于一个政党机器，甚至屈服于一个群体的意识形态，就等于毁了你自己作为一个作家的身份。作家会觉得这个进退两难的困境非常痛苦，因为他们看到了参与政治的必要性，同时也看到了政治是多么肮脏、可耻。但是大多数作家仍然有一个挥之不去的信念——每一个选择，甚至每一个政治选择，都是在善与恶之间做出抉择，如果一件事是必要的，那这件事也是对的。我认为作家应该摆脱这种属于幼稚园的信仰。在政治上，一个作家只能决定两害相权取其轻，而且在某些情况下，一个作家只有表现得像魔鬼或疯子一样才能幸免于难。例如，战争可能就是必要的，但战争肯定是不对的，也是不理智的。就连大选也不完全是一场令人愉快或很有启发的盛会。如果作家必须参与这些事情——我认为他必须参与，除非他被年迈、愚蠢或虚伪像铠甲一样紧紧包裹住了——那他也必须保护自己的一部分不受侵犯。对于大多数人来说，这个问题不会以同样的形式出现，因为他们的生活已经分裂了。他们只有在闲暇时才算是真正地活着，他们的工作和政治活动之间没有任何情感联系，通常也不会有人以政治忠诚的名义要求他们贬低自己作为工人的身份。然而，艺术家，尤其是作家，被要求做的事情却正是贬低自己的身份——事实上，这是政治家对作家提出的唯一要求。如果他拒绝，并不意味着他注定要无所作为。他的另一面，从某种意义上来说也是他的全部，可以像其他人一样毅然决然地行动，甚至也可以像其他人一样在必要时采取暴力。但他的作品，就其价值而言，始终都是更清醒的那一面的产物，那个自我站在一边冷眼旁观，记录着已经完成的事情，承认这些事情的必要性，但拒绝被它们的真实本质欺骗。

附：我的简历 [①]

1903 年，我出生在孟加拉的莫蒂哈里，是一个侨居印度的英国家庭的第二个孩子。1917 年至 1921 年，我在伊顿公学接受教育，因为我很幸运地获得了奖学金，但我在那里没有完成任何作品，学到的东西也很少，我不觉得伊顿公学对我的人生产生了很大的影响。

从 1922 年到 1927 年，我在缅甸的印度帝国警察部队服役。我放弃了这份工作，一部分原因是那里的气候已经损害了我的健康，还有一部分原因是我已经有了关于写书的模糊念头，但主要原因还是我不能再为帝国主义服务了，我已经认为帝国主义在很大程度上是一种敲诈勒索了。当我回到欧洲时，我在巴黎生活了一年半，写了一些小说和短篇故事,但没人愿意出版。钱花光之后，我过了几年相当贫困的生活。在这期间，我做过洗碗工、家庭教师和廉价私立学校的老师。有一年多的时间，我还在伦敦一家书店做兼职店员，这份工作本身很有趣，但它的缺点是迫使我住在

---

① 作于 1940 年 4 月 17 日，发表于《二十世纪作家》(斯坦利·J. 库尼茨和 H. 海克拉夫编，1942)。——编者注

伦敦，而我讨厌住在伦敦。到了1935年前后，我就能够靠写作维持生活了。1935年年底，我离开伦敦搬到乡下，开了一家小杂货店。这个小店几乎无法维持我的生计，但它教会了我一些交易方面的知识，如果我再往这个方向冒险的话，这些知识将会很有用。我于1936年夏天结婚，年底的时候，我前往西班牙参加内战，不久之后我的妻子也跟着去了。我在阿拉贡前线和民兵队伍一起服役了四个月，受了很重的伤，但幸运的是没留下什么严重的后遗症。从那以后，说老实话，我除了写书、养鸡和种菜之外什么也没干，除了在摩洛哥度过了一个冬天。

我在西班牙的所见所闻，以及从那以后我所看到的左翼政党的内部运作，使我对政治产生了恐惧。曾有一段时间，我是独立工党的党员，但现在的这场战争一开始我就离开了他们，因为我认为他们在胡说八道，他们提出的政策路线只会让希特勒觉得更容易对付。在情感上，我绝对是"左派"，但我相信，一个作家只有摆脱党派标签，才能保持诚实。

我最喜欢并且永远不会感到厌倦的作家是莎士比亚、斯威夫特、菲尔丁、狄更斯、查尔斯·里德、塞缪尔·巴特勒、左拉、福楼拜，以及现代作家詹姆斯·乔伊斯、T. S. 艾略特和D. H. 劳伦斯。但我认为对我影响最大的现代作家是萨默塞特·毛姆，我非常钦佩他，因为他能够直截了当而且不加修饰地讲故事。工作之余，我最喜欢的事情是园艺，尤其是蔬菜园艺。我喜欢英式烹饪和英国啤酒，也喜欢法国红酒、西班牙白葡萄酒、印度茶、浓烈的烟草、炭火、烛光和舒适的椅子。我不喜欢大城市、噪音、汽车、收音机、罐头食品、中央供暖系统和"现代"家具。我妻子的品位和我几乎完全一样。我的健康状况很糟糕，但这从未妨碍我做任何我想做的事，除了使我无法参加现在这场战争。或许我应该提一下，尽管我对自己的这些描述都是真实的，但乔治·奥威尔并不是我的真名。

目前我没有写小说，主要是因为战争引起的不安。但我计划写一部长篇小说，分为三个部分，要么叫《狮子与独角兽》，要么叫《活人与死人》，我希望能在1941年左右完成第一部分。

出版作品有：

《巴黎伦敦落魄记》（1933年）

《缅甸岁月》（1934年，首先在美国出版，然后略微删改并在英国出版）

《牧师的女儿》（1935年）

《叶兰在空中飞舞》（1936年）

《通往维根码头之路》（1937年）

《致敬加泰罗尼亚》（1938年）

《上来透口气》（1939年）

《裹身鲸腹》（1940年）